KB243105

안현일 판타지 장편 소설

페나인의 상인들

The Merchants of Penaine

4

페나인의 상인들 4

안현일 판타지 장편 소설

초판 1쇄 찍은 날 § 2002년 1월 19일
초판 1쇄 펴낸 날 § 2002년 1월 30일

지은이 § 안현일
펴낸이 § 서경석

편집장 § 문혜영
편집책임 § 김희정
편집 § 박영주 · 권민정 · 장상수
마케팅 § 정필 · 강양원 · 김규진

펴낸곳 § 도서출판 청어람
등록번호 § 제1081-1-89호
등록일자 § 1999. 5. 31
어람번호 § 제1-0203호

주소 § 경기도 부천시 원미구 심곡1동 350-1 남성B/D 3F (우) 420-011
전화 § 032-656-4452 팩스 § 032-656-4453
e-mail § eoram99@chollian.net

ⓒ 안현일, 2001

값 7,500원

ISBN 89-5505-206-5 (SET)
ISBN 89-5505-273-1 04810

안현일 판타지 장편 소설

페나-인의 상인들

The Merchants of Penaine

④ 눈물의 바다

도서출판

청어람

    저스틴 윈저 대공과 알 베자스의 비밀스러운 대화가 지루하게 지속되는 동안 행크는 레온과 수요를 따로 불러냈다. 아무래도 대화가 꽤 오래갈 듯하였기에 두 사람을 다른 곳으로 안내하려는 배려였다. 물론 두 사람을 다른 사람에게 따로 소개하려는 목적도 포함되어 있었다.

    그러나 그가 안내하려는 곳은 성내가 아니라 바깥이었다. 두 사람은 아무것도 모르고 따라 나왔지만 이내 의구심이 들었다. 혹시 그저 도시 구경을 시키려는 것은 아닐까 하는 생각이 들었던 것이다. 물론 시간을 들여서 구경해도 좋을 만큼 브리튼 도시는 화려하고 다양했다.

    하지만 짧은 만남이었어도 레온이나 수요, 둘 모두 저스틴과의 대화가 큰 도움이 되었다고 생각했다. 그런 만남을 한낱 관광하는 시간과 바꾸는 것이 못내 아쉬웠다. 그리고 남아서 독대(獨對)를 하는 알이 부럽기까지 했다.

"지금부터 안내할 곳은 대공께서 심혈을 기울이는 곳이지."

그런 그들의 불만을 감지했는지 행크는 미소와 함께 다독였다.

호기심 덩어리 레온이 그 말을 쉽게 흘려들을 리 없었다. 언제 시무룩했냐는 듯 그는 눈빛을 반짝이며 행크를 향했다.

"어딘가요?"

그의 천진한 표정에 행크도 이내 실소를 머금었다. 레온이 다양한 표정과 풍부한 감정을 지닌 소년임은 알 수 있었지만 싫지만은 않았다. 그는 얼른 손가락으로 도시 중심을 가리켰다.

그가 가리킨 곳엔 둥근 돔 형식의 건물이 있었다. 커다란 돔을 중심으로 두세 개의 작은 돔이 주위에 보였다.

지붕이 둥근 형식으로 지어진 건축 형식은 페나인에는 없다. 야론인들이 들여온 건축 양식으로 윈저 성을 중심으로 한 몇몇 소수의 건물만이 이런 형식을 취하고 있다.

그리고 지금 행크가 가리키는 곳이 그러한 몇 군데 중에 한곳이었다.

그는 다시 도시 외곽에 위치해 있는 높은 첨탑을 가리켰다. 뾰족하고 높은 탑을 쳐다보며 수요가 '마법 학회일 거야'라고 중얼거리는 것을 레온은 들었다.

"윈저령이라고 하면 대개들 마법 학회를 떠올리기 쉽지만……."

마법 학회라는 말에 수요와 레온의 고개가 끄덕여졌다. 들어본 적이 있다고 생각하는 동안 행크의 손가락이 선을 그으며 다시 돔 양식의 건물을 가리켰다.

"…우린 저곳을 제일로 쳐준다네."

그는 목소리에 한껏 자랑스러움을 담아 말했다.

각 영지마다 특색이 있는데 레스터와 칼버딘은 검사가 강했고, 콘버드는 신관이 강세였다. 마찬가지로 윈저는 궁사와 더불어 마법사가 뛰어났다. 수도를 비롯해 페나인에 퍼져 있는 유명한 마법사들은 대개 윈저에 있는 마법 학회 출신이라는 점이 그들의 자랑거리 중에 하나였다.

한데 그 마법 학회를 제치고 제일로 친다니 두 사람은 놀랍다는 듯 건물 사이로 뭉툭하게 드러난 둥근 지붕을 바라봤다. 어떤 곳인지 궁금하기도 했고 이제부터 행크가 안내할 곳이라는 생각에 설레기도 했다.

"어떤 곳입니까?"

수요의 질문에 행크는 고개를 끄덕였다.

"대학이라고 하네."

"대… 학?"

"학문을 배우고 연구하는 곳이지."

"학문을… 배우고… 연구하는 곳?"

레온이 반문했다. 쉽게 어떤 곳인지 연상할 수가 없었다.

행크는 이해한다는 듯 미소를 지으며 설명을 보충했다.

"자네도 귀족이니 교육을 받아본 적이 있지? 저곳은 그런 교육을 가르치기도 하고 서로 모여서 토론을 하며 연구를 하는 곳이지."

"왕립 아카데미와는 어떻게 다릅니까?"

흥미로운 표정으로 수요가 물었다.

학문을 배우고 연구하는 곳, 즉 교육 기관은 여럿 있었다. 신전에서 신도들에게 신학을 가르치거나 사제들이 모여 연구하기도 했고 연병장에서 기사들이 검술을 익히는 것도 그런 유의 하나였다.

수요가 예를 든 곳은 그중에서도 대표적인 교육 기관으로 수도인 페로즈에 있는 것이었다. 대개의 곳들이 일정한 하나의 학문을 주로 가르치는 데 반해 왕립 아카데미는 예법, 마법, 법학, 군사학, 검술 같은 종합적인 것들을 가르쳤다. 그 이유는 왕립 아카데미가 귀족들을 위한 수련장 같은 곳이기 때문이었다.

좋은 질문이라고 생각했는지 행크는 크게 감탄한 얼굴이었다.

"일단 왕립 아카데미는 귀족들을 대상으로 했지만 이 브리튼 대학은 평민을 대상으로 한다는 점이 가장 큰 차이겠지. 그것도 부유한 평민들이 아닌 평범한 사람들을 위주로 한다네."

"에? 그럼으로써 얻어지는 게 뭔데요?"

얼른 이해를 못하는 레온이었다. 그 옆에 있는 수요의 표정도 이해하고 있는 것 같지는 않았다. 행크는 낙담했는지 머리를 긁적이며 중얼거렸다.

"처음에 윈저의 귀족들도 대학의 가치를 이해하지 못했는데… 똑같은 반응이군."

행크는 벌써 여러 번 설명을 해서 익숙해졌는지 두 사람을 위해 알기 쉽게 말했다.

이때까지 교육은 귀족들과 일부 부유한 평민들만이 받아왔다. 일정한 배움터가 있으면 그곳으로 보내겠지만 대개의 경우엔 학식이 뛰어난 학자나 신관, 마법사를 초빙해 가정교육을 통해 가르치기 때문에 그 가격이 매우 비쌌다. 당연히 보통 평민은 배울 수 없었다. 물론 학자나 마법사들은 귀족의 자제를 가르치면서 자신들의 연구실이나 비용을 받는 특례가 있기 때문에 서로 도움을 주는 면도 있다.

주로 가르치는 학목은 법학, 신학, 예절, 검술, 군사학, 예술 등이 있는데 각각의 과목에 따라 신관, 학자, 기사, 마법사 등의 가정교사가 따로 있었다. 비용이 만만치 않았기에 대개는 몇 가지에 국한해서 배우는 경우가 많았다. 종합적인 학문을 배우기 위해서는 왕립 아카데미에 가거나 엄청난 돈을 투자해서 가정교사를 많이 두는 수밖에 없는 것이다.

그러니 일반 평민들에겐 학문을 배운다는 것은 꿈에 가까운 일이었다.

하지만 저스틴은 앞으로의 세상을 위해선 평민들도 배워야 한다고 생각했고 그 결과에 의해 생겨난 것이 대학이었다.

배움의 터를 만들고 한 명의 교수 아래에 수십 명의 평민들이 가르침을 받는 것이다. 뿐만 아니라 각 교수에게는 대학 내에 자신만의 연구실이 주어졌고 평민들이 내는 돈에 대공의 지원을 받아 충분한 혜택을 누릴 수 있다. 게다가 귀족들이 배우는 과목보다 훨씬 현실적인 것들, 경제나 공예, 건축 같은 것들을 가르치기 때문에—물론 그 교수는 실전에서 오랜 경험을 쌓아온 전문가들로 구성되어 있다—현재 윈저령에서 대학은 평민 사이에 절정의 인기를 구가하고 있었다.

대공이 수도에서 돌아온 직후에 세워진 브리튼 대학은 벌써 몇 해 전부터 몇십 명의 졸업생들을 배출하고 있었고 그들 모두 윈저령을 가꾸는 데 일조하고 있었다. 그리고 올해 초에는 그들 중에서 네 명의 교수가 배출되어 자신들과 같은 평민들을 가르치고 있는 중이라고 했다.

"꿈의 도시 브리튼이라고 소개했던 것은 바로 저 브리튼 대학이 있기 때문이지."

행크의 설명이 끝남과 동시에 세 사람은 브리튼 대학의 문에 들어섰다. 기사 수업과는 전혀 달랐기 때문인지 대학 내에는 커다란 연병장 같은 것은 없었다. 다만 길 좌우로 잘 가꾸어진 수목이 그들을 반길 뿐이었다.

"자네들에게 소개하고 싶은 사람은 아까 말했던 네 명의 졸업생 출신 교수라네. 모두 자네들처럼 젊어서 야심에 가득 찬 녀석들이지."

"그들 중에 노만이란 사람도 있습니까?"

저스틴의 말을 기억하고 있었는지 수요가 대뜸 물었다. 행크는 고개를 끄덕이는 것으로 대답을 대신했다.

"그는 법학을 공부하면서 자력으로 정치에 대해 연구하기 시작했지. 윈저의 귀족들과 가졌던 토론에서 싫은 소리를 여러 번 한 탓에 상당히 배척받고는 있지만 대공과는 뜻이 잘 맞는 편이지."

행크는 피식 실소를 했다.

"평민 저스틴 윈저라고 생각한다면 될 거야."

"다른 사람은 누가 있나요?"

"직접 만나보게. 바로 저들이니까."

대학으로 들어서는 커다란 정문 앞에 네 사람이 모여 있었다. 그들은 행크를 알아보고 허리를 숙여 인사를 건넸다. 단 한 사람, 잿빛 머리를 지닌 키가 큰 청년만은 손을 버쩍 쳐든 채 활짝 미소를 지었다.

"안녕하십니까, 행크 경?"

훤칠한 키만큼이나 시원한 목소리였다.

"오냐. 오랜만이다, 노만."

행크의 빈정대는 말투에 수요는 깜짝 놀라 그를 쳐다봤다. 평소 그런 농담을 주고받는지, 아니면 원래 성격이 그런 건지 모르겠지만 노만은 상당히 쾌활했다. 게다가 귀족 앞에서도 바지춤에 손을 찔러 넣은 채 싱글거리며 서 있었다. 누가 본다면 여느 귀족의 자제가 하인과 옷을 바꿔 입고 몰래 나온 것이 아닐까 착각할 정도였다.

그 정도로 노만은 귀족 앞에서도 여유를 지니고 있었다.

"수요라고 해."

얼른 수요가 나서서 그에게 손을 내밀었다.

수요가 내민 손을 잡고 '노만'이라고 짧게 자신을 소개한 후에 노만은 영문을 몰라 행크를 바라봤다. 노만뿐만 아니라 다른 세 사람도 대공의 명령에 문 앞에 모여 있기는 했지만 무슨 일인지에 대한 얘기는 듣지 못했기 때문에 레온과 수요를 번갈아 쳐다볼 뿐이었다.

"이 사람들은 수업을 받을 학생들인가요?"

"그렇지만 학기가 이미 시작했잖아? 학비를 많이 낼 수 있어도 지금은 곤란해. 다음 학기까지 4~5개월은 기다려야 해."

"대공의 추천이라면 또 다르지. 누가 뭐래도 브리튼 대학은 윈저 대공의 비호하에 있으니까."

마지막에 날카롭게 추궁한 이는 노만이었다.

그들끼리 얘기하는 것을 듣고 있던 행크는 웃으며 고개를 저었다.

"이들은 대공의 손님들이네. 서로 만나면 도움이 될 것 같아 데리고 왔지."

그러자 노만을 비롯한 네 사람이 눈을 굴리며 레온과 수요를 훑어봤다.

"아무래도 처음이니까 내가 나서는 게 좋겠지?"

서로를 탐색하는 듯한 모습을 흥미있게 지켜보던 행크가 앞으로 나섰다. 먼저 레온과 수요를 레스터의 대상이라고 소개한 행크는 네 사람을 가리켰다.

"노만은 알겠지? 법학과 정치학을 전공했고 수요가 정치에 관심이 많은 것 같으니 서로 잘 어울릴 수 있겠지."

"정치에 관심이 많다고?"

노만이 고개를 쑥 내밀며 수요를 쳐다봤다. 문득 그가 손을 내밀어 악수를 했던 이유를 알아챘는지 이를 드러내며 환하게 웃었다. 수요도 마주 미소를 짓는 동안 행크는 계속해서 세 사람을 소개하기 시작했다.

"칼브, 미크, 케이스. 칼브는 건축을 공부하고 있고 미크는 기계를 다루고 있지. 브리튼 도시 외곽의 성채는 칼브가 건축한 것을 토대로 하고 있는데 그것이 새로운 윈저 성이 될 것이야. 미크는 발명의 귀재라고 칭해질 정도로 많은 것들을 만들었네."

"과찬이십니다."

미크가 겸손을 보이자 곁에 있던 칼브가 대신 나서서 추켰다.

"무슨 소리야? 자네의 발명 덕분에 많은 사람들이 편해졌는데! 웬만해선 칭찬하지 않는 행크 경의 말인데 겸손해할 필요 없어."

그러나 여전히 미크는 머리를 긁적이며 입을 다물었다. 행크는 마지막 사람을 소개했다.

"이 친구는 케이스. 경제학을 전공하고 있네."

그리고 행크는 레온을 곁눈질로 보며 덧붙였다.

"윈저의 상업 유통에 관한 것들이 바로 이 친구의 머리에서 나왔지."

"에엣?"

레온이 놀라 케이스를 쳐다봤다.

가냘프고 마른 듯한 체구에 단정하게 입은 옷차림이 꽤나 깔끔한 사람 같았다. 그러나 별다른 특별한 점이 보이지 않는 것이 도저히 지금의 윈저 상권을 만든 인물로는 생각되지 않았다. 문득 레온은 의아한 생각이 들어 고개를 갸웃거렸다.

"하지만 제가 듣기에 윈저는 이미 오래전부터 상인을 지원해 온 것으로 아는데요?"

"물론 그렇지. 그러니까 케이스가 대단한 거지."

"그 얘기는 바론에게서 들었겠군요?"

"에? 바론을 알아요?"

"물론 압니다. 저보다 몇 년 선배였으니까요."

"에? 에? 그럼 바론도 브리튼 대학 출신인가요?"

대답 대신 케이스는 미소를 지었다.

행크의 설명에 의하면 대공이 돌아온 후의 초창기 시절에도 상인을 지원하는 움직임이 있었다. 하지만 보다 체계적이며 광범위하게 정책을 이끌어낸 이는 바로 케이스였다. 그것도 근래가 아닌—시기적으로는 바론이 윈저를 떠난 후에— 아직 학생이었던 케이스가 정책을 수립하여 승인을 받았던 것이다. 그 공로로 그는 대학의 교수가 되었고 지금도 경제와 상권에 대한 발언권을 지닌 인물이었다.

"굉장하군요!"

레온의 감탄과 더불어 행크는 고개를 끄덕였다.

"그럼 수요는 노만과, 레온은 케이스와 함께 대화를 나누도록 하면 되겠군. 좋은 시간 되길 바라네."

"엣? 돌아가려는 건가요?"

"내가 할 일은 소개하는 것까지니까."

행크는 장난스럽게 한 눈을 찡긋했다.

"게다가 내가 있어봐야 서로 불편할 뿐이지."

"뭐, 아직까지는 귀족과 평민이란 차이를 극복하기 힘들 테니까요. 난 예외겠지만."

노만의 농담에 행크도 맞받아쳤다.

“넌 귀족들이 질색을 하잖아?”

“귀족들은 자존심이 강하니까요. 행크 경만큼만 독설이 되어도 토론할 가치가 있겠는데 말야.”

노만은 어깨를 으쓱하더니 수요를 향해 손짓을 했다.

“이봐, 날 따라와. 내 연구실로 가자고. 어디 정치에 대해 토론을 해볼까?”

수요가 얼른 그를 따라가자 행크는 인사와 함께 대학을 나섰다.

그가 떠나자 칼브가 미크를 향해 물었다.

“자네 오후 수업은?”

“없어. 나도 가서 연구나 해야지.”

“무슨 연구를 하나요?”

레온의 질문에 미크는 쑥스럽다는 듯 얼굴을 붉혔다.

“말 놔도 됩니다. 귀족이라고 알고 있는데요?”

“아, 그걸 어떻게?”

“왕국에서 일어나는 일들은 대공께 곧바로 전해지니까 우리도 웬만한 것들은 알고 있지요.”

“노만이라면 뻔뻔하게 대하겠지만… 우린 아직…….”

말끝을 흐리며 미크는 머리를 긁적였다.

“녀석은 그냥 싸움꾼일 뿐이야. 귀족이든 평민이든 따위, 녀석에겐 필요없을걸? 얼마 전에도 가르치던 학생 하나를 울렸다더라.”

칼브가 나섰다.

“그래도 이론적인 면에 있어선 훌륭한 편이야.”

“말도 안 돼. 녀석이 꿈꾸는 이상 사회가 이루어질 것 같아?”

“대공께서도 인정했잖아?”

"물론 대공께서야… 그렇지만 여전히 불가능한 것엔 변함없어."

"자자, 모두들."

칼브와 미크의 논쟁을 듣고 있던 케이스가 손뼉을 치며 앞으로 나섰다.

"시간이 남는다면 함께 차라도 마시면서 대화를 하는 것이 어떨까?"

모두들 동의를 하자 케이스는 자신의 연구실로 레온을 데리고 갔다. 가는 길에 미크는 조그만 목소리로 레온을 향해 입을 열었다.

"요즘 연구하는 것은 범선에 대한 것입니다."

"범선? 커다란 배를 말하는 건가요?"

"네, 그렇죠. 저는 지금보다 크고 원거리 항해에 유용한 함선을 구상 중입니다."

"굉장하군요."

감탄사를 발하며 레온은 칼브를 향해 말했다.

"한데 제가 귀족이었다는 걸 어떻게 알았죠?"

그 질문에 칼브는 찔끔하고는 어색한 미소를 지었다.

"이건 비밀 사항이라 말씀드릴 수 없는 건데……."

"뭔데요, 뭔데요? 말해 줘요."

레온의 재촉에 칼브는 마지못해 입을 열었다.

"사실 윈저의 상인들은 타영지로 나가 장사를 하는 것과 동시에 그곳의 새로운 소문을 알아옵니다. 상인들은 많은 사람들과 교류하기 십상이기 때문에 의외로 쉽게 소문과 접할 수 있지요. 그리고 그 소문들은 윈저로 돌아오면 곧바로 문서화하여 이 대학으로 들어와 각 분야별로 정리가 됩니다. 그 후에 각 소문에 대한 진의를 파악하고 분석하여 정보화시킨 후에 대공께 보고되지요."

조리있게 설명하는 칼브의 말에 레온은 고개를 끄덕였다.

아직 시도하지는 않았지만 이와 같은 방식은 이미 레스터에서도 시행 중이었다. 처음으로 시범을 보이는 이들이 바로 자신들이기 때문에 잘 알고 있었다. 다만 윈저의 상인들과 접촉한 기억이 전혀 없는데도 불구하고 자신이 귀족임을 알고 있다는 것이 신기할 뿐이었다.

그것에 대해서 칼브는 덧붙여 설명했다.

“물론 모든 정보가 상인을 통해서 흘러 들어오는 건 아닙니다. 레온 공자의 경우엔…….”

“그냥 레온이라고 해주세요.”

칼브는 거부감없이 고개를 끄덕였다. 그것으로 미루어 그가 이미 가문에서 파문당했다는 것도 알고 있는 듯했다.

“레온의 경우엔 상인을 통해 얻은 정보가 아니라 귀족이 비밀 문서로 대공께 전하면서 밝혀진 것입니다. 정보를 총괄하는 이가 바로 행크 경인데 며칠 전에 그분께서 우리에게 언질을 주었던 거지요. 그래서 우리도 알고 있는 겁니다.”

귀족이란 말에 레온은 고개를 갸웃하긴 했지만 곧 누구인지 알아챘다. 콘버드 무술 대회에서 만난 후에 열흘 정도 여행을 같이 했던 윈저의 귀족이 있었다는 사실을!

“렌베토 백작이군요!”

페로즈 성문 앞에서 렌베토는 뭔가 비밀 문서를 윈저의 기사단에게 넘겼었다. 그 점을 떠올린 레온은 그제야 어떻게 된 것인지 수긍할 수 있었다.

그와 동시에 일행은 케이스의 연구실에 도착했다.

연구실은 작은 방이었다. 벽 하나를 가득 채운 책과 묵직한 느낌의 책상이 놓여져 있었고 그 위에 종이와 서류가 어지럽게 펼쳐져 있었다. 그 위로 커다란 창문이 있어 방 안은 밝았다.

케이스는 그 책상 옆의 소파 위로 일행을 안내했다. 그리고 곧바로 책상 뒤에 놓인 선반에서 우유를 따라 모두에게 대접했다.

그가 자리에 앉으며 조심스럽게 말했다.

"자, 그럼 무슨 얘기부터 할까요? 아참, 우리 모두 공작의 아들인 당신이 상인이 된 것에 대해 궁금하답니다. 기사의 길을 가더라도 크게 성공했을 거란 얘기를 들었는데 어째서 상인의 길을 택했나요? 실례가 되지 않는다면 말해 줄 수 있습니까?"

"별로 할 얘기도 없는데……."

레온은 머뭇거리며 입을 열었다. 이미 여기 오기 전에 저스틴으로부터 핀잔 비슷한 말을 들었던 터라 이들이 웃을 거라고 생각했다. 그러나 일단 질문에 대해서 대답하는 것이 예의라고 생각한 레온은 자신이 상인이 되기로 결심한 이유와 알을 만난 것, 그리고 지금까지 어떤 일들을 겪었는지에 대해서 대충 말해 줬다.

"그렇군요……."

설명이 끝나고 한참 후에 입을 연 이는 칼브였다. 약간 어이없는 듯한 표정이었지만 그래도 꽤 흥미있었다는 말투였다. 물론 그의 곁에 앉은 미크의 표정도 감탄한 듯했다.

"알은… 대공과 있나요?"

칼브의 질문에 레온은 고개를 끄덕였다. 칼브는 아쉬운 듯 입맛을 다셨다.

"내일이면 만날 수 있을지 모르겠군요. 안면을 익혀두면 좋았을 텐데……."

그 말에 레온은 약간 얼굴을 찡그렸다.

"이곳에선 모두 알을 찾는군요. 대공께서도 그렇고, 여러분들도 그렇고……."

칼브의 안색이 확 변했다. 자신의 말에 레온이 기분이 상했다고 짐작한 칼브는 곧 변명을 하려고 했다.

"그게 아니라……."

"아니요. 괜찮아요."

레온은 싱긋 미소를 지었다.

"솔직히 상인으로서의 알은 훌륭한 친구니까요. 그런 친구를 두었다는 것이 자랑스러울 정도죠."

"그것으로 만족합니까?"

문득 케이스가 날카로운 눈빛으로 레온을 쏘아봤다. 마치 뭔가를 추궁하는 것 같았다. 딱히 대답할 말이 없는 레온이 머뭇거리자 케이스는 고개를 저으며 말했다.

"목표가 없는 것은 좋지 않아요, 레온. 상인이라면 이익을 위해 뛰어다니는 자들 아닙니까? 작으면 작은 대로 크면 큰 대로 자신만의 목표를 가지고 그것을 향해 뛰어야 하지요. 물론 그건 상인에게만 해당되는 건 아닙니다. 농부든, 어부든, 살아가는 모든 이들은 자신만의 크고 작은 목표가 있게 마련입니다. 그것을 이루기 위해 노력하는 것, 그게 삶이 아닐까요?"

"그, 그렇… 던가요?"

레온이 당황하여 말을 더듬는 동안 케이스는 더욱 매섭게 몰아붙였다.

"물론 귀족으로 태어나 지금껏 풍족하게 지내왔으니 딱히 목표가 눈에 띄지 않을 수도 있을 겁니다. 하지만 제가 보기엔, 아니, 자료를 통해 레온을 평가한 것에 의하면 그것만으로 설명할 순 없을 것 같군요. 어쩌면 레온 특유의 천성인지도 모르겠지만 그것이 옳은 것은 아닙니다."

케이스는 잠시 말을 멈추고 레온을 쳐다봤다. 레온의 얼굴은 홍당무처럼 붉게 물들었다.

"기사로서의 레온은 마스터라는 경지에 이르렀다고 들었습니다. 마스터가 어떤 것인지 정확히는 모르겠지만 이 페나인에 이십 명도 되지 않는다는 것을 미루어 짐작해 볼 때 굉장하다는 것만은 알 것 같아요. 상인으로서의 레온은 어떨까요? 자신이 어느 정도의 위치에 있는지 혹시 알고 있나요?"

"…잘 모르겠습니다."

레온의 말투는 어느새 공손해졌다.

"레온은 현재 레스터의 상권을 대표하는 사람입니다. 물론 지금은 실감하고 있지 못하고 돌아가면 깨닫게 되겠지만, 작은 상회의 이득을 위해 뛰던 때완 달리 레온의 선택과 결정에 의해 레스터의 상권이 뒤바뀌게 된다는 겁니다. 레스터에서 그 정도의 위치에 있는 사람이 몇이나 있을까요? 아마 내 추측과 자료에 의하면 알과 바론, 그리고 당신뿐일 겁니다. 어쩌면 당신들은 장차 페나인 전체에도 그 영향력을 보일 수 있을 만큼 성장할지도 모르겠지요. 현재 그런 정도의 인물이 몇이나 있는지 압니까?"

"…잘 모르겠습니다."

"윈저 대공과 행크 경. 그리고 저와 윈저의 몇몇 대상이 전부입니다. 위클리프나 콘버드의 시장은 크긴 하지만 아직까지 그 상권을 통합하려는 움직임은 없습니다. 그만한 식견을 가진 이가 없기 때문이지요."

말을 끊고 레온을 주시하며 케이스는 확고하고 자신에 찬 어조로 마지막 말을 했다.

"즉 페나인에서 상권을 좌지우지하는 이는 겨우 열 명 정도에 이르고 있다는 말입니다. 기사로서의 레온이 최고의 위치에 있었던 것처럼 상인으로서의 레온도 그만한 위치에 있다는 말입니다!"

"정신 똑바로 차리란 뜻이지요."

"레온의 선택에 의해서 수많은 사람들이 울고 웃게 될 테니까요."

칼브와 미크가 한마디씩 던졌다. 그러나 레온은 고개를 숙인 채 중얼거리듯 대꾸했다.

"그런 건… 알에게 맡기면……."

"안 됩니다!"

케이스가 단호하게 외쳤다.

"그만한 위치에 있는 사람이 남에게 모든 것을 맡기다니… 안 될 말이지요. 권한을 갖기도 힘들고 그런 식견을 갖추기도 힘든 겁니다. 알이나 바론에겐 식견이 있었고 레온에겐 그것을 현실화할 힘이 있었습니다. 그렇기 때문에 당신들이 힘을 합치는 순간 레스터의 상권은 크게 바뀌게 된 겁니다. 그렇다고 해서 여전히 그 방식이 옳은 건 아니란 말입니다. 알은 알대로, 레온은 레온대로 뭔가 할 일이 있을 겁니다. 그리고 그것을 찾는 것이 레온에게 주어진 숙제겠지요."

"……."

레온은 묵묵히 앉아 있었다.

침묵이 흐르는 동안 케이스는 컵에 담겨진 우유를 단숨에 들이켰다. 탕 하고 소리 내어 컵을 내려놓자 레온은 움찔하며 그의 눈치를 살폈다.

'케이스란 사람은 얌전하게 보이더니 상업에 대해 설명하는 모습은 굉장히 과격하네…….'

속으로 그렇게 생각하는 동안 케이스는 다그치듯 레온을 향해 외쳤다.

"목표를 찾으십시오! 그래야만 합니다!"

"어, 어이, 케이스, 이제 그만 해."

보다 못한 칼브가 나서서 중재를 하였지만 이미 케이스는 흥분이 지나칠 정도였다. 잘하면 레온의 목을 움켜잡은 채 '목표'에 대해 얘기할 때까지 안 놓을지도 몰랐다. 레온은 슬쩍 목을 움츠리며 케이스의 눈빛을 외면했다.

레온이 조용히 물러서는 동안 칼브와 미크가 그를 편들었다. 이제 일 년도 되지 않은 레온에게 너무 많은 것을 바라서는 안 된다며 케이스를 말렸지만 그는 막무가내로 자신의 뜻을 피력할 뿐이었다.

어느새 토론은 레온을 다그치는 케이스와 그를 변호하는 칼브와 미크로 압축되어졌다. 당사자인 레온은 한쪽에 찌그러진 채 조용히 이들을 바라보며 자신만의 생각에 빠져들고 있었다.

'집안 내력인지도 몰라, 여행을 좋아하는 것은.'

언젠가 카슨 형이 씁쓸하게 내뱉었던 말이었다. 그는 음유 시인이 되길 원했다. 음유 시인이 되어 여행을 하는 것, 그것이 그의 가장 큰 바람이었다. 당시엔 너무 어렸던 탓에 이해하지 못했던 레온은 이제 조금은 알 것 같다고 생각했다.

자신도 딱히 상인이 되고 싶었던 것은 아니다. 다만 여행을 통해 보다 많은 것을 경험하고 느끼고 보고 싶을 뿐이었다. 카슨 형과 같은 것인지도 모른다.

'아니, 달라.'

레온은 중얼거렸다.

'형은… 노래를 잘 불렀고 좋아했어. 그래서 음유 시인이 되겠다고 한 거야.'

자신은? 하고 레온은 생각했다.

물건을 사고 파는 것을 잘 했었나? 물론 아니었다. 그보다는 저녁노을을 배경으로 파장하는 시장의 모습에 감동받곤 했다. 그 풍경을 좋아했다.

'그래, 난 적어도 장사하는 모습을 좋아했어. 그 작은 상점을 가득 채운 물건을 보는 것이 좋았어.'

거기에 생각이 미쳤을 때 레온은 크게 고함을 질렀다. 자신이 할 수 있는 일, 자신이 하고 싶은 일이 무엇인지 깨달은 것이다. 그의 고함에 세 사람이 설전을 중단하고 돌아봤다. 레온은 흥분한 기색으로 서둘러 입을 열었다.

"목표를 찾았어요!"

"뭐라고요?"

"상점을 차릴 거예요!"

레온의 대답에 세 사람은 실망스런 표정을 감추지 못했다. 지금의 레온이라면 어느 상점이든 차리는 것은 어렵지 않았다. 그건 목표라기보다는 할 수 있는 일에 가까웠다. 그러나 레온의 다음 대답에 그들은 입을 다물지 못하고 경악할 수밖에 없었다.

"그리고 그 상점에 많은 물건을 구비할 겁니다!"

레온은 자신의 기억 속에 있는 물건들을 하나하나 열거했다. 레스터의 유명한 물건은 물론 콘버드의 특산물, 위클리프의 특산물, 거기에 윈저의 물건들도 빠짐없이 열거했다. 그리고 하나의 이름이 나올 때마다 케이스의 입은 더 더욱 벌어졌다.

레온의 열거가 끝났을 때, 아니, 그가 아직도 열거하고 있는 와중에 케이스는 버럭 고함을 쳤다.

"불가능해요! 불가능하단 말입니다. 그렇게 큰 상점이 어디 있어요? 성이라도 지을 생각입니까?"

"성? 그것도 괜찮은 생각이군요! 그래요, 성을 짓도록 하죠. 그리고 전국에 있는 물건을 몽땅 끌어다 놓을 겁니다. 누구라도 성에 들어서면 모든 것을 살 수 있는… 음, 가게 이름은 뭐로 할까? 모든 물건을 구비하고 있으니까 그에 합당한 이름… 그래! 백화점! 백화점이라고 하죠! 백화점을 짓는 겁니다!"

레온이 흥분하여 말에 두서가 없긴 했지만 결코 장난이 아님을 눈치 챈 케이스는 벌어진 입을 다물며 진지하게 생각했다. 그러나 여전히 불가능하다고 고개를 저었다.

"어떤 것은 시간을 다투어야 하고 어떤 것은 계절을 따르는 것도 있습니다. 지역마다 특산물로 지정되는 것은 그 특징이 그 지역에만 국한되기 때문인데 그 물건들을 한곳에 옮겨놓는다는 건 불가능에 가깝습니다. 물건을 구입하는 것은 둘째 치고 수송하는 것만도 어려울 겁니다."

"불가능할까요?"

"물론입니다."

"정말?"

레온의 반복된 물음에 케이스는 선뜻 대답할 수 없었다. 혹시 다른 해결책이 있는 것인가 하고 생각하며 레온을 쳐다볼 뿐이었다. 하지만 레온은 그저 어깨를 으쓱하고는 팔짱을 낀 채 케이스를 향해 대꾸했다.

"괜찮잖아요?"

"뭐가 말입니까?"

"불가능한 거 말이에요."

"네?"

"불가능하지만 도전해 볼 가치가 있지 않나요?"

"하지만… 전혀 이득이 없을 겁니다."

"그러니까 이익이 생기도록 하면 된단 말입니다. 앞으로 연구를 하다 보면 좋은 수가 생길지도 모르죠. 전 지금 당장 백화점을 차리겠다고 말을 한 건 아니잖아요?"

"물론 그렇긴 하지만……."

문득 케이스는 멍청히 레온을 쳐다봤다.

정말 그의 말대로 모든 문제가 해결된다면 백화점이란 건 상당히 획기적인 정책임이 분명했다. 만약 그 백화점이 윈저에 세워진다면, 윈저의 사람들은 그저 백화점에 가는 것만으로 전국의 물건을 대할 수 있다. 위클리프의 사람들도 레스터나 스고우처럼 먼 곳으로 가지 않고도 충분히 가까운 곳에서 살 수 있다.

페나인의 지리적 특성상 카네비스 산은 크게 도움이 될 것이 틀림없었다. 위클리프와 스고우는 카네비스 산을 중심으로 대칭된 위치에 있다. 지리학적으로는 붙어 있는 것이나 마찬가지지만 험난한 산을 넘을 수 없기 때문에 실제로는 국토의 반을 돌아야만 한다. 레스터와 콘버드, 윈저와 칼버딘도 역시 카네비스를 중심으로 대칭된 형국이다.

카네비스를 중심으로 백화점을 두 군데 지을 수만 있다면… 모든 사람들이 전국의 상품을 접할 수 있다.

그리고 그 생각이 들었을 때 케이스는 속으로 비명을 지르고 있었다. 해볼 만한 일이었다. 백화점이라는 건!

"그거……."

케이스는 다급하게 말했다.

"저도 연구할 수 있게 해주십시오! 반드시 좋은 결과를 내도록 하겠습니다. 물론 연구 성과에 대해 레온과 공유할 테니 내게도 연구할 수 있게 해줘요."

케이스의 말에 레온은 고개를 끄덕였다. 다소 흥분을 가라앉힌 레온은 의아한 듯 그를 향해 물었다.

"성공할 수 있을까요?"

"그건 모릅니다. 현상황이라면 불가능하겠지만 분명 추진해 볼 만한 가치는 있으니까요. 그렇지 않나요?"

"물론 그렇지요."

레온의 눈빛이 반짝였다.

윈저 성에서 이틀을 머문 후에 레온 일행은 레스터를 향해 출발했다. 마음 같아서는 조금이라도 더 윈저에 있고 싶었지만 자신들이 떠난 후에 레스터가 어떻게 변모했는지에 대한 궁금증이 치밀어 한시도 견딜 수가 없었다. 물론 대략적인 것들은 브리튼 대학에서 들었다. 그것은 매우 상세하게 자료화되어 있어 듣는 것만으로도 충분했지만 알과 레온은 직접 느끼고 싶었다.

오전에 짐을 꾸린 그들은 저스틴을 만난 후에 브리튼 대학을 들러 인사를 마친 후 행크 경의 배웅을 받으며 윈저 성을 떠났다. 그들 각각의 얼굴은 아쉬움과 흥분으로 물들어 있었다.

길을 가는 내내 세 사람은 각자의 얘기를 하느라 여념이 없었다.

수요는 말했다.

"대영주의 세력을 약화시키고 왕권을 강화하는 것. 그렇게 하기 위해서 농노를 해방하고 자유민이 국왕을 지지하게 하는 거야. 그러면 국론이 단일화되어 외국에 대해서 세력을 떨치기도 쉽고 통일된 법이 생겨 균등하게 적용시킬 수 있지. 각종 정책도 똑같이 적용시킬 수 있으니 얼마나 합리적이야? 대공과 노만은 그 이론을 세세한 것까지 다 듬은 것 같아. 다만 두 사람의 차이는 대공께서는 위로부터의 개혁을 주장하지만 노만은 자유민에 의한, 즉 밑으로부터의 혁명을 생각하는 것 같아. 자유민 스스로 힘을 모은 후에 국왕과 손을 잡는 것, 그것이 노만의 생각이야. 음, 나로 말할 것 같으면 대공의 생각이 옳다고 생각해. 대학을 통해서 가르칠 수 있는 인원은 한정적이거든. 자유민이 스스로 생각해서 뭉치는 것에는 한계가 있을 수밖에 없어. 그보다는 누군가 선도적인 입장에서 이들을 이끌어야 해. 난 대공의 생각에 전적으로 동감해. 물론 노만의 탁월한 선견에도 감탄스럽지만."

알이 말했다.

"그렇고 말구! 대영주의 세력이 약화되어 관문이 없어진다면 그야말로 상인들의 세상이지! 통행증 따위에 의지하지 않고도 자유롭게 전국을 떠돌며 장사를 할 수 있을 테니까. 그리고 보다 큰 이익을 추구하기 위해 상인들은 다른 나라에도 진출할 수 있을 거야. 보라구! 윈저의 항구를 말야. 타국의, 아니, 다른 대륙의 사람들이 들어와 자유롭게 장사를 하는 모습을 말야. 그들이 하는 일을 우리라고 못할 거야 없지! 전국을 제패하고 대륙을 제패하고 바다를 건넌다! 그야말로 가슴이 뿌듯해지는 것 같지 않아? 그 불가능을 가능하게 하는 자, 바로 상인 아니겠어. 그리고 그들 중에 선택받은 상인, 바로 대상이야말로 그 일을 할 수 있는 거야. 바로 우리들이 말이지!"

레온도 소리쳤다.

"백화점을 차릴 거야!"

"……?"

"……!"

알과 수요가 동시에 레온을 돌아봤다. 앞뒤 설명도 없이 냅다 '백화점'이라고만 소리치는 레온을 이해할 수 없었다. 그리고 레온의 설명을 듣고서야, 거의 알과 수요가 추궁하듯 물어서 얻어낸 대답이었지만, 두 사람은 동시에 외마디 비명을 질렀다.

"불가능해!"

"현실적이지 못하잖아!"

레온은 그런 두 사람을 빤히 봤다.

"그건 너희들도 마찬가지잖아?"

"절대! 난 해낼 거야!"

수요가 외쳤다.

"나야말로! 난 확실한 계획이 있어!"

알도 외쳤다.

두 사람의 반응을 지켜보며 레온은 알 듯 말 듯한 미소를 지었다.

"나도 마찬가지야. 언젠가는 백화점을 지을 테니까 두고 봐."

통행증을 받아 든 관리는 곧 놀라서 고개를 들었다. 그리고 눈앞에
서 있는 이국인을 자세히 살폈다. 물론 그 곁에서 눈을 말똥거리며 주
위를 두리번거리는 금발 청년의 모습도 보였다.

"혹시 당신들은 포란의 알과 레온?"

"그렇습니다."

대답을 한 알은 이내 관리의 태도가 크게 바뀌는 것에 의아해했다.
관리는 정중한 태도로 명부에 표시를 하고는 이내 통행증을 건넸다.
그리고 화사하게 꾸민 미소를 두 사람에게 지으며 굽실댔다.

"이거 두 분이 이 관문을 지날 거라곤 생각도 못해서… 여행은 즐거
웠습니까?"

"그런대로 괜찮았소……."

잘은 몰랐지만 알은 상대가 굽실거리는 데 굳이 존대를 할 필요가

없다고 생각했다. 물론 예전이라면 자신이 굽실거려야 했겠지만 그는
크게 개의치 않았다.

떠날 때의 상황과 크게 달라졌음을 느꼈던 것은 그렇게 관문에서 시
작되었다. 관리들과 병사들의 정중한 배웅을 받으며 마차는 곧장 레스
터로 진입했다.

마차는 모두 세 대였다. 떠날 때 치즈를 싣고 떠났던 마차는 선두에
서 알이 몰고 있었다. 그 안에는 치즈를 팔아 생긴 수입과 콘버드 대공
에게 받은 사례금과 보석이 실려 있었다. 물론 윈저 대공으로부터 받
은 협조금도 한 부분을 차지하고 있었기에 돈으로 마차를 가득 채운
셈이었다. 두 번째와 세 번째는 각각 레온과 수요가 몰고 있었고 그 안
에는 윈저에서 구입한 상품이 실려 있었다. 윈저에서만 얻을 수 있는
것들을 조금씩 싣고 있었는데 레온은 외국에서 들어온 물건을 싣고 있
었고 수요는 윈저 내에서 생산하는 것들을 싣고 있는 것이 차이였다.

레온은 염료를 주로 실었는데 전체적으로 소량이었다. 팔려는 목적
이 아니라 그저 레스터에서는 어느 정도 가격을 할까 알아보기 위한
것이기 때문이다.

반대로 수요는 자신의 무거운 마차에 투덜대기 바빴다. 그는 어육을
중심으로 싣고 있었는데 무게도 많이 나가는데다가 마차에서 비린내가
진동을 해 코가 마비될 정도였다. 게다가 이것들은 다음 마을에 들르
면 팔 것이기 때문에 가득 실리기까지 했다.

넓은 대로를 나란히 달리는 동안에도 수요의 투덜거림은 그치지 않
았다. 듣다 못한 알이 뒤를 향해 외쳤다.

"그만 해, 수요! 뭐가 그렇게 불만인 거야?"

"생각 좀 해보라고! 대체 우리가 왜 이런 물건을 구입해야 하냔 말

야! 돈이 부족해? 아니면 장부를 작성하지 못한 거야? 그런 것도 아닌데 굳이 이런 걸 구입할 필요가 있냔 말야. 이런 짓 할 시간 있으면 조금이라도 빨리 포란으로 돌아가는 게 좋지 않겠어?!"

"당연히 필요한 일이지."

알은 당연한 걸 묻는다며 심드렁한 표정으로 대꾸했다.

"우린 상인이니까."

뭐라고 대꾸하려던 수요는 먼저 레온이 소리치는 바람에 말문이 막혔다. 레온이 소리치며 가리키는 방향에 몇 대의 짐마차가 보였다. 한눈에 중개상의 마차임을 알아볼 수 있었다. 하지만 레온의 외침과 함께 알의 눈에 들어온 것은 결코 보통의 상인 행렬이 아님을 표시하는 것이었다.

선두에 있는 마차에 꽂혀 있는 깃발에 그려진 것은 분명 은빛 페가수스였다. 바람에 나부끼는 대로 하얀 날개를 펄럭이며 하늘을 향해 비상하는 듯한 모습의 그 페가수스는 포란을 떠나기 전에 자신들이 직접 제작한 것임을 알아볼 수 있었던 것이다.

"우리들의 상회다!"

알은 외치는 것과 동시에 손을 흔들어 그들을 불렀다. 짐작대로 선두에 있는 자는 포란의 중개상, 바로 고리스였다. 그도 알과 레온을 알아보고 곧바로 환호를 하며 달려왔다.

"알! 드디어 돌아왔군?"

반가움이 가득 실린 고리스의 환대였다. 그의 뒤로 머쓱한 표정을 한 채 서너 명의 상인들이 줄지어 서 있었다. 모두 처음 보는 얼굴에 알은 의아해했다.

"여행은 어땠어, 알?"

"그럭저럭 괜찮았어. 나중에 포란에서 만나면 얘기해 줄게. 한데 넌 레스터 중부 지방과 북부에 통달해 있었잖아? 어째서 이런 남부에까지 돌아다니는 거야?"

반가움도 있었지만 무엇보다 이런 곳에서 고리스를 만난 것이 알은 신기했다. 물론 그 뒤로 서 있는 상인들이 누구인지도 궁금했다.

고리스는 어깨를 펴며 자랑스럽게 뒤를 향해 외쳤다.

"인사들 하게. 이분들이 바로 우리 '알과 레온 상회'의 회장님들이시다."

엉겁결에 상인들이 건네는 인사를 받은 두 사람은 곧 고리스를 향해 물었다.

"설마 여기 있는 사람들은… 새로 상회에 들어온 자들?"

"물론이야. 지금 우리 상회가 레스터에서 얼마나 성장했는지 안다면 아마 자넨 까무러칠걸? 네가 떠날 때의 상회가 아냐. 레스터 전역에 우리의 깃발이 휘날리고 있지."

고리스는 과장된 몸동작으로 자신의 깃발을 가리켰다. 그리고 곧 생각났는지 마부석을 뒤져 또 다른 깃발을 꺼냈다.

"자, 이걸 받도록 해."

"이건……?"

"물론 우리의 깃발이지."

"이걸 준비해 갖고 다닌 거야?"

이유를 알지 못해 되묻자 고리스는 고개를 끄덕이며 설명했다.

"바론의 지시였어. 지금쯤이면 네가 돌아올 때라고 남부 쪽으로 도는 상인들 전부에게 깃발 하나씩 예비로 가져가게 했거든. 상회의 주인인 자들이 깃발도 없이 돌아오면 처량 맞다나, 어쨌다나?"

"오호! 그렇게 된 거였군?"

얼른 깃발을 펼쳐 들어 감상을 하며 알은 수긍했다. 냉정한 면모만 보이던 바론이 이런 자상한 모습을 보이는 것에 감격한 알은 눈시울이 붉어졌다. 슬쩍 깃발로 얼굴을 가리며 눈물을 훔쳐 낸 그는 서둘러 자신의 마차에 깃발을 매달았다.

길다란 장대가 없어 길 옆에 있는 나뭇가지를 잘라내 달았기 때문에 깃발은 마차 위에 간신히 매달려 있었다. 하지만 선선한 가을바람이 부는 것과 동시에 페가수스는 곧장 하늘을 향해 치솟았다.

알과 레온은 그 모습을 말없이 지켜보며 흐뭇한 표정을 지었다. 원저에서 대공을 통해 충분한 소식을 접하긴 했지만 막상 깃발을 보고 있자니 감회가 새로웠다.

'드디어 돌아왔구나.'

하고 두 사람은 동시에 실감했다. 그리고 자신들이 비운 사이에 레스터가 크게 바뀌었다는 것 역시 실감했다. 돌아온 직후에 곧바로 상회의 사람들을 만난 것은 행운이었지만 어떤 면에선 상회가 얼마나 발전했는지를 가늠할 수 있게 해주는 것이기도 했다.

약속대로 바론은 레스터를 장악한 것이 틀림없었다. 그것도 놀랄 정도로 빠른 시일 안에!

"레스터의 상인들 모두 포란을 중심으로 뭉쳤지?"

"어? 그걸 어떻게 알았지?"

느닷없는 질문에 오히려 고리스가 놀랐다. 그간 있었던 일에 대해 알을 놀라게 하려던 그의 계획이 무너졌기 때문에 실망한 것도 있지만 뒤이어 이어진 질문의 내용이 상세하게 알고 있다는 인상을 주었기에 고리스는 더욱 놀랐다.

"어떻게 그것들을 알고 있지? 포란에서도 바론이나 나, 소나임 정도만 알고 있는 사실들인데 말이야?"

"음, 다 아는 수가 있어."

"어떻게 안 거지?"

고리스는 혀를 내둘렀다.

"설마 우리 소문이 전국에 퍼진 것도 아닐 텐데 말야!"

대답 대신 알은 싱긋 미소를 지었다. 그의 말대로 전국에 퍼진 것은 아니었지만 확실히 윈저엔 퍼져 있었기 때문이었다.

"한데 넌 어디로 가는 거지? 뭘 싣고 있는 거야? 포란에서 나올 건 이제 없을 텐데?"

봄가을에 한 번씩 양모를 깎기는 하지만 아직 시기가 아니었다. 치즈 생산도 삼 개월에 한 번인데 저번 축제가 끝나는 것과 동시에 출발했다는 것을 알은 기억해 냈다. 이제 두 달이 조금 넘은 시점에 치즈가 생산될 리도 만무했으니 지금 고리스가 운반하고 있는 물건이 무언지 궁금했다.

"말했잖아? 우리 상회는 레스터를 장악했다고!"

"그럼… 설마?"

알은 뒤에 있는 상인들을 쳐다봤다. 쉽게 추측할 수 있었다. 포란에서 상품이 나올 시기가 아니라는 점과 한 번도 보지 못했던 상인들이 있다는 것만으로도 충분했다.

고리스는 다른 지역의 상품을 중개하고 있는 것이 분명했다. 그리고 확인시켜 주듯 그는 마차를 가리키며 자랑스럽게 외쳤다.

"저건 어육이야. 우린 강을 따라 거슬러 올라가면서 어육을 팔기 위해 왔어."

“어육?”

레온의 목소리가 커졌다.

“어육은 우리가 팔 거란 말야!!”

“맙소사! 길이 엇갈렸군.”

“에엣? 너도 어육을 가져온 거야?”

고리스도 당황했는지 얼른 마차를 두리번거렸다. 이내 냄새를 따라 수요의 마차로 고개를 돌리며 마차 가득 넘치는 양에 얼굴을 찡그렸다.

“이건 윈저의 어육?”

“그래.”

“너 미쳤어? 레스터 남부는 어촌이 많단 말야. 어육 따위는 레스터에도 넘쳐 나는데 뭐 하러 이런 걸 구입해 온 거야?”

“무슨 소리야! 우린 어육을 싣고 강을 따라 올라갈 생각이었다구! 어육이 잘 팔리는 길이란 걸 생각하고 구해온 것인데 네가 선수를 치면 어떻게 해?”

“좋은 방법이 있어.”

멀찍이 서서 대화를 듣고 있던 수요가 얼른 나섰다. 모두 그를 바라보자 그는 당당하게 말했다.

“마차를 통째로 저쪽으로 넘기면 되잖아!”

“…누구야, 저건?”

어이없는지 고리스가 알을 향해 고개를 돌려 물었다.

“수요라고 해. 종업원으로 고용했는데 여행 내내 친구처럼 지냈거든. 한데 말야……”

알은 턱을 쓰다듬으며 고리스가 이끌고 있는 상인의 수와 마차의 수를 헤아렸다. 짐작대로 사람 수가 약간 많았다. 그는 수요의 의견이 나쁘다고 생각지 않았기에 얼른 고리스를 향해 화사한 미소를 지었다.

"우리 마차도 네가 가져가서 팔도록 해."

"뭐? 그럼 넌?"

"난 일정을 바꿔야겠어. 이대로 북상해서 레스터 성으로 갈 생각이었는데… 어육을 여기에서 처분한다면 좀 더 남쪽을 돌아서 올라가야지."

"길을 도는 거잖아? 그렇게 되면 포란 성을 지나쳐야 할 텐데?"

갑자기 짐마차 하나를 떠맡아 당혹스러워하는 고리스를 향해 아낌없는 미소를 던지며 알은 대답했다.

"조금 더 여유있게 레스터를 돌아보고 싶어서 말야. 알다시피 난 레스터 남부는 거의 모르거든. 게다가 그동안 얼마나 바뀌었는지 봐둘 필요도 있고 말야."

고리스는 실눈을 뜨며 알을 째려봤다.

"혹시… 너, 좀 더 놀다가 돌아올 생각은 아니겠지?"

대답 대신 알은 더욱 화사한 미소를 지었다.

우여곡절 끝에 고리스에게 물건을 맡긴 알은 기수를 다시 서쪽으로 향했다. 아직 시일이 충분히 남은 데다가 이미 레스터로 들어섰기 때문에 급할 이유는 없었다. 그리고 예정보다 며칠 빨랐다는 것도 마음을 가볍게 했기에 길을 돌아서 가기로 결심했다. 물론 알의 결정에 대해서 레온은 반대하지 않았다.

다만 수요는 여전히 투덜거리며 마차를 몰고 있었다. 어육을 가득 실었던 마차가 없어지긴 했지만 수요는 여전히 짐이 실린 마차를 몰아야 했다. 레온이 몰던 마차를, 그것도 혼자서. 알의 마차에 귀중품과

돈이 가득 실려 있는 탓이라곤 해도 혼자 따로 떨어져 마차를 모는 것이 달가울 리는 없었다. 그는 삐죽 나온 입만큼이나 투덜거리기 바빴다.

한적한 언덕길 위에 단 두 대의 마차. 알의 귀에도 수요의 투덜거림이 빤히 들렸지만 그는 일부러 모른 척 마차를 몰 뿐이었다. 오히려 레온이 안절부절못하며 미안한 기색을 보이자 슬쩍 곁눈질로 눈치를 주며 잠자코 있으라고 했다.

어느 정도 시간이 지나자 수요의 투덜거림은 서서히 잦아들었다. 꿈쩍도 않는 두 사람에게 질린 것도 있었지만 갑자기 나타난 해안의 풍경에 눈길이 가는 탓도 있었다.

레스터 남부는 해안선을 따라 마을이 발전했다. 주로 어촌을 중심으로 하는데 위클리프나 윈저처럼 해안선이 완만하지 못한 탓에 마을은 모래펄을 중심으로 거리를 두고 세워졌다. 그 사이사이에 바위가 들어서 있는 데다가 근해에는 암초가 많기 때문에 큰배가 출항하기엔 약간 문제가 있다. 그저 작은 고기잡이배들이 들락거릴 정도의 작은 포구만 있을 뿐이다.

그러나 위클리프에서 시작되어 윈저를 거쳐 해안선을 따라 포장된 길은 레스터의 것을 최고로 쳐준다. 넓으나 다듬어진 길의 내용을 말하는 것이 아니라 바위 사이로 펼쳐지는 바다와 갈매기, 구름의 조화가 가장 아름답기 때문이다.

수요의 입은 그 아름다운 자연의 풍경에 절로 벌어졌다. 그리고 레온과 알도 처음 접하는 풍경에 감탄을 하며 천천히 마차를 몰고 있었다.

문득 알은 바위 사이로 보이는 하얀 모래 위에 불긋한 형체가 있는 것을 발견했다. 거리가 있어서 알아볼 수는 없었지만 꼭 사람이 누워 있는 것 같았다. 관광철이거나 어촌이 있는 곳이라면 그러려니 하고 넘어가겠지만 쓰러진 채 가만히 있는 모습이 어쩐지 표류해 온 사람 같다는 생각이 들었다.

"어이, 레온. 저기 저거 사람 같지 않냐?"

알은 레온의 옆구리를 쿡 찌르며 바위를 가리켰다. 검은 바위 틈새에 하얀 백사장, 그리고 그 위에 붉은 천 조각이 무언가를 감싸고 있는 듯한 모습을 레온도 발견했다. 잠시 그것을 바라보던 레온은 두 눈을 크게 뜬 채 외쳤다.

"형?!"

"뭐?"

레온은 달리는 마차에서 벌떡 몸을 일으켜 그대로 박차고 나갔다. 마차가 살짝 덜컹거리는 사이에 그의 몸은 벌써 바위를 뛰어넘고 있었다. 알도 허겁지겁 마차를 세우며 뛰어내렸다.

"뭐야? 무슨 일이야?"

한참 풍경에 도취되어 정신을 차리지 못하던 수요도 급정거를 하며 자리에서 몸을 일으켰다. 그의 눈에 레온이 해안 가에 쓰러져 있는 사람에게 다가가는 것이 보였다.

"사람이잖아?"

수요도 얼른 마차에서 뛰어내렸다.

이끼가 끼어 미끄럽고 뾰족한 바위를 한달음에 올라서며 레온은 속으로 중얼거렸다.

'아닐 거야, 아니야. 그래 잘못 본 거야. 맞아, 형은 모스 섬으로 갔잖아. 이런 곳에 있을 리가 없어.'

하지만 레온은 자신의 눈이 좋다는 것을 알고 있었다. 그리고 카슨은 어려서부터 눈에 익혀온 형이었다. 마차 위에서 본 것만으로도 그는 누워 있는 사내가 카슨의 체형과 똑같다고 확신했다. 게다가 붉은 천 조각 사이로 나부끼던 머리칼은 짧고 까만 머리였다.

'어째서 붉은색이……?'

레온의 머리 속은 혼란스러웠다.

모스 섬으로 떠났다는 카슨이 여기에 있다는 것도 이상했지만 무엇보다 그의 옷이 붉은색이라는 점이 더욱 마음에 걸렸다. 그의 기사복은 밝은 회색에 가까웠다. 돌격기병단의 복식 그대로 따르면서 홀로 독특한 색깔을 고집했기 때문에 레온도 기억하고 있었다. 그런 그의 옷이 붉게 물들어 있었다. 그리고 그것이 피일 것이란 점에 레온은 불안함을 감추지 못했다.

"레온, 여기야!"

바위 사이에서 울려오는 알의 고함에 레온은 정신을 차렸다. 정신없이 바위를 넘는 사이에 이미 지나쳐 왔다. 그는 소리가 들린 바위로 잽싸게 몸을 이동한 후에 단번에 뛰어내렸다. 모래밭이라 중심을 잃을 뻔했지만 이내 그의 시야에 바닥에 엎드려 있는 사내와 곁에 근심스런 표정을 짓고 있는 알의 모습이 보였다. 그리고 바위 사이로 수요의 모습도 나타났다.

"상당한 중상이야. 아직 숨은 있는 것 같아."

레온이 달려드는 동안 사내를 바로 눕히고 얼굴에 귀를 디밀어 숨소리를 확인한 알이 말했다. 그의 머리카락에 가려 자세히 볼 수 없었던 레온은 그가 고개를 들기도 전에 쓰러지듯 사내 곁에 주저앉아 얼굴을 확인했다.

그리고 그대로 그는 굳어진 채 어찌할 바를 몰랐다. 간신히 목을 쥐어짜듯 그는 소리쳤다.

"혀엉! 혀엉!"

막 도착한 수요가 피로 얼룩져 알아보기 힘든 사내의 얼굴을 보고 한마디 했다.

"카슨 레스터 자작? 어째서 이 사람이 여기에 있는 거지?"

그의 확인 작업을 거치고 나서야 알도 쓰러져 있는 사내가 누군지 알았다. 레온의 셋째 형 카슨이라는 것을.

알은 막 형을 흔들어 깨우려는 레온을 손으로 막았다. 그는 다급하게 외쳤다.

"그만둬, 레온. 네 형은 지금 매우 위독한 상태야. 흔들면 상처가 벌어질 수 있어."

그의 제지에 레온은 손을 대지는 않았지만 벌써 눈가엔 굵은 방울이 흐르고 있었다. 아직까지 레온은 가족 중에 중상을 입은 자를 본 적이 없었다. 다들 워낙에 강했던 탓에 전투에 나간다고 해도 부상에 대한 걱정은 하지 않았다. 한데 지금 그의 눈앞에 누구보다 강했던 카슨이 겨우 숨이 붙어 있는 몰골로 쓰러져 있었다.

조심스럽게 카슨의 앞섶을 풀어헤치던 알은 난감한 듯 중얼거렸다.

"찢어진 상처로 천이 들어가서 피와 엉겨 붙은 것 같아. 이래선 상처를 치료할 수 없겠어."

"잘라내야겠지."

당황하여 울기만 하는 레온과 달리 알과 수요는 재빨리 카슨의 상태를 확인하기 시작했다. 알은 허리춤에서 단검을 꺼내 예전에는 옷이었을 천을 조금씩 잘라내기 시작했다. 상처에 충격을 주지 않기 위해 천천히 잘라냈기 때문에 작업은 매우 더뎠다. 벌써 알의 이마엔 굵은 땀방울이 맺혔다.

어느새 수요가 마차에서 깨끗한 물과 천을 가져왔다. 그는 천에 물을 적셔 상처를 닦아내기 시작했다. 피로 얼룩져 보이지 않던 상처가 조금씩 드러나자 알과 수요는 놀랐다.

온몸에 작은 이빨 자국이 무수히 나 있었다. 특히 가슴 주위는 쥐가 파먹은 듯 살점이 뜯겨져 나갔고, 다리에도 늑대에게 뜯긴 듯한 상처가 몇 개 보였다.

레온의 울음소리가 더욱 커지는 동안 알은 손을 멈추고 수요를 바라봤다. 천을 잘라내어 상처를 치료하려던 그의 생각이 잘못되었다는 것을 깨달았던 것이다. 그는 수요에게 어떻게 해야 할지 눈빛을 보냈다. 그러나 수요로서도 딱히 뾰족한 수가 있는 것은 아니었다. 천을 잘라낸다고 해도 이미 많은 양이 상처 깊숙이 들어간 후였다. 그것을 제거하지 않는 한 위험하긴 마찬가지였다.

수요는 레온이 눈치 채지 못하게 고개를 저으며 천을 찢어 알에게 건넸다. 천을 뽑아내다간 상처가 벌어져 더 많은 피를 쏟을 것이 분명했기에 우선 닦아내자는 무언의 표시였다. 알도 무겁게 고개를 끄덕이며 천을 받아 들었다. 그리고 상처를 닦아내기 시작했다.

순간 카슨의 몸이 꿈틀하며 살짝 움직였다. 상처를 닦아내는 것을 느낀 것인지 그는 간신히 눈을 떴다. 초점없는 눈으로 허공을 응시하는 카슨에게 레온은 서둘러 다가가 얼굴을 들었다.

"형! 나야, 레온이야. 알아볼 수 있겠어?"

"레… 온?"

거의 들리지 않는 소리로 카슨은 힘겹게 말했다.

“그래, 형. 나야!”

“조용히, 레온.”

곁에 있던 알이 그의 입을 막으며 카슨의 입에 귀를 가까이 댔다.

그는 알고 있었다. 사람은 죽음에 이르게 되면 마지막 힘을 낸다는 것을 말이다. 지금 카슨은 죽기 전에 마지막 힘을 내서 정신을 차린 것이 분명했다. 지금 이 순간 그의 마지막 말이 유언이나 다름없다고 생각한 알은 서둘러 레온의 입을 막으며 그의 말에 귀 기울였다.

수요도 그 사실을 알고 있기에 알과 같은 행동을 취했다.

두 사람이 카슨의 얼굴을 가리자 레온은 다급한 마음에 손을 들어 그들을 밀어냈다. 그 순간 카슨의 입에서 조그마한 소리가 흘러나왔다.

“반… 찬…….”

힘겹게 무언가를 중얼거린 카슨은 천천히 숨을 내쉬었다. 반쯤 감긴 눈동자가 서서히 풀어지며 그는 조용히 안식의 세계로 빠져들었다.

잠시 머뭇거리며 카슨을 바라보던 레온은 멍하니 그의 손을 잡았다. 무슨 일인지, 어떻게 된 것인지 전혀 알 수 없었다. 레온의 사고는 굳어져서 아무것도 생각할 수 없었다.

문득 알의 손이 그의 어깨를 짚었다.

“돌아가셨다…….”

“…아냐…….”

“…레온.”

“아니야! 아니야!!”

레온이 울부짖었다. 고개를 숙인 채 카슨의 시신 곁에서 울고 있었다. 그 역시도 지금 막 카슨이 죽었다는 것을 깨닫고 있었다. 하지만 그 현실을 인정하고 싶지 않았다. 인정할 수 없다, 이럴 리가 없다고 레온은 중얼거렸다.

레온이 열다섯에 크루세이더가 되기 전까지 카슨은 가문을 대표하는 천재적인 검사였다. 그런 칭송을 받았던 그가 이런 곳에서 이렇게 허무하게 죽음을 맞이했다는 것을 그는 이해할 수 없었다.

알과 수요가 언제 자리를 벗어났고 언제 다시 돌아왔는지 알아챌 수 없을 정도로 레온은 정신없이 울었다. 그리고 두 사람이 그를 일으켜 세운 후에야 들것을 가져왔다는 것을 알았다.

"우선 가까운 마을로 가서 관을 맞춰야겠어."

"……."

아직 죽지 않았다고 외치고 싶은 것을 레온은 꾹 눌렀다. 더 이상 억지를 쓴다고 해서 해결될 일은 아니라고 생각했기 때문이다. 그렇지만 막상 그의 머리 속은 매우 혼란해 무엇을 해야 할지 전혀 알 수 없었다.

알과 수요가 카슨을 들것에 실은 후 마차로 향할 때까지 그는 멍청히 바라보고만 있었다. 알이 재차 불렀을 때에야 겨우 몸을 일으켜 두 사람을 따르기 시작했다.

카슨 곁에 앉아서 오랫동안 울고 있었다고 깨달은 것은 마차에 돌아온 이후였다. 마차 두 대는 깨끗이 정돈되어 있었는데 알과 레온이 타고 있던 마차가 비워져 있어 카슨의 시신을 놓을 수 있었다. 그곳에 있던 짐은 수요의 짐마차에—원래부터 약간의 상품만 실려 있었다—옮긴 후였다.

"돈하고… 귀중품이잖아……."

낮고 쉰 듯한 음성에 레온 자신이 더 놀랐다.

"신경 쓰지 마, 레온. 어서 타."

시신의 머리끝부터 발끝까지 모포를 씌운 후 알은 서둘러 마부석에 앉아 채찍질을 시작했다. 카슨의 곁에 앉은 레온은 더 이상 눈물도 나지 않는지 멍하니 앉은 채 모포를 바라보고 있을 뿐이었다.

덜거덕거리며 바퀴가 구르기 시작했을 때 세 사람은 각자의 생각에 잠겼다.

가까운 마을에 들러 관을 준비하는 동안에도 레온은 정신을 차리지 못했다. 여전히 멍청한 얼굴로 카슨을 덮은 모포를 응시한 채 자신만의 세계에 빠져 있었다.

그런 레온을 내버려 둔 채 알과 수요가 입씨름을 시작했다.

"우선 성으로 가야 해."

"그럴 필요가 어디 있어? 우린 여기서 장례를 치를 것도 아닌데 말야."

"그렇지만 카슨 경은 귀족이야. 그에 맞는 격식을 차려야 하잖아!"

수요는 침을 튀겨가며 자신의 생각을 피력했다. 한 옆에서 얼굴을 찡그리며 알은 궁리를 했다.

지금 두 사람이 싸우는 이유는 성에 들러 장례 절차를 밟아야 하느냐 마느냐 하는 것에 관한 것이었다. 알은 평민이었던 탓에 귀족의 장례 풍습에 대해선 문외한에 가까웠다. 그렇기에 일단 관을 짜서 카슨의 시신을 넣은 후에 레스터 성까지 옮길 생각이었다. 반면에 수요는 귀족의 생활과 풍습에 대해 잘 알고 있었다. 특히 카슨의 작위가 자작일지라도 그는 공작의 셋째 아들이었다. 보통 귀족들처럼 장례를 치를 수도 없거니와 알의 말대로 관에 넣어서 운반하는 것만으로는 부족해도 한참 부족한 것이다.

"절차가 복잡한 건 딱 질색인데……."

궁리를 거듭하며 알이 혼잣말을 했다. 듣고 있던 수요가 드디어 결정적인 한마디를 던졌다.

"그냥 모셔갔다간 하이렌 백작에게 미움받을 거야."

단순함과 복잡함 사이에서 결정을 내리지 못하던 알이 번쩍 고개를 들고 외쳤다.

"그건 곤란하지!"

그렇게 결정을 내리고도 알은 한참을 망설였다. 우선 아는 귀족이 없다는 점이 가장 큰 문제였다. 카슨의 시신을 넘기고 자신들은 빠지는 방법도 있었지만 이곳엔 레온도 있었다.

지금도 곁에서 떨어지지 않으려 하는 레온인데 그런 방법을 용납할 리가 없었다. 어차피 레스터 성까지 시신을 옮길 사람들은 자신들이어야 했다. 수요의 말대로 절차를 밟아야 하긴 하는데 그걸 부탁할 만한 귀족을 알지 못한다는 문제점이 있었다.

물론 레스터 영지 안에 있는 귀족들이야 당연히 레스터 가문을 따르고 있겠지만 그들이 묵묵히 절차만 밟아줄 리가 없었다. 기사에 병사에 신관까지 딸려서 긴 행렬을 이룰 텐데 그래서야 영 속도가 나지 않을 것이다. 통행증의 시효를 맞춰야 한다는 점도 있었다.

그런 생각들을 하며 잠시 궁리를 하던 수요는 퍼뜩 떠오르는 생각에 손뼉을 탁 쳤다.

"그래! 프란츠 백작에게 부탁하자!"

"프란츠 백작? 포란 성?"

고개를 갸웃하며 수요가 반문했다.

"그래. 프란츠 백작이라면 우리 사정을 알고 있으니까 간단하게 처리해 줄 거야. 포란 성이 조금 멀긴 하지만 어차피 지나쳐야 할 테고 일주일 내로 도착할 수 있거든."

"일주일이라… 시간이 좀 걸리잖아."

"그래도 여기에서 부탁하는 것보단 나을 거야. 아마 열흘 이상은 가야 포란에 도착할걸? 그렇지만 우리끼리라면 일주일이면 충분하고도 남지. 서두르면 그보다 단축될지도 몰라."

"좋아. 그렇게 하자."

"그럼 넌 여기서 관을 맞추도록 해. 난 근처에 있는 상회에 저 물건을 부탁해야겠어."

알이 가리킨 방향에 지금껏 수요가 몰고 온 마차가 있었다. 그 안에는 윈저에서 소량으로 구매했던 상품들과 귀중품이 있다.

"부탁? 파는 게 아니고?"

"저런 소량을 누가 사주겠어? 게다가 가격을 알아보기 위해서 산 건데 함부로 팔 수는 없지. 이 마을에도 중개상은 있을 테니까 그들의 창고를 빌리거나 아니면 포란까지 배달해 달라고 해봐야지."

그렇게 말한 알은 재빨리 귀중품을 내린 후 부리나케 달려갔다.

"급하긴……."

혼자 남은 채 머리를 긁적이던 수요가 중얼거렸다. 마침 다가오던 장의사가 입을 열었다.

"그래서 이제 토론은 끝난 거유?"

"뭐 토론이랄 것까지……."

그렇게 대꾸하던 수요는 조금 진지한 표정으로 물었다.

"혹시 귀족들이 쓸 만큼 고가의 관이 있나요?"

“그런 건 없수다.”
“할 수 없군. 그럼 가장 좋은 것으로 관을 좀 내줘요.”
“마차 안에 있는 사람의 크기면 되는 거지유?”
“물론.”
장의사는 고개를 끄덕이며 곧 안으로 들어갔다.
수요는 하늘을 쳐다봤다.
“맑군. 장례 치르기에 더없이 좋은 날이야.”
한바탕 비라도 내렸으면 좋겠다고 생각했지만 수요는 그렇게 중얼
거렸다.

북부 레스터에 비해 남부 쪽은 사람도 많고 마을도 많았으며 길도
많았다. 갈림길이 많은데도 불구하고 짐마차는 오 일 만에 포란에 도
착할 수 있었다. 가벼워서라기보다는 마음이 급해서라는 이유가 더 컸
다. 어촌 마을의 장의사 집에서 충분히 길을 숙지했다고 해도 이렇게
빠를 순 없었다. 각 마차마다 네 마리씩 말을 묶은 것도 한몫했지만.
일행은 숨 가쁘게 달린 탓에 해질 무렵 포란의 야경이 내려다보이는
언덕 위에 설 수 있었다. 그리고 그때까지 단 한 마디도 하지 않는 레
온을 향해 알이 소리쳤다.
“레온! 포란에 도착했어. 이제 삼 일 정도만 더 전력 질주한다면 레
스터 성에 도착할 수 있을 거야. 그렇지만 우선은 포란 성으로 가자.
괜찮겠지?”
대답 대신 레온의 고개가 약간 끄덕여졌다. 두 번째 마차를 몰던 수
요가 그것을 보고 대신 대답했다.
“포란 성으로 가자, 알.”

“그래.”

알의 마차가 마을 외곽을 돌며 곧장 포란 성으로 향했다.

해가 지면 성문은 닫히게 된다. 하지만 성이란 자체가 마을을 지키기 위함이기 때문에 밤에도 성벽 위에는 병사들이 남아 있게 마련이었다.

닫혀 있는 성문을 향해 말을 달렸을 때 성벽 위에서 병사가 소리쳤다.

“누구냐? 이름을 말하지 않으면 공격하겠다!”

위협적인 말이었지만 알은 그보다 더 다급했다.

“난 포란의 알 베자스다! 지금 당장 성주를 만나야 하니 문을 열어줘!”

“포란의 알? 여어, 다른 영지로 떠났다더니 돌아온 거냐?”

“갔던 일은 잘됐냐?”

병사들 역시 마을 출신이라 알을 잘 알고 있었다. 당연히 아는 체를 하며 반가워하는데 알은 더욱 다급한 목소리로 소리쳤다.

“이봐! 문을 열라구! 내 말이 안 들려?”

“무슨 소리야, 알? 밤에는 성문을 닫는 걸 모르는 거야? 성주님을 만나뵈려거든 내일 아침에 다시 오도록 해.”

“난 지금 당장 만나야겠어!”

알이 버럭 소리치는 동안 수요가 나섰다.

“어이, 이봐. 우린 레스터 성에서 하이렌 백작의 급한 용무를 대신 전하려는 거야! 책임을 다하기 위해 우릴 막는 것은 좋지만 조금이라도 늦으면 나중에 문책을 받을 텐데 그래도 상관없겠어?”

수요의 거짓말에 알도 깨닫는 것이 있었다. 어차피 밤이 되면 웬만한 일이라 해도 성문은 꿈쩍도 하지 않는다. 그렇다면 일단 겁을 주어서라도 성주가 나서게 해야 했다. 수요의 거짓말은 분명 병사들을 동요시킬 것이 분명했다.

그렇게 생각한 알도 나서서 수요를 거들었다.

"어이, 수요! 어차피 우린 급할 게 없으니 내일 아침에 다시 찾아오도록 할까?"

"뭐, 상관없겠지. 하지만 오늘 성문을 담당했던 네 친구들은 모두 크게 혼날 텐데 괜찮겠어?"

"설마 큰일이야 나겠어? 저들은 자신의 일을 충실히 하고 있는데 말야."

그렇게 말하며 알은 위를 향해 외쳤다.

"어이, 별문제없을 거야. 그렇지?"

일부러 다 들으란 듯이 소리치자 병사들은 당황한 듯 잠시 쑥덕거리고 있었다. 그들이 뭐라고 대꾸하지 못한 채 머뭇거리는 동안 수요가 작은 목소리로 중얼거렸다.

"바보들~ 이런 간단한 거짓말에 동요하다니 말야."

"한데 프란츠 백작이 성에 없으면 어떡하지?"

"그럴 리가 없잖아? 만약 그렇다면 내가 소리친 즉시 반박해 왔을 걸. 저렇게 쑥덕공론을 하지도 않았을 거라고."

수요의 말에 알도 고개를 끄덕이며 수긍했다.

그동안 회의가 끝났는지 한 병사가 밑을 향해 소리쳤다.

"어이, 알. 아직 있나?"

"그래, 있다! 어서 결정해. 내일 아침에 와야 하는 거면 일단 돌아가서 한잠 푹 자고 싶으니까 말이야."

"성주님께 말씀드리는 건 힘들 것 같고, 일단 부관을 찾으러 보냈어. 그 정도로 안 될까?"

알의 얼굴이 찌푸려졌다.

프란츠 백작의 부관이라면 애바스였다. 포란 마을에서 태어나 쭉 그곳에서만 자란 청년으로 일 처리가 뛰어나다는 점 때문에 프란츠의 눈에 들어 부관에까지 오른 자였다. 문제는 그가 귀족이 아니기 때문에 레온을 알까 걱정되는 것이다. 레온은 레스터 귀족들 사이에서도 알려지지 않았기 때문에 애바스가 부관이라고 해도 알 리는 만무했다.

'하지만, 뭐… 카슨 자작은 알고 있겠지.'

그렇게 중얼거린 알은 곧 병사들을 향해 대답했다.

잠시 기다리자 숨을 헐떡이며 애바스가 나타났다. 그는 밑으로 고개를 내밀었지만 어둠이 깔려 있어 쉽게 구별이 가지 않았다. 반면에 성벽에 설치된 모닥불에 알은 곧장 애바스를 알아볼 수 있었다.

알이 먼저 소리쳤다.

"여어~ 애바스!"

소리가 난 곳으로 눈을 돌리며 애바스도 아는 체를 했다.

"오오, 정말 알이로군. 언제 온 거야?"

"그보다 성문을 열어줘야겠어."

"무슨 일이지? 웬만한 일이라면 아침에 다시 찾아올 수 없을까?"

"이봐, 우린…….."

수요가 막 소리치려는 순간 애바스가 한술 더 떴다.

"함부로 성문을 여는 것은 중죄야. 하지만 이유에 따라선 예외가 있을 수도 있겠지. 내게 먼저 말하면 백작에게 전해주겠다, 어때?"

알은 수요를 쳐다봤다. 어쩔 수 없다는 듯 수요도 어깨를 으쓱하며 고개를 끄덕였다. 그의 뜻을 짐작한 알은 잠시 레온을 쳐다본 후 고개를 들어 외쳤다.

"카슨 레스터 자작께서 돌아가셨다! 그분의 시신이 이곳에 있지만 아직 장례 절차를 밟지는 못했어! 프란츠 백작께서 도와주시길 바란다고 좀 전해주게!"

"뭐, 뭐라고? 카슨 자작이?"

한 번도 얼굴을 본 적은 없지만 백작의 부관으로서 이름만은 들어왔다. 특히 카슨에게 검을 가르친 이는 바로 프란츠가 아니던가. 그 이름만은 질리도록 들어왔던 애바스였다. 그의 안색이 일순간에 바뀌었다.

"그, 그 사람은 마스터일 텐데… 어, 어째서……?"

중얼거린 애바스는 곧 사태가 심상치 않다는 것을 깨달았다. 그는 곧바로 병사들을 향해 명령했다.

"즉시 성문을 열고 경계를 강화해라. 나는 즉시 성주님께 보고하겠다."

검 한 번 들어보지 않았던 애바스의 몸이 바람같이 성벽을 내려갔다.

곳곳에 불이 환하게 밝혀지는 동안 성문이 조금씩 열리기 시작했다. 그리고 성문 아래에선 갑자기 커다란 울음이 터져 나왔다.

애바스가 프란츠의 자택에 이르렀을 때 어둠 속에서 누군가 애바스를 향해 말을 걸었다.

"무슨 일인가, 애바스?"

중후한 목소리의 남자는 바로 프란츠였다.

애바스의 명령에 병사들이 분주하게 불을 밝히고 성문이 열리는 와

중이었으니 프란츠 역시 무슨 일인가 하고 나와 있었던 것이다. 애바스는 곧장 프란츠에게 달려가 경례를 하며 예의를 갖췄다.

프란츠는 예의에 크게 구애받는 성격이 아니었기에 대충 손을 들어 화답하고는 다시 성문을 바라봤다. 어둠 속에서도 마차 한 대가 들어오고 있는 것이 언뜻 보였다. 그는 애바스를 향해 고개를 돌렸다.

"무슨 일이지?"

"큰일났습니다, 프란츠 경!"

"뭣? 전쟁인가? 아니면 반란? 도적 떼라도 들이닥친 건가?"

프란츠의 목소리가 일순 커졌다. 그리고 어느 틈에 그의 손은 허리춤에 매달려 있는 검자루를 쥐고 있었다. 여차하면 검을 뽑아 '나를 따르라' 하고 외칠 기세였다.

"적은 어디지? 수는 얼마나 되는가?"

잠시 애바스는 혼란스러웠다. 지금 프란츠가 장난으로 이러는 건지 진심으로 이러는 건지 헷갈리고 있는 중이었다. 하지만 애바스는 역시 자신의 책무에 대해 충실한 부관이었다. 상관의 질문에 대해 똑바로 대답할 줄 아는 현명함을 지니고 있었다.

"전쟁이 아닙니다!"

"그래?"

대답과 함께 검에서 손을 뗀 프란츠는 평소의 무관심한 태도로 돌변했다. 그에게 있어 군무와 검술 이외의 것은 언제나 관심 밖이었기 때문에 정말 엄청난 일이 벌어진다고 해도 별로 상관하는 성격이 아니었다. 뚱한 태도로 성문을 한번 힐끗 쳐다보고는 몸을 돌려 자택으로 돌아가려는 프란츠에게 애바스가 소리쳤다.

"카슨 자작이 돌아가셨다고 합니다."

멈칫하고 프란츠의 몸이 굳어졌다. 천천히 애바스를 향해 돌아서는 프란츠의 얼굴이 심하게 경직되어 있었다. 그러나 이내 안색을 풀며 그는 미소를 지었다. 깜짝 놀라긴 했지만 말도 안 되는 농담을 들었다는 억지웃음이었다.

"이봐, 애바스. 포란 성과 카슨을 공격하는 것 중에 어느 게 더 쉬울 것 같은가?"

느닷없는 질문에 애바스는 잠시 주저했다. 그러나 주어진 질문에 최선을 다해 대답하는 것이 부관의 임무라는 것을 그는 잊지 않았다.

"네, 포란 성을 공격하는 것이 더 어려울 것 같습니다. 성에는 수많은 기사와 병사, 그리고 각종 무기와 식량이 비축되어 있지만 카슨 자작은 단 한 사람뿐이니 당연히……."

손을 들어 그의 말을 막으며 프란츠는 고개를 저었다.

"천만에. 카슨을 공격하는 게 더 어려워. 마스터란 경지는 그런 거야. 성 하나 날릴 만한 공격력이 있어도 사람 하나를 당할 수 없거든. 그런데 카슨이 죽었다고 보고하다니? 이해가 가는 말을 하란 말야!"

"하지만 지금 성에 들어온 자들이 분명 그렇게 얘기했습니다."

"흥! 그런 헛소문 따위에 성문을 열었단 말인가? 내일 아침에 관련자 전부를 처벌하겠다."

매서운 말투로 엄포를 놓은 프란츠는 애바스를 무섭게 노려봤다.

"물론, 자네 역시!"

휙 몸을 돌려 자택으로 들어가려던 프란츠는 문득 궁금한 듯 어깨 너머 애바스에게 질문했다.

"한데 그런 헛소문을 가져온 녀석은 누구지?"

프란츠의 위압적인 기세에 목을 움츠리고 있던 애바스는 다시 부관의 책무를 다하기 위해 부동자세를 취하고 목을 가다듬었다.

"네, 포란의 알 베자스입니다."

그리고 그 말이 프란츠에게 얼마나 큰 충격을 주었는지 애바스는 금세 깨달아야 했다. 프란츠의 몸이 180도 회전하는 것과 동시에 애바스의 목덜미에 강한 힘이 조여왔다. 그리고 어느새 프란츠의 멋스러운 콧수염이 애바스의 눈가에 아롱거리고 있었다.

"누구라고 했지?"

그 외침에 애바스는 선뜻 대답하지 못했다. 프란츠의 성격이 냉정하다가도 순간마다 격하게 분출한다는 것을 알고는 있었지만 지금처럼 분노하는 모습은 처음이었다. 그는 겁을 집어먹은 채 기어 들어가는 목소리로 겨우 대답했다.

"포, 포란의 알……."

"혹시… 혹시 녀석 혼자였나? 다른 이는 없었나?"

애바스는 성벽에서 나눈 대화를 떠올렸다.

어두워서 볼 수는 없었지만 들려온 목소리에 한 명이 더 있었다는 것을 기억할 수 있었다. 말투가 예전과 다르다고 느끼긴 했지만 같은 상회의 레온일 것이라고 애바스는 짐작했다. 두 사람이 타영지로 여행을 떠난 것을 포란 사람이라면 누구나 알고 있었기 때문이었다.

"레, 레온이 있었습니다……."

그 대답을 마친 애바스의 눈에 프란츠의 등이 보였다. 어둠을 뚫고 성문을 향해 달려가는 프란츠의 모습이.

새벽이 되어서야 알과 수요는 한숨 돌리며 쉴 수 있었다. 두 사람 사이에 여전히 말이 없는 레온이 고개를 숙인 채 침묵하고 있었고 그 앞에는 눈이 벌겋게 충혈된 프란츠가 앉아 있었다. 그리고 사이에 놓여진 테이블 위에는 케이크와 알맞게 데워진 수프가 있었다. 먼길을 달려온 세 사람을 비롯해 밤새 목청을 돋워 울고 명령을 내린 프란츠가 속을 달래기 위해 준비한 것이다. 그러나 누구도 선뜻 음식에 손을 대는 이는 없었다.

한달음에 마차에 도착한 프란츠는 곧장 관 뚜껑을 열어 시신을 확인했다. 오랜만에 본 처참한 모습의 카슨이지만 프란츠는 한눈에 알아볼 수 있었다. 그리고 레온과 합창하듯 울음을 터뜨렸다.

곧 이어 달려온 애바스와 둘러서서 횃불을 밝히고 있던 병사들이 어리둥절한 채 서 있는 동안 두 사람은 성이 떠나갈 정도로 울어 젖혔다.

듣는 이로 하여금 비애를 느끼게 할 정도로 구슬픈 울음이었다.

만약 알과 수요가 프란츠를 위로하지 않았거나 애바스를 움직여 관을 안치할 곳을 찾지 않았다면 두 사람은 새벽이 끝날 때까지 성문 앞에서 관을 부여잡은 채 울고 있었을지도 몰랐다.

다행히 한바탕 눈물을 흘린 프란츠는 금세 이성을 찾아 명령을 내리기 시작했다. 포란 마을로 사람을 보내 밤새 새 관을 준비하도록 시키고 신전에서 신관을 초빙하도록 시켰다. 그리고 포란 성 중앙에 놓여진 백작부로 관을 옮기고 환하게 불을 밝혔으며 서둘러 전 병사들에게 검은색 리본을 달게 했다. 그 모든 것을 치렀을 때는 새벽이 끝나가는 와중이었다.

아직 신관이 오지 않았기에 정식 절차를 밟기까지 여유가 있어 프란츠는 서둘러 레온을 다독여 이곳으로 자리를 옮겼다. 프란츠가 보기에 레온은 매우 안쓰러운 모습을 하고 있었다. 마스터의 모습이라곤 한 줌도 찾아볼 수 없을 정도였다. 그의 지금 모습은 평범한 남동생 그것이었다. 분명 오랫동안 제대로 먹지도 마시지도 못했을 거라고 프란츠는 짐작했다.

수프 대신 차가운 물 한 잔을 거푸 들이킨 프란츠는 알을 쳐다보며 침중하게 물었다.

"카슨을 발견한 곳은 어디인가?"

"남부… 해안이었습니다."

알의 대답에 프란츠는 고개를 갸웃했다.

"그곳에서 여기까지 오는 동안… 성을 여러 개 지나쳤을 텐데?"

프란츠의 질책이라고 판단한 알은 얼굴이 굳어졌다.

"아는 귀족이 없어서요……."

그리고 여러 가지 이유를 달아 설명하는 동안 프란츠는 잠자코 듣고만 있었다. 그리고 알의 얘기가 끝났을 때 그는 의외의 대답을 건넸다.

"잘했군. 곧장 포란으로 달려온 것은 현명했네."

"네?"

뜻밖의 칭찬인지라 알을 비롯해 수요도 놀라 그를 쳐다봤다. 장시간 동안 시신을 방치한 것에 잘했다는 말은 어딘지 앞뒤가 맞지 않았다. 하지만 프란츠는 천천히 설명을 하기 시작했다.

"레스터라고 하면 대개들 검사를 제일로 쳐주지만 실제 뚜껑을 열고 보면 그렇지도 않거든."

"네?"

"콘버드의 신관, 윈저의 마법사, 레스터의 검사. 사람들은 이렇게 말하지만 실제로 두 지역에 비해 레스터는 검사를 많이 보유하고 있지는 않아."

프란츠는 문득 알을 돌아봤다.

"여행을 떠나서 직접 봤으니 알겠지? 콘버드에서 신관을 만나는 것이 얼마나 손쉬운지 말이야. 물론 윈저에서 마법사를 만나는 것도 심심치 않지. 그렇지 않나?"

알은 잠시 회상을 하더니 수긍했다. 확실히 그의 말대로 영지 내에서 그들을 만나긴 매우 쉬웠다. 하지만 레스터에서 검사를 만나긴 힘들었다. 그 이유가 무엇일까 의문에 싸인 알이 쳐다보자 프란츠는 씁쓸한 미소를 지었다.

"웬만큼 경지에 오른 검사들은 모두 수도로 떠나 버렸기 때문에 실제로 레스터에는 검사가 남아 있지 않는 거야. 그리고 현재 레스터의 귀족들 또한 검술에 있어선 형편없지. 아마 그들에게 갔다면 카슨이 어떻게 죽었는지 파악할 수 없었을 거야. 나에게 곧장 달려온 것은 잘한 일이야."

그의 마지막 말에 레온의 몸이 움찔 떨렸다. 그리고 천천히 고개를 들고 프란츠를 쳐다봤다. 그의 흐릿한 눈동자가 정확히 뭘 응시하는지 세 사람은 알 수 없었지만 분명 그가 시선을 던진 곳은 프란츠가 있는 곳이었다.

착 가라앉은 듯한 쉰 음성으로 레온은 힘겹게 입을 열었다.

"형은 어떻게……."

'죽었느냐' 고 묻지 못한 채 레온은 말끝을 얼버무렸다. 프란츠는 그의 생각을 이해한다는 듯 고개를 끄덕인 후에 잠시 알을 쳐다봤다.

"관 밑에 방부제를 넣었던데… 자네가 한 건가?"

"제가 했습니다. 가을이라고 해도 시신이 부패할 것 같아……."

수요의 대답에 프란츠는 이윽고 수요를 쳐다봤다. 처음 보는 얼굴이지만 일 처리가 뛰어난 점에 그는 절로 고개를 끄덕였다.

"시신이 부패하지 않아 어떻게 죽었는지 알 수 있었네."

프란츠는 잠시 말을 끊고 허공을 향해 한숨을 쉬었다. 레온의 재촉하는 눈빛에 그는 무겁게 말했다.

"카슨의 상처는 이빨 자국이야. 게다가 작은 녀석이지. 그것들은 날카로운 이빨을 살갗에 박은 후에 그대로 찢어냈어."

"거짓말! 거짓말이야!!"

순간 레온이 벌떡 일어나 소리쳤다. 그간 먹지 못했던 탓에 목소리는 쉬어서 새된 소리가 흘러나왔다.

"형은! 형은 마스터예요! 어떻게 동물 따위가 형을, 형을……."

"침착해라, 레온. 내 말은 아직 끝나지 않았다."

프란츠의 엄한 호통에 레온은 다시 자리에 앉았다. 하지만 그는 분한 기색을 숨기지 않은 채 씨근덕대며 숨을 몰아쉬었다.

"상처의 부패 정도가 거의 균등한 것으로 보아 단 한 번의 공격에 당한 것 같다."

"말도 안 돼요!"

마치 프란츠가 형을 죽이기라도 했다는 듯 레온은 무섭게 그를 노려봤다.

"그깟 짐승 몇 마리 정도에 형이 당했을 리가 없어요. 충분히 피할 수 있었을 거예요!"

"피할 수 없었다면?"

프란츠의 냉정한 어투에 레온은 흠칫했다. 그리고 천천히 고개를 저었다. 아무리 생각해도 피할 수 없는 상황이라는 것이 떠오르지 않았다. 특히 마스터의 경지에 이른 자라면 웬만한 위험 따위 간단하게 빠져나갈 수 있을 것이다. 그는 도저히 상상이 안 되는 것에 대해 연신 고개를 저었다.

"짐승인지 몬스터인지는 모르겠지만……."

프란츠는 탁자 위에 놓인 포크를 집어 들었다.

"결코 한두 마리는 아니었다. 상처로 봐서는 몇십, 몇백 마리의 공격이었을 가능성이 크다."

프란츠는 포크를 들고 케이크의 한 부분에 쿡 찔러 넣었다.

"물고."

그리고 찌른 부위를 강하게 잡아 뜯었다.

"뜯는다."

강한 힘에 뜯겨진 케이크가 접시 바깥으로 데구루루 굴렀다. 프란츠는 그것에 개의치 않은 채 이번엔 알의 포크를 집어 들었다.

"그리고 다음 놈이 같은 상처를 물고."

프란츠는 포크를 찌르는 것과 동시에 강하게 뜯어내는 동작을 반복했다.

"뜯어낸다!"

뒤이어 레온의 포크를 집어 들고 그는 같은 동작과 대사를 반복했다. 어느새 케이크의 한쪽은 깊숙이 파여져 흉한 몰골이 되었다. 그리고 그것을 바라보고 있던 레온이 비명을 질렀다.

"그만 해요! 그만 하세요!"

"가슴이 완전히 뜯겨져 나간 것은 그런 이유였군요."

약간 떨리는 목소리로 수요가 말했다.

처음에 카슨을 봤을 때 가슴으로 옷이 비집고 들어가 알 수 없었지만 닦아내는 동안 그는 확실히 알 수 있었다. 옷을 걷어낸 후의 카슨은 심장을 포함해 내장이 훤히 드러날 정도로 심한 상처를 입고 있었다. 그의 옷이 붉게 물든 것은 피에 젖어서가 아니라 피를 뒤집어썼기 때문이라고 수요는 짐작했다.

"그런 거지……."

포크를 탁자 위에 던지며 프란츠는 의자 깊숙이 몸을 묻었다.

레온은 물기 어린 눈을 들어 그를 쳐다봤다. 여전히 풀리지 않는 의문이 있었던 것이다.

"하지만, 하지만… 마스터인 형이 무엇인지도 모르는 녀석들에게 당했다는 건 이해할 수 없어요. 혹시 형은 중독되었던 것인가요?"

프란츠는 고개를 저었다.

"내장을 보았을 때 전혀 독살된 흔적은 없었다."

프란츠는 양손을 깍지 끼운 채 레온을 응시했다.

"하지만 어떻게 된 것인지 추측할 수는 있을 것 같다."

레온은 묻지 않았다. 곧 프란츠가 말해 줄 것이라고 생각한 탓도 있었지만 무엇보다 두려웠다. 형이 죽어야만 했던 이유를 알게 된다는 것이 무서움으로 다가왔다. 그러나 프란츠는 냉정한 어조로 하나씩 분석하기 시작했다.

"난 마스터는커녕 크루세이더의 경지에도 못 가봤지만 이론상으론 확실히 파악하고 있다. 나이트가 마나를 축적하는 경지, 크루세이더는 마나의 체내 운용이 가능한 자, 마스터는 마나를 발산하는 자. 틀리냐, 레온?"

"…간단하게 보자면, 맞아요."

"좋아, 레온."

프란츠는 고개를 끄덕이며 곧 이어 질문을 던졌다.

"지금 네 의문은 마스터의 경지에 이른 카슨이 왜 죽었는지에 대한 것이지?"

"네."

"간단하다."

프란츠의 짧은 대답에 레온은 더욱 의문에 싸인 채 멍하니 바라볼 뿐이었다. 그러나 프란츠는 다시 포크를 든 채 자신 앞에 놓인 케이크를 툭툭 건드렸다.

"이것이 마스터가 쌓은 마나라고 하자. 마나란 한 번 소비하면 그만이냐?"

"그렇지 않아요. 시간이 지나면 다시 축적됩니다. 원래의 마나로 쌓일 뿐만 아니라 수련하는 과정이었다면 더욱 많은 양이……."

"그렇다, 레온. 지금 네 말에 가장 중요한 핵심이 들어 있다."

레온은 갑작스럽게 말을 끊은 프란츠를 묵묵히 쳐다봤다. 쉽게 이해할 수 없는 말이었다. 하지만 곧 이은 프란츠의 행동과 말에 그는 입을 쩍 벌린 채 할 말을 잃고 말았다.

프란츠는 포크를 들고 케이크를 조금씩 분해하기 시작했다.

"마나를 소비하고, 소비하고, 소비하고. 그러나 복구될 시간은 없다."

'소비하고, 소비하고'를 연신 중얼거리며 프란츠는 한동안 같은 동작을 반복했다. 그에 따라 접시 주위로 작은 케이크 덩어리가 수북하게 쌓이고 있었고 마지막엔 접시 위에 남은 마지막 조각까지 포크에 긁혀 접시 밖으로 떨어졌다. 마지막 하나까지, 깨끗하게 케이크를 분해하다시피 한 프란츠는 다시 포크를 던지듯 탁자 위에 올렸다. 그리고 천천히 고개를 들어 레온을 바라봤다.

"알겠느냐, 레온? 카슨은 이렇게 당했다."

"말도······."

말도 안 돼, 라고 외치고 싶었지만 레온은 끝내 소리치지 못했다. 확실히 프란츠의 설명이 옳다고 여겼기 때문이다. 자신이라 해도 그렇게 끝없이 마나를 소비한 채 살아남을 순 없을 것이다. 언젠가 버나드 형은 마나를 폭발시키듯 터뜨리면서 지속할 수 있는 시간은 대개 삼십 분이 한계라고 말했었다. 사람의 정도에 따라 다르겠지만 비슷한 정도였고 물론 자신도 조금 더 연장되기는 했지만 그 정도에 그쳤다. 카슨이라고 해서 예외일 리는 없다.

그렇지만 그건 최대로 끌어올렸을 경우다. 마스터의 경지에 이른 자에게 그런 경우가 과연 얼마나 있단 말인가? 그렇게 하고도 만신창이가 된다는 것에 여전히 레온은 이해할 수 없었다.

"형이 마나를 최대로 사용하고도 상황을 타개하지 못했다는 것은……."

"그러니까 말했잖냐, 레온."

프란츠는 고개를 떨구며 중얼거렸다.

"녀석들은 대량이었다고. 카슨의 마나가 떨어질 때까지 죽자고 붙어올 수 있을 정도로 많은 수였음이 분명해."

"대체… 모스 섬엔 얼마나 많은 몬스터가 있기에……."

잠자코 있던 알이 신음하듯 하는 말에 레온도 퍼뜩 떠오른 생각이 있어 얼른 소리쳤다.

"그래요! 형은 군대를 이끌고 갔잖아요? 형 말고도 싸울 사람은 충분히 있었을 텐데 그들은 대체 뭘 한 거지요?"

그 질문에 프란츠는 쉽사리 대답하지 못했다. 다만 울분을 삭이듯 이를 악물며 대꾸했다.

"그건 나도 모른다. 나 역시 그 생각을 해봤지만 도저히 알 수 없었다. 대체, 왜?! 나머지 녀석들은 그 시간에 어디서 뭘 했는지, 지금은 어떻게 되었는지 나 역시 궁금할 뿐이야."

그는 천천히 고개를 들었다. 빨갛게 충혈된 눈 위로 작은 눈물방울이 맺혀 있었다. 그는 단호한 어조로 세 사람을 쏘아봤다.

"내일 아침 장례 절차가 끝나는 대로 나도 본성으로 가봐야 할 것 같다."

그의 의견에 누구도 반론을 하지 않았다.

잠시 뜸을 들인 후 프란츠는 밖에 서 있을 애바스를 불렀다. 그가 들어오자 그는 빠르게 명령을 내리기 시작했다.

관을 옮길 마차와 소규모 기병대를 준비하라고 시켰다. 물론 말을 탈 줄 모르는 알을 위해 마차 한 대를 더 준비할 것과 알과 레온의 짐 마차를 상회에 돌려주라는 것도 아울러 첨가했다.

이미 생각하고 있었던 듯 그의 명령은 한 치의 오차도 없었다. 애바스가 명령을 받고 막 방을 나가려는 순간 알이 일어서며 그를 불러세웠다.

그리고 잠시 프란츠를 향해 물었다.

"개인적인 부탁 하나 추가해도 되는지요?"

"하게나."

"우리 마차를 상회에 돌려주러 갈 때 바론에게 즉시 레첸으로 와달라고 전해주게. 만약 없다면 만사를 제치고서라도 그를 불러오도록 지시해 줘. 가능하겠지?"

"그래, 알았어."

애바스는 알의 부탁을 받아들인 후 즉시 프란츠에게 경례를 붙이고 방을 나섰다.

상회의 일에 관한 것이라 자신과 상관없다고 생각한 프란츠는 자세한 것을 묻지 않은 채 다시 깊은 상념에 빠졌다. 카슨이 어렸을 때, 자신에게 검을 배웠던 그때를 회상하며 그는 다시 울적한 기분에 젖었다.

그날 포란 마을은 여느 때와 다른 아침을 맞이했다.

늦은 저녁 무렵 포란 성의 문이 다시 활짝 열렸을 때부터 마을 사람들도 동요하고 있었기 때문이다. 성문이 열리고 성벽 위로 환하게 불이 타올랐으며 몇몇 병사들이 신진과 장의사에게 분주하게 달려가는 모습을 보며 성에 무슨 변고가 생겼다는 것을 짐작했다. 그러나 이유를 알지 못했기에 마을 사람들은 불안한 밤을 보내야만 했다.

그런 그들이 아침을 맞이한 후에 우왕좌왕 돌아다닌 것은 어쩌면 당연한 것인지도 몰랐다. 촌장 집부터 시작해서 성에 조금이라도 연관이 있는 사람 집에 모두들 몰려다니며 무슨 일인지 물었지만 그다지 정보를 얻지는 못했다. 성 주변에 삼엄한 경계령이 걸린 탓이었다.

포란 성은 마을에서 남쪽에 위치해 있다. 당연히 본성으로 가기 위해선 마을을 가로지르는 대로를 따라가야 하는데 아침이 막 지날 무렵에 레온 일행을 포함한 프란츠 백작의 기병들이 요란한 말발굽 소리와 함께 그 길을 질주했다. 수십 마리의 말들이 한 무더기로 지나가자 마을은 금세 쑥대밭이 되고 말았다.

무슨 일이 나도 단단히 났다고 사방에서 쑥덕대고 있던 그들은 오후가 가까워서야 조금씩 이유를 알게 되었다. 경계령이 떨어져 성 근처에 다가갈 수도 없었고 병사들조차 출입이 금지된 상황이었지만 몇 사람이 성을 출입할 수 있었기 때문이다.

새벽에 갑자기 성으로 불려갔던 빛의 신전의 신관이 나오면서 장례를 치렀다는 것을 알게 된 마을 사람들은 곧 이어 애바스가 나왔을 때 일의 전모를 알게 되었다.

물론 애바스가 여기저기 소문을 퍼뜨리고 다닌 장본인은 아니었다. 그는 그저 프란츠의 명령을 수행하기 위해 레온과 알의 마차를 상회에 전했을 뿐이고 아울러 알의 전언을 바론에게 말했을 뿐이었다.

하지만 바론이 다짜고짜 '알이 전하래'라는 말에 그대로 따를 리가 없었다. 그는 애바스에게 꼬치꼬치 물은 끝에 대략적인 일의 전모를 알았고 '사실은 간밤에 카슨 자작의 시신이 성에 들어왔어'라고 무심히 말한 애바스의 말에서 사태가 심각하다는 것을 깨달았다.

애바스는 모르지만 바론은 알고 있는 사실이 하나 있었다. 바로 카슨이 레온의 형이란 사실이었다. 그렇기 때문에 알과 레온이 왜 포란에 도착하고도 상회에 들르지 않았는지에 대해서도 금세 눈치 챘다. 그리고 알이 자신을 레첸으로 오라고 한 것도 이유가 있다고 생각했다.

'그렇지 않아도 저 막대한 돈과 귀금속에 대해서 묻고 싶을 정도니까.'

바론은 즉시 소나임을 이끌고 레첸을 향해 출발했다.

"하이렌 백작, 성을 비우고 어딜 가신단 말입니까?"

다급하게 외친 이는 아벤이었다.

지금 레스터 성은 아침에 도착한 한 명의 전령에 의해 발칵 뒤집힌 상태였다. 전령은 포란에서 온 자였고 그가 가져온 소식은 당연히 카슨의 죽음에 대한 보고였다.

"동생이 죽었다는 말을 어떻게 믿으란 말입니까? 내 눈으로 직접 확인해 보고 오겠습니다."

하이렌의 결의에 찬 목소리에 아벤은 고개를 저었다.

"지금쯤이면 프란츠 경도 이곳을 향해 오고 있는 중일 겁니다. 괜히 가셨다가 길만 엇갈린다면 낭패가 아닙니까?"

"여기에서 포란까지는 외길인데 어디에서 길이 엇갈린단 말입니까?"

"지금 하이렌 백작께서는 확인을 하러 가야 할 때가 아닙니다. 아무렴 프란츠 경과 레온이 사람을 잘못 봤을 리가 없지 않습니까? 그보단 수도에 계신 공작 각하께 보고하는 것이 급선무가 아닙니까?"

아벤의 설득에 하이렌은 계속 고집만 피울 뿐이었다. 오히려 공작부로 자신의 말이 도착하자 금세 몸을 일으켰다. 그는 메인 목을 억지로 트며 아벤을 향해 부르짖었다.

"수도에 계신 아버님께는 경께서 직접 알려주십시오. 저는 도저히, 도저히 동생이 죽었다는 걸 보고할 자신이 없단 말입니다!"

그 말을 끝으로 하이렌은 밖으로 달려나갔다.

공작부 앞의 계단 위에서 아벤은 사라져 가는 하이렌의 뒷모습을 무표정하게 바라봤다. 그는 작은 한숨을 쉬며 누구에게도 들리지 않게 중얼거렸다.

"이번에 맡긴 일은… 지금까지 중에서 가장 힘든 일이로군요."

하이렌의 예상대로 길은 엇갈리지 않았다. 그가 출발한 지 반나절이 채 되지 않아 무서운 속력으로 질주해 오는 기병들을 만났는데 그들은 바로 프란츠 일행이었다.

서로 인사를 건네기 전에 하이렌은 서둘러 관이 실려 있는 마차에 올라탔고 뚜껑이 덮인 관에 다가갔다. 머리 부분은 아직 뚜껑을 덮지 않은 상태였기 때문에 즉시 카슨임을 알아볼 수 있었다. 그는 관을 부여잡고 오전부터 참아왔던 슬픔을 억누르지 못한 채 오열을 했다. 바닷가에서부터 카슨의 곁에 있었던 레온도 다시 찔끔거리며 눈물을 흘리더니 금세 하이렌보다 더욱 커다란 울음을 터뜨렸다.

잠시 하이렌과 카슨이 만나는 것을 지켜보던 프란츠가 앞으로 나섰다.

"출발해도 되겠습니까?"

레온의 어깨를 다독이던 하이렌이 말없이 고개를 끄덕이자 프란츠는 기병들을 향해 조용히 수신호를 보냈다. 대열은 한 치의 흐트러짐도 없이 곧바로 레스터 성을 향해 달렸다.

저녁 무렵에 레스터 성에 도착한 일행은 본격적으로 장례 절차를 밟기 시작했다. 카슨의 시신이 어린 시절과 청년 시절을 보냈던 자택에 안치되자 그제야 성의 귀족들과 기사, 병사들에 하인, 시종에 이르기까지 본격적으로 울어댔다.

원래 귀족보다 평민들과 어울리기를 즐겼던 카슨이니만큼 그의 죽음에 대해 슬퍼하는 이는 부지기수였다. 모두들 하던 일을 멈춘 채 멍하니 허공을 응시하며 카슨의 생전 모습을 떠올리곤 했다. 그리고 또 한참을 눈시울을 적시며 가슴 아파했다.

레스터 성에서 그런대로 이성을 찾고 있는 이는 알과 수요, 그리고 감정 표출이 거의 없는 아벤 백작이 유일한 사람들이었다. 그리고 그 세 사람은 따로 준비된 방에서 저녁을 겸해 토스트를 먹으며 대화를 나누고 있었다.

"장례 절차로 바쁘신 거 아닙니까?"

토스트 한 조각을 다 먹은 후 우유로 입을 가신 알이 정중하게 물었다. 그러나 아벤은 우물거리며 담담하게 대꾸했다.

"장례는 장례고 할 일은 해야지."

"통행증에 대한 보고서는 일전에 자세하게 들었으니 저 혼자서 작성할 수 있습니다."

"그래 주면 고맙겠군."

곁에 있던 수요는 아벤 백작의 말투에서 그가 그다지 고마워하지 않는다고 생각했다. 그는 아벤이 원래 이렇게 무뚝뚝한 사람이라는 걸 몰랐기에 그저 '내색하진 않지만 그 역시 충격이 심한 모양이군' 하고 생각했다.

"여기 이 친구는 수요라고 하는데 레스터를 벗어나자마자 만났으니 분명 도움이 될 겁니다. 게다가 위클리프 출신이니 보고서를 쓸 때에도 매우 상세하게 적을 수 있겠지요."

수요는 속으로 찔끔했다.

아벤은 슬쩍 수요를 쳐다보고는 이내 토스트를 씹기 시작했다. 그의 태도를 보고 자신은 보고서를 쓸 필요가 없겠다 하고 안도한 수요는 아무도 눈치 채지 못하게 알을 노려봤다. 하마터면 자신도 지겨운 보고서 작성에 시간을 뺏길 뻔했지 않은가 말이다. 자신은 어디까지나 고용된 자였고 타 영지를 마음껏 다녀보고 싶어했을 뿐이었다. 보고서를 쓸 이유도 없었고 차라리 그 시간에 마을이나 돌아다니며 즐기는 편이 그에겐 훨씬 즐거운 일이 되어줄 것이다.

하지만 그의 기대는 아벤의 한마디에 산산이 부서졌다.

"잘 부탁하네."

"네, 네?"

수요는 먹던 토스트를 뱉어내며 놀라 반문했다.

"보고서를 쓰는 요령에 대한 것은 알에게 물으면 될 것이네."

너무나도 당연하게 말하는 아벤에게 수요는 질려 버리고 말았다. 그는 기대가 무너진 바람에 풀이 죽은 채 조용히 대답했다.

"네."

"음, 그럼 잠시 후에 다시 오겠네."

아벤은 마지막 한 조각을 입에 털어 넣은 후 씹지도 않은 채 우유와 함께 삼켰다. 그리고 몸을 일으켰다. 밖으로 나가기 전에 그는 문득 생각난 듯 알을 향해 손을 들었다.

"식사가 형편없어 미안하네. 알다시피 격식을 차릴 상황이 아닌 만큼 이해하기 바라네."

"걱정 말고 일 보십시오, 아벤 백작님."

아벤은 대답도 하지 않은 채 곧장 밖으로 나갔다.

그는 곧장 공작부를 나섰다. 어느새 하늘엔 붉은 노을이 물들어 있었다. 잠시 하늘을 쳐다본 아벤은 서둘러 저택을 향해 걸었다. 그런 그를 멀리서 알아본 프란츠가 다가왔다.

"아벤 경!"

"다 울었나, 프란츠?"

침착한 아벤의 말에 프란츠는 얼굴을 찌푸리며 고개를 저었다. 아무리 막역한 사이라 아벤의 성격을 잘 알고 있다고는 하지만 이런 상황에서도 침착함을 보이는 그의 태도가 불만스러웠던 것이다.

그러나 아벤은 그가 고개를 젓는 것이 대답이라고 오해했다.

"그럼 가서 더 울도록 하게."

"아벤! 어떻게 이런 때에도 침착함을 유지할 수 있는 거야?"

격분한 프란츠의 말에 아벤은 지그시 그의 눈을 응시했다. 그리고 그를 향해 또박또박한 말로 대꾸했다.

"그럼 나도 정신 못 차리고 있어야 옳겠나?"

프란츠는 그의 말속에 숨은 의도를 금세 눈치 챘다.

촉망받던 젊은이, 공작의 셋째 아들인 카슨이 죽음으로써 성 전체에 슬픔이 찾아들었지만 누군가는 제대로 정신을 차리고 준비를 해야만 했다. 그 짐을 아벤은 스스로 지고 있는 것이었다. 결코 슬퍼하거나 울고 있을 여유가 그에겐 없었다.

그것을 깨달았을 때 프란츠는 부끄러운 마음에 얼굴이 발갛게 상기되었다.

“미안하군. 내가 해야 할 일을……."
“아니네.”
“아직 카슨을 보지도 못했지?”
“아까 잠깐 봤어.”
“인사를 나누지도 못했을 것 같은데……?”
“이제부터 해야지.”
그렇게 대꾸한 아벤은 짧게 한숨을 쉬었다.
“하지만 눈물을 흘릴 수는 없을 것 같군.”
“지금부터는 내가 일을 맡아서 하도록……."
“아닐세.”
아벤은 단호하게 그의 청을 거절했다. 무안해진 프란츠가 머뭇거리는 동안 아벤은 담담하게 자신의 말을 이었다.
“좋아서 하는 일은 아닐지라도 맡은 바 책무는 다 해야 하니까. 그편이 나도 편하고.”
“그런가… 한데 공작 각하께 연락은 했겠지?”
“했지. 하이렌 백작이 성을 떠나자마자 곧바로 연락했네.”
“언제쯤 도착하실 것 같은가?”
“글쎄… 급한 일이 없다 해도 삼 일은 걸리지 않을까 싶네.”
“그렇게나 늦는가……?”
그 말에 아벤은 프란츠를 흘겨봤다.
“빠른 거지. 말을 달린다면 보름은 걸릴 거리야. 그나마 버나드 후작과 가족들까지 와야 할 테니 유능한 마법사가 동참해야 가능한 시간이라고.”
프란츠는 잠시 헛기침을 하며 머리를 긁적였다.

“나야 마법에 대해선 문외한이니 알 수가 없지. 하여튼 빨리 도착하셔야 할 텐데.”

“그러길 바라야겠지.”

대화를 하는 동안 두 사람은 저택에 도착했다.

다음날 오후가 되어서야 바론은 레첸에 도착했다. 서둘렀다고 해도 기병과 짐마차의 속도엔 큰 차이가 나게 마련이었다. 출발은 반나절 차이였지만 도착에 하루가 차이가 난 것은 당연한 결과였다.

밤새 보고서 작성을 한 알은 오후에 바론을 찾아 마을로 나섰다. 그보다 훨씬 전에 보고서를 작성한 수요는 마을로 도주한 상태였다. 알은 성에 보고할 것과 바론에게 넘겨야 할 장부를 동시에 작성했기 때문에 시간이 더 걸렸다. 물론 아직 보고서를 아벤에게 넘기지 못했기 때문에 그는 당장 떠날 수는 없었다. 게다가 지금 상황이라면 언제 보고서를 넘길 수 있는지 알 수도 없었다.

마을에 나선 직후에 그는 곧바로 바론을 만날 수 있었다. 바론은 아예 마을 입구에서 그를 기다리고 있었다.

“카슨 자작께서…….”

“그래. 그렇게 됐어.”

바론의 말을 끊으며 알은 품에서 장부를 꺼냈다. 바론에게 넘기며 그는 입을 열었다.

“여기에 그동안의 여행 기록을 상세하게 적어뒀어. 아벤 백작에게 넘길 보고서보다 더 상세하니까 참고하면 될 거야.”

잠시 주위를 둘러본 알은 목소리를 낮춰 조심스럽게 말했다.

“물론 카슨 경이 어디서 어떻게 죽었는지에 대한 것도 쓰여 있어.”

바론은 곧 알겠다는 듯 고개를 끄덕이며 장부를 받아 품에 넣었다. 곁에 있던 소나임이 서둘러 물었다.

"한데 저 엄청나다 못해 막대하게 보이는 돈과 귀중품은 대체 뭐야? 그동안 뭘 어떻게 했기에 저런 걸 손에 넣은 거야?"

"이번에도 드워프라도 만난 거냐?"

바론도 거들었다.

그러나 알은 손가락으로 그의 가슴을 쿡쿡 찔렀다.

"여기에 다 적혀 있다고 했잖아."

"쳇! 직접 말해 주면 덧나냐?"

소나임이 투덜거리는 동안 바론은 고개를 갸웃했다.

"설마 이 책을 서둘러 전하기 위해 날 부른 것은 아닐 테지?"

"물론 아니지."

그렇게 대꾸한 알은 길 옆으로 바론을 이끌었다. 따라오려는 소나임을 제지하여 단 두 사람이 남게 되어서야 그는 신중한 어조로 바론을 쏘아봤다.

"이유는 묻지 말고. 내가 시키는 대로 해줄 수 있겠냐?"

바론은 턱을 쓰다듬으며 생각에 잠겼다.

느닷없는 그의 부탁도 이상했지만 그의 태도나 행동도 뭔가 이상하다고 생각되었다. 뭔가 자신이 알지 못하는 일이 벌어지고 있다는 것을 직감한 바론은 찬찬히 알의 눈빛을 살폈다.

"상인으로서의 일이냐?"

"그래."

"돈이 되는 거냐?"

"상황에 따라선."

바론은 천천히 고개를 끄덕였다.

알이 이렇게까지 말하는 것으로 미루어 뭔가 돈벌이가 되는 정보를 쥐고 있는 것이 분명했다. 그리고 그의 직감은 바론이 봐온 모든 상인들 중에 최고였다. 그는 알의 직감과 운을 믿기로 결심했다.

"좋아. 무슨 일인지 모르겠지만 내가 힘써보도록 하지."

그의 대답에 만족한 알은 천천히 뭔가를 지시하기 시작했다.

그날 바론은 무슨 부탁을 받았는지 소나임에게조차 함구한 채 다시 왔던 길을 거슬러 포란으로 돌아갔다.

알은 성으로 돌아가 아벤을 찾았다. 공작부를 찾아가던 중에 아벤을 발견한 알은 곧 그에게 달려가 예의를 차렸다.

"뭔가?"

여전히 무뚝뚝한 어조였다.

"보고서 작성이 끝났습니다."

"그런가? 지금은 확인할 시간이 없으니 나중에 하도록 하지."

"그보다 다른 일이 있어서 그럽니다."

걸어가는 와중에 아벤이 슬쩍 쳐다봤다. 아무런 표정도 없었지만 그것이 뭐냐고 재촉하는 것이라 판단한 알은 서둘러 말했다.

"통행증을 재발급받고 싶어서 그럽니다."

"통행증을? 아직 며칠 남았을 텐데? 어차피 다시 레스터를 떠날 일은 없지 않는가? 굳이 지금 같은 시기에 통행증을 발급할 필요는……"

"스고우에 다녀올 일이 있어서 그럽니다."

"스고우?"

뜻밖이라고 여겼는지 아벤의 눈초리가 다시 알을 훑고 지나갔다. 그러나 그뿐이었다. 그는 다시 앞으로 시선을 바꾸며 건조하게 물었다.

"레온도 가는가?"

"아니오. 저와 레온이 아니라 바론을 보낼 생각입니다."

아벤은 고개를 끄덕이며 그의 의견에 동감을 표했다.

"좋은 생각이야. 경험은 여러 사람이 나누는 게 좋겠지. 바론에게도 타영지를 돌아다니는 것이 큰 도움이 되겠지. 알겠네. 통행증을 재발급하도록 하지."

"감사합니다, 아벤 백작님."

그의 곁에 바싹 붙어서 따라가던 알은 허가를 받아내자 곧바로 허리를 숙여 답례를 했다. 그가 다시 고개를 들었을 땐 손을 들어 휘저으면서도 바삐 걷고 있는 아벤의 등이 보일 뿐이었다.

알과 수요는 현재 공작의 저택에 머물고 있었다. 성에 용무가 있기 때문이었지만 카슨의 시신을 거둬왔고 무엇보다 레온의 동료라는 점 때문에 특별히 저택에 그들의 쉴 곳이 마련되었다.

알은 조심스럽게 저택으로 들어섰다. 가족 중에 한 명이 죽었기 때문인지 저택 분위기는 매우 음침하고 어두웠다. 해가 저물었기 때문만은 아니라고 알은 중얼거렸다. 문으로 들어선 후에 계단을 올라가려던 그의 눈에 홀 반대 편의 모습이 언뜻 비쳤다. 검은 예복을 차려입은 귀부인이 손수건을 든 채 훌쩍였고 그 곁에 하이렌 백작이 그녀의 어깨를 다독이고 있었다.

'하이렌 백작의 부인이로군.'

그렇게 중얼거린 알은 곧 그녀의 이름이 도드리안이었다는 것을 기억해 냈다. 일전에 레온에게 이천 디나르라는 거금을 안겨줬던 일도 있어서 잘 기억하고 있었다. 얼마나 울었는지 그녀의 안색은 초췌했다.

레온은 가끔 가족에 대해 얘기했기 때문에 알도 어느 정도는 알고 있었다. 도드리안이 카슨의 어릴 적 친구였다는 것을 떠올리고 그녀의 슬픔이 매우 크겠다고 생각했다.

그렇다 해도 자신이 나서서 위로할 처지는 못되기에 그는 조용히 계단을 올라가 방으로 들어섰다. 방에는 벌써 수요가 들어와 있었다. 그는 침대에 누워 있다가 알을 보더니 반가운 기색을 했다.

"어딜 그렇게 돌아다닌 거야?"

"너야말로 마을로 간다고 하지 않았냐?"

"그랬었지. 아아, 근데 정말 재미없더라고. 콘버드나 윈저에서 본성에 딸린 마을은 규모도 크고 볼 것도 많았는데 여긴 영 아닌 것 같아. 게다가 마을도 카슨 자작의 죽음을 애도하는 분위기라 활기가 없었어."

투덜거리던 수요는 문득 부러운 듯 중얼거렸다.

"마을 사람들까지 애도하는 모습을 보니까 부럽더라. 아마 그 사람은 사교성이 좋았던 것이 분명해. 그렇지 않고서야 사람들이 저렇게 슬퍼할 리가 없잖아?"

그의 질문에 알은 곧바로 대답하지 못했다. 사실 레온을 통해서 몇 번 듣기만 했을 뿐 카슨을 직접 본 적은 한 번도 없었기 때문이다. 그러나 잠시 기억을 더듬어 사람들이 평가한 것을 떠올린 후 그는 고개를 끄덕였다.

"사교성이 좋다는 말은 없었지만 귀족보다 평민과 더 어울려 다녔다는 얘기는 들었어. 아마 마을 사람들이 슬퍼하는 건 그 때문이 아닐까 하는데?"

"그게 그거지!"

중얼거리며 수요는 침대 위에 엎어졌다. 그리고 짜증 섞인 목소리로 투덜거렸다.

"아아, 나가고 싶다. 이렇게 갇혀 있는 건 딱 질색이란 말야!"

조심성없이 목소리를 높이는 수요를 책망하듯 노려본 후에 알도 반대 편 침대에 몸을 눕혔다. 남부 해안에서 이곳에 도착할 때까지 쉬지 않고 달려와 몸이 지칠 만도 하건만 그의 정신은 더욱 또렷하게 빛나고 있었다. 천장을 응시하며 그는 속으로 중얼거렸다.

'반… 찬… 대체 무슨 뜻일까?'

열흘이 넘는 시간 동안 그는 줄곧 그 생각만을 해왔다.

죽어가는 사람이 마지막으로 한 말이었다. 게다가 레온이라는 것을 알아볼 정도로 정신을 차렸었다. 결코 헛소리는 아닐 것이라고 짐작하면서도 그는 그 정확한 뜻을 알 수 없어 속이 탔다. 마지막 남긴 말이 너무나 힘겨운 상태에서 말한 것이었기에 발음도 부정확했고 목소리도 작았다. 레온이 밀치는 상황에서 들은 것이라 잘못 들었을 수도 있다.

그렇지만 알은 어렴풋이 그 말이 매우 중요한 말이었다는 것만은 알 수 있었다.

아벤의 짐작대로 윌리엄은 삼 일이 지난 후에 나타났다. 성 밖에 윌리엄 공작이 나타났다는 보고에 이어 하이렌은 가족들을 이끌고 마중을 나갔다.

공작부에서 알과 대화를 하고 있던 아벤도 보고를 받은 직후에 자리에서 일어섰다. 그는 따라나서려던 알을 향해 주의를 주었다.

"버나드 후작이야 어떨지 몰라도 공작께서는 자네 얼굴을 보고 싶지 않을 거야. 어쩌면……."

"네, 알겠습니다."

얼른 대답을 하며 알은 슬쩍 목덜미를 매만졌다.

자신도 레온 가족을 만날 때마다 언제나 조심하는 것을 잊지 않았다. 하이렌 백작이나 아벤, 프란츠 역시 일에 있어선 호의적인 태도였지만 레온과 얽힌 부분에 있어선 굳은 표정을 지으며 불쾌한 감정을 숨기지 않았다. 위클리프에서 만났던 키렌 역시 마찬가지였다. 모르긴 해도, 버나드 후작 역시 말은 하지 않아도 무서운 눈초리로 노려보며 위압적으로 나올 것이 뻔했다. 형제들이 그럴진대 그 아버지인 공작이야 더 말할 필요도 없었다. 자신이 레온을 중개상으로 이끌었던 것을 아는 순간 이성을 잃고 돌진해 와 단칼에… 어쩌면 검을 뽑는 것도 아까워 목을 비틀어 버릴지도 몰랐다.

카슨의 시신을 옮겨왔다는 것과 여행 경로에 대해서 보고해야 하는 것 때문에 성에 머물고 있었기에 잠시 잊고 있었던 것을 떠올린 알은 걸음을 멈춘 채 아벤의 뒷모습을 바라봤다.

아벤은 병사 하나를 불러 수요를 찾아 이곳으로 데려오라는 명령을 내린 후에 곧 알을 돌아봤다.

"수요를 만나거든 곧장 레첸 마을로 가 있게. 바론의 통행증은 발급하는 대로 그쪽으로 보내주도록 하지."

"신경 써주셔서 감사합니다."

정중하게 예의를 차리는 알에게 아벤은 고개를 까딱했다. 그리고 곧장 몸을 돌려 복도를 걸어나갔다.

공작부를 나선 아벤의 눈에 막 성문을 들어서는 공작 일행이 보였다. 체구가 장대한 윌리엄 공작의 뒤로 날카로운 눈빛의 버나드 후작의 모습이 보였다. 그 옆에 그의 부인, 라자첼이 땅에 끌리는 치마를 붙잡느라 약간 인상을 쓰며 따르고 있었다. 그 바로 뒤로 공간 이동을 하느라 지쳐 보이는 노구의 마법사와 그를 부축한 기사, 바로 아벤의 오랜지기 맨스람 백작의 모습이 보였다.

아벤은 맨스람의 모습을 보자 다소 안도를 했다.

이미 프란츠를 통해 전해들은 바가 있는 아벤은 이번 카슨의 죽음에 뭔가 흑막이 있을 거라고 짐작했다. 최소한 수도의 정쟁을 가까이에서 지켜본 맨스람이 왔으니 그만큼 사태를 면밀히 분석할 수 있을 것이라 생각했다.

그가 인사를 건네기 위해 가까이 다가가는 순간 공작의 걸음이 멈췄다.

막 저택에서 달려나오는 가족들과 부하들을 쳐다보는 윌리엄의 시선은 금세 분노에 휩싸였다.

그는 다짜고짜 소리를 버럭 질렀다.

"네가 왜 여기에 있는 거냐!"

마중을 위해 달려나오던 일행이 멈춰 서 그의 시선을 따라갔다. 그리고 그 시선의 끝에서 어쩔 줄 모른 채 서 있는 소년을 발견했다. 바로 레온이었다.

"네가 왜 여기에 있느냐고 물었다!"

윌리엄의 고함이 재차 이어졌을 때 레온의 몸이 찔끔하며 물러섰다.

"아, 아버지 전⋯⋯."

"누가 네 아버지냐!?"

윌리엄의 무서운 고함이 레온을 말을 잘랐다. 그리고 어색하게 서 있는 하이렌을 돌아봤다.

"너냐? 네가 레온을 불렀느냐?"

하이렌은 말을 잃은 듯 잠자코 있었다. 뭐라고 대꾸해야 할지 막막해 보이는 표정이었다.

"너에겐 이제 가족이 없다고 충분히 말했을 텐데?"

조금 억양을 누른 윌리엄은 다시 레온을 향했다. 그러나 그의 화가 가라앉은 것이 아님은 모두 알 수 있었다. 당장이라도 검을 뽑아 달려들 위압적인 기세가 그의 전신에서 뿜어져 나오고 있었다.

바로 뒤에 있던 버나드가 슬쩍 턱으로 신호를 보내왔다. 그 신호를 깨달은 프란츠가 서둘러 레온의 등을 밀며 한쪽으로 비켜섰다.

"공작 각하, 레온은 제가 돌려보낼 테니 이만 들어가시지요."

뒤이어 버나드의 음성이 들렸다.

"아버님, 카슨이 기다리고 있습니다."

그 말에 움찔하며 윌리엄의 몸이 움직였다. 그는 분노를 가득 담은 눈빛으로 슬쩍 레온을 쏘아본 후에 즉시 저택을 향해 걸어나갔다.

그가 스치고 지나가는 동안 레온은 잠자코 서 있었다. 고개를 숙인 채 그는 자신의 발끝을 바라보고만 있었다. 가지런히 허리에 붙어 있는 두 팔 밑에 꼭 쥔 손이 가볍게 떨렸다.

이해할 수 없었다.

가문을 떠난 것은 알고 있었다. 자신의 의지로 그렇게 했으니 당연히 처벌받아 마땅했다. 하지만 형의 죽음을 지켜볼 수 없을 만큼 죄를 지었다고는 생각되지 않았다. 하지만 자신은 지금 아버지로부터 거부당한 것이다. 형의 장례식에 참석할 권리를, 가문의 남자가 아님을 철저하게 거부당했다.

분노보다는 슬픔이 그의 눈가를 가득 메우고 있었다.

"그만 가보는 것이 좋을 것 같다. 더 있으면 공작께서……."

"가보겠습니다……."

레온은 천천히 걸음을 옮겼다.

곁에서 레온의 등을 다독이던 프란츠는 머뭇거렸지만 그를 따라가지는 않았다. 그는 말없이 떠나가는 레온의 등을 쳐다볼 뿐이었다. 방금 전 윌리엄 공작이 들어섰던 성문을 향해 어깨를 축 늘어뜨린 채 걸고 있는 레온을 지켜보는 것만이 그가 할 수 있는 전부였다. 지금 그 어떤 위로도 통하지 않을 것임을 알고 있었기 때문이다.

그리고 레온의 몸이 성문을 돌아 사라졌을 때에 겨우 한숨을 쉬며 저택을 향해 돌아섰다. 그가 돌아서는 순간 조금 떨어진 곳에 서 있던 아벤을 발견하고 깜짝 놀랐다.

"자네……."

"공작께서 오실 때부터 있었네."

아벤은 표정없는 얼굴로 씁쓸하게 대답했다. 그 역시도 레온의 떠나는 모습을 봤기 때문에 무척이나 답답한 듯했다. 그는 고개를 돌려 공작부를 쳐다본 후에 프란츠에게 시선을 돌렸다.

"레온 공자에게 필요한 사람은 우리가 아니라 저들이겠지."

프란츠가 돌아보니 막 알과 수요가 공작부를 나와 성문을 향해 달려가는 모습이 보였다. 알의 손에 들려 있는 것은 '카논의 세이버'였고 등 뒤로 작은 배낭을 메고 있는 것이 떠나려는 모습 같았다.

"가는… 건가?"

"일이 끝났으니까. 하지만 며칠 정도는 레첸에 머물겠지."

이유를 알지 못한 프란츠가 다시 아벤을 쳐다보자 그는 당연한 거 아니냐는 표정으로 그를 마주 봤다.

"카슨 경은 북쪽 언덕에 묻히실 테니까."

그 말을 깨달은 프란츠가 고개를 끄덕였다.

잠시 두 사람은 북쪽 성벽을 바라봤다. 정확하게는 그 너머에 있는 레스터 가문의 무덤 터였다. 남향의 구릉진 언덕이 있는 곳, 그곳이 카슨의 안식처였고 웬만한 곳에서는 뻔히 보일 터이니 레온도 틀림없이 지켜볼 것이 분명했다.

"공작께 가보도록 하지."

아벤의 나지막한 소리에 상념에서 벗어난 프란츠는 묵묵히 고개를 끄덕였다. 뒤이어 그는 아벤을 따라 묵직한 발걸음을 옮겼다.

저택의 분위기는 엄중했지만 슬픔을 못 이겨 통곡을 하는 이는 없었다. 하이렌과 도드리안은 이미 며칠씩 눈물을 흘린 탓에 붉게 충혈되어 있었지만 윌리엄 앞이라 내색하지 않고 꾹 참고 있었다.

버나드와 라자첼은 의연한 모습을 보이고 있었다. 위클리프 출신이었던 라자첼이야 원래부터 카슨과 안면이 적었던 탓에 그다지 슬픔을 느낄 수 없었겠지만 버나드조차도 의연하게 서 있는 모습은 의외였다.

'그래도 근위대에 불러가려고 그렇게 애를 썼는데…….'

프란츠는 속으로 그렇게 중얼거렸지만 곧 고개를 저었다.

이미 출발 전에 마음 준비를 단단히 했을 것이고 특히 곁에 아버지가 있으니 쉽게 눈물을 보일 수 없는 탓이리라고 짐작했다.

프란츠와 아벤은 조심스럽게 맨스람에게 다가가 어깨를 나란히 하며 섰다. 그 바로 앞에 그들의 주군인 윌리엄의 넓적한 등이 보였다.

윌리엄의 등이 오늘따라 작게 느껴졌다. 그러나 세 사람은 미약하게나마 조금씩 떨리기도 했다.

이윽고 신관의 기도가 끝나고 윌리엄을 시작으로 카슨에 대한 인사가 시작되었다. 한 명씩 앞으로 나서 카슨의 가슴 위로 꽃을 올려주는 일은 토톰을 마지막으로 끝났다. 장례는 마침내 끝났다.

"내일 아침에 관을 옮길 생각입니다."

아벤이 윌리엄의 뒤에서 조용히 말했다. 윌리엄은 묵묵히 고개를 끄덕인 후 천천히 홀을 빠져나갔다. 그 뒤로 버나드와 하이렌 부부가 따랐고 아벤을 위시한 세 백작도 따랐다.

아벤은 세 사람이 남을 때까지 기다린 후에야 입을 열었다.

"키렌 경은?"

"일이 있어서 못 왔네."

대답한 이는 맨스람이었다.

"무슨 일이기에 형의 장례식에도 불참한단 말인가? 자네가 나서서라도 데려왔어야지."

프란츠의 준엄한 책망에도 맨스람은 한 치의 흔들림이 없었다.

"그럴 만한 사정이 있었네."

그렇게 대답한 맨스람은 손을 들어 두 사람을 제지했다.

"이해해 주게."

"아니, 이 사람이 그 무슨……."

"그만 하게, 프란츠. 먼 길을 오느라 지쳤을 테니 오늘은 쉬도록 하는 게 좋을 것 같네."

아벤의 침착한 어조가 프란츠의 말을 끊고 흘러나왔다. 그는 뒤이어 프란츠에게 눈짓을 보냈다.

"내일은 더 힘든 일이 있지 않나? 조금은 쉬게 해줘야지."

아벤이 말한 것이 카슨의 죽음에 대한 것임을 눈치 챘지만 맨스람은 아무 말도 하지 않았다. 그는 곧바로 몸을 돌려 방으로 돌아갔다.

"이거 들키면 경을 치는 거나 아닌지 모르겠어……."

말을 하며 모포를 더욱 깊게 눌러쓰는 이는 알이었다. 그의 곁에 엎드린 채 무심히 정면을 보고 있던 수요는 대뜸 한마디했다.

"그렇게 숨어 있는다고 알아채지 못할 사람들이 아니잖아? 마스터가 세 명이나 되는데 우리가 있는 걸 모를까……?"

“그렇다고 너처럼 무턱대고 보일 수야 없지.”

알은 퉁명스럽게 쏘아대며 모포 사이로 눈만 꺼내놓고 있었다. 그의 모포는 초록색으로 주위의 초원과 어울려 쉽사리 눈에 띄지 않았다. 물론 저 멀리 장례를 치르고 있는 사람들이 모를 거란 기대는 애초에 하지도 않았다.

이것은 단지 예의였다.

장례에 참석할 수 없는 레온이 그들 바로 위에 엎드린 채 숨죽여 울고 있는 것처럼 그들 두 사람은 어쩔 수 없이 따라온 것뿐이었다. 그렇다고 멀뚱멀뚱 고개를 내민 채 ‘우리 여기 있어요’ 라고 신호했다간 윌리엄 공작의 분노를 온몸으로 느껴야 할 판이니 이렇게 숨어 있는 것이 그나마 안전책이었다. 설마 하니 원수 관계도 아닌데 공작이 검을 뽑아 들고 뛰어올 리는 없을 테니 말이다.

멀기는 했지만 마을에서 몇 번 장례를 본 경험이 있는 알은 대충 무엇을 하고 있는지 짐작할 수 있었다. 벌써 며칠 전부터 파놓은 구덩이에 관이 들어갔고 뒤이어 꽃을 던지는 행렬이 줄을 이은 후에 신관의 기도, 그리고 흙을 덮는 절차가 차례로 이어지고 있었다.

지루할 정도로 느리게 진행되고 있었기 때문에 엎드려 있던 수요는 어느새 코를 골며 잠들었다. 알은 레온이 걱정스러워 말을 붙이기 시작했다.

“레온, 괜찮냐?”

“…응.”

희미한 대답은 별로 괜찮은 어조가 아니었다. 알은 속으로 한숨을 쉬며 뭐라고 위로해야 할까 하고 궁리했다.

“나중에 가까이 가서 꽃다발이라도 놓아두자. 지금은 어렵겠지만 말야. 멀긴 하지만 찾을 수 있지?”

“응, 어머님 무덤 옆이니까 찾을 수 있어.”

처연하게 말하는 레온의 말에 알은 흠칫하며 입을 다물었다. 설마 그의 어머니도 죽었을 거란 생각은 하지 못했다. 가족 얘기를 자주 해 주곤 했지만 원체 아버지 얘기를 하지 않았던 레온인지라 어머니에 대해 얘기하지 않은 것도 그러려니 했었다. 한데 지금 대답으로 그의 어머니가 없기 때문이었다란 것을 알게 되었다.

위로하려다가 더 아픈 상처를 꺼낸 것 같아 미안한 알은 머리를 긁적였다.

“자식… 이런 상황에서도 잘 자네…….”

괜히 잠들어 있는 수요를 탓하며 얼버무리는 알이었다.

장례식이 끝나고 윌리엄을 위시해 작은 거실에 모였다.

중앙의 의자에 앉은 윌리엄은 잠시 좌우를 둘러봤다. 오른쪽에 앉은 버나드와 하이렌, 왼쪽에는 자신의 심복인 프란츠와 아벤, 맨스람이 앉아 있었다.

지금 이 자리는 프란츠와 아벤이 마련한 자리였다. 무슨 일인지 모른 채 앉아 있기는 했지만 두 사람의 긴장된 표정에 심각한 일이라고 짐작할 뿐이었다. 모두 두 사람이 입을 열기를 침묵의 시선으로 지켜보고 있었다.

그리고 프란츠가 먼저 말문을 열었다.

“제가 카슨 자작의 시신을 검시했습니다.”

그렇게 입을 뗀 프란츠에게 모두들 의문의 시선을 던졌다. 어제 도착한 윌리엄과 버나드는 물론, 아직 하이렌도 정확한 사인에 대해서 들은 바는 없었다. 물론 세 사람 모두 검시를 못하는 것은 아니었다. 다만 죽은 카슨에 대한 예의가 아니라 생각했고 이미 프란츠가 했다는 소식을 들었기 때문에 생략했을 뿐이었다.

"어떻게 죽었던가?"

침중한 어조로 윌리엄이 물었다.

"카슨은 모스 섬으로 갔었는데 어째서 레스터에 있었던 겁니까?"

버나드의 예리한 질문에 프란츠는 고개를 끄덕이고 천천히 설명했다.

"저도 정확한 것은 모릅니다만… 카슨 자작은 남부 해안에서 지나가던 여행자에 의해 발견되었습니다."

그 여행자가 바로 레온임을 하이렌은 알고 있었다. 하지만 윌리엄의 기분을 상하게 할 필요는 없었으므로 그 역시 모른 척 넘어갔다.

"그 여행자들은 곧장 저에게 카슨 자작의 시신을 옮겨왔고 아직 장례를 치른 것이 아니었기에 다행히 검시를 할 수 있었습니다."

"이상하군."

버나드가 고개를 갸웃했다.

"남부 해안에서 발견했다면 근처에 다른 성도 많이 있었을 텐데… 어째서 백작께 시신을 넘겼단 말입니까?"

"그, 그건……."

날카로운 질문이었다. 프란츠는 내심 찔끔하며 뭐라고 변명해야 할지 망설였다.

그때 아벤이 헛기침과 함께 나섰다.

"어차피 하이렌 백작께서도 아는 일이니 사실대로 말씀드리겠습니다. 카슨 경을 발견한 사람은 레온입니다."

윌리엄의 눈이 순간 흔들렸다. 아벤은 그의 눈치를 살피지 않은 채 다시 말을 이었다.

"레온이 발견했을 때엔 목숨이 붙어 있었다고 합니다. 하지만 치명상을 입은 상태여서 출혈이 심했다고 합니다. 그때까지 살아 있는 것이 기적에 가까울 정도였다니까요. 그리고 그대로 죽었다고 합니다."

"제 생각엔 모스 섬에서 몬스터의 습격을 받은 것이 아닐까 합니다. 아마 상처를 입은 상태로 바다를 건너온 것이 아닐까 하고 추측됩니다."

조심스럽게 프란츠가 자신의 의견을 내놨다.

잠시 정적이 흘렀다. 나름대로 서로 고심을 하던 사람들은 윌리엄의 몸이 앞으로 기우는 것에 얼른 그를 주목했다. 윌리엄은 프란츠와 아벤을 쳐다보며 무겁게 말했다.

"어떻게 된 일인지… 자초지종을 설명해 보게."

아벤과 프란츠는 서로를 쳐다봤다. 무엇을 어떻게 얘기해야 할지 쉽지 않았던 탓이었다. 카슨을 발견하여 레스터 성까지 데려온 이가 바로 레온이기 때문이었다. 그에 관련된 부분을 축소, 또는 은폐하면서 상황을 이해시켜야 했다.

두 사람 중에 아벤이 나서서 입을 열었다. 아무래도 군사적인 면보다 정책을 담당해 왔던 자신이 설명하는 것이 나을 거라고 판단했다. 게다가 알의 보고서를 봤기 때문에—그는 레스터에 들어온 이후의 상황에 대해서도 사실대로 보고했다—카슨을 발견했을 때의 정황을 상세히 알고 있었다.

그는 카슨을 발견했던 당시의 상황과 프란츠의 검시에 대한 것을 자세하고 객관적으로 설명했다.

“…오후 늦게 관이 본 성에 도착했습니다.”

그의 말을 묵묵히 듣고 있던 사람들은 이야기가 끝이 나고도 한참을 앉아 있었다. 모두 똑같은 의문을 품고 있었지만 선뜻 말을 꺼내는 이는 없었다.

이윽고 정적을 깨며 버나드가 중얼거렸다.

“대체 모스 섬에서 무슨 일이 있었던 것일까요?”

그 질문에 대답한 이는 아무도 없었다.

대신 프란츠가 격분한 어조로 대꾸했다.

“군단장이 실종된 상황인데 전혀 보고 내용이 없었다면 심각한 일이라 사료됩니다. 리저드 후작에게 엄중히 문책해야 할 일입니다.”

“지금은 그럴 사정이 아닌데…….”

한숨을 쉬며 대답한 이는 맨스람이었다.

그의 말이 이상하다고 생각했는지 하이렌은 멀뚱히 바라봤다. 그의 입이 다무는 것과 동시에 고개를 숙이는 것이 말할 수 없다는 것 같아 그는 더욱 의아해했다. 하이렌의 시선이 다시 윌리엄으로 향했다.

하이렌뿐만 아니라 프란츠나 아벤도 자신을 쳐다보자 윌리엄은 깊은 한숨을 내쉬었다.

“키렌이 여기에 없는 것이 이상하지 않나?”

그의 질문에 세 사람은 동시에 고개를 끄덕였다. 내색하진 않았지만 확실히 이상하다고 느끼는 중이었다. 아무리 친위대에 소속되어 있다고 해도 잠시의 시간도 낼 수 없다는 것은 말이 안 되기 때문이었다.

“왕자 전하께서 실종되었네.”

“네? 뭐라고요?”

프란츠가 기겁을 하며 소리쳤다.

"정확하게 말하면 실종이 아니라 가출이겠지."

"하지만 그런 얘기는 전혀 없지 않았습니까?"

"왕성에 왕자가 버젓이 있기 때문입니다."

버나드의 설명에 더욱 이해가 안 가는 세 사람이었다. 실종이 되었는데 왕자가 있다니? 이 무슨 해괴한 설명인가.

"성에 있는 왕자는 가짜거든."

맨스람의 말에 하이렌이 입을 쩍 벌렸다.

"감히 그런 불충한 짓을 저지르다니! 대체 누가 왕자 전하를 납치했단 말입니까?"

"납치가 아니라 가출이라니까."

고개를 저으며 버나드가 정정했다.

"가… 출?"

"가짜를 왕성에 놔두고 왕자 전하께서 가출하셨다는 것이 정확한 설명이지. 그리고 이 사실을 알고 있는 이는 현재 몇 되지 않는다. 키렌은 그 왕자 전하를 수색하는 비밀 임무를 띠고 있다."

윌리엄의 설명에 그제야 상황을 이해한 세 사람이었다.

문득 아벤은 몇 달 전에 공작이 왔을 때에도 버나드만 대동했다는 것을 떠올렸다.

"혹시… 가출하신 지 꽤 되는 것은……?"

"맞았네."

답답한지 짤막한 대답을 하며 윌리엄은 고개를 끄덕일 뿐이었다.

"감쪽같기는 하지만 벌써 몇 달이 흘렀습니다. 이제 주위에서도 눈치 채는 움직임이 있는 지금 카슨의 죽음에 대해 따질 만큼 한가하지 않습니다."

침통한 어조였지만 듣기에 따라선 무척 냉혹한 버나드의 의견이었
다.

문득 맨스람이 나서며 윌리엄을 바라봤다.

"죄송스러운 말씀입니다만……."

"말하게."

"오히려 아드님의 죽음을 밝히는 것이 어떤지요?"

그의 의견에 윌리엄의 몸이 살짝 떨렸다.

"모두의 시선을 다른 곳으로 이끈다?"

대신 대꾸한 이는 버나드였다. 맨스람은 고개를 끄덕였다.

"당분간 이목을 속일 수는 있겠군요……."

생각해 보지 않았던 방법이라 윌리엄은 고민을 했다. 대를 위해 소
를 희생하는 일이 비일비재하고 계략과 음모가 난무하는 곳이 궁정이
다. 하지만 지금 이용하려는 것은 아들의 죽음이 아닌가. 좋은 방법일
수는 있지만 내키지 않는 것만은 사실이었다.

그는 천천히 입을 열었다.

"모두의 의견은 어떠한가?"

"저는 좋다고 생각합니다."

당장 버나드가 찬성을 하며 고개를 끄덕였다. 잠시 시간이 있은 후
아벤도 긍정을 표시했다. 프란츠도 머뭇거리긴 했지만 입을 열었다.

"어쨌든 의문의 죽음입니다. 밝힐 수 있다면 저로서도 반대하지 않
겠습니다."

"너는 어떠냐?"

윌리엄의 시선이 하이렌을 향했다.

"이미 결정난 것 같군요."

하이렌은 체념한 듯 대꾸했다. 하지만 그의 표정은 화를 눌러 참는 모습이 역력했다. 자신의 동생이 정략적으로 이용되어야 한다는 사실을 참기 힘들었다. 그는 자리에서 일어섰다.

"먼저 들어가겠습니다."

당황하여 쳐다보는 모두의 시선을 외면한 채 하이렌은 성큼성큼 방을 나섰다. 자신의 방으로 돌아가며 그는 주먹을 움켜쥐었다.

"살아서는 원하지도 않았던 기사가 되어야 했고, 죽어서는 귀족들의 입방아에 오르게 되다니… 카슨, 너도 참 불행한 운명이로구나……."

수평선 위에 붉게 물든 노을을 바라보던 사내는 쿡쿡 하고 짧게 웃었다. 넓은 방은 몇 개의 창문에서 들어오는 빛에 화려함을 자랑했다. 하지만 점차 해가 지면서 방은 어둠에 싸였다. 그렇게 한참을 테라스에 서서 수평선을 바라보던 사내는 해가 완전히 수면으로 잠기자 몸을 돌렸다. 그는 책상 위에 놓인 전등에 불을 밝힌 후 뒷짐을 진 채 방 안을 거닐기 시작했다.

뭔가 심각한 고민에 빠진 모습이었지만 넓은 방을 밝힌 불이 하나인 탓에 누구인지는 알 수 없었다.

이윽고 그는 책상 앞으로 다가와 앞에 놓인 편지를 다시 한 번 읽었다. 불빛 아래 드러난 사내는 중년이 조금 지난 모습이었다. 왜소한 체구였지만 날카롭고 예리한 인상을 지니고 있는 그는 할튼 리저드 후작이었다.

그의 얼굴빛은 매우 심각했다. 매섭게 빛나던 눈빛은 편지 위에서 떠날 줄 모르고 있었고 손끝은 미미하게 떨렸다. 이 편지는 오후 늦게 수도에서 날아온 전서였다. 부하들이 보내온 중요한 소식으로 그것을 받자마자 할튼은 심각한 고민에 빠졌다.

그 내용은 간략해서 '카슨의 장례식이 있었습니다.' 라는 것뿐이었다. 하지만 보낸 이도 받은 이도 그 짧은 내용만으로 충분히 사태를 짐작했다. 모스 섬에서 일어나는 일에 대해서 대륙의 누구도 아직 알아선 안 되었다. 비밀이 새어 나가는 것을 방지하기 위해 세심한 주의를 기울여 왔던 할튼이다. 한데 카슨의 시신이 발견되었다. 적들이 눈치 채진 못하겠지만 의심을 하게 될 것은 자명했다.

"아직은 아니야……."

할튼은 신음했다.

힘차게 종이를 구기며 할튼은 고개를 들었다. 마치 눈앞에 적이라도 있는 듯 적개심을 불태우며 그는 재차 중얼거렸다.

"이렇게 되면……."

잠시 망설이던 할튼의 입에서 단호한 음성이 흘러나왔다.

"시작할 수밖에."

마을로 들어서면서 어딘가 전과는 다르다는 느낌을 지울 수 없었다. 그 정도로 카슨이란 자는 사람들의 마음을 사로잡았던 것인가 하고 바론은 중얼거렸다. 그리고 약속했던 우정의 나눔터라는 주점에 들어섰을 때에도 그 생각은 별로 바뀌지 않았다.

이른 시간이라고 해도 주점은 너무 한산했다. 평소와 다르게 술을 마시고 있는 사람들은 거의 없었다. 한쪽 자리를 차지하며 앉은 바론의 귀에 들려온 화제도 마찬가지였다. 평상시의 왁자하고 떠들썩하며 풍부한 대화 내용과는 달리 카슨의 죽음에 대해 아쉬워하며 탄식하는 말만 들려올 뿐이었다.

“오랜만이야.”

바론에게 다가와 맥주 한 잔을 건네는 주인의 얼굴도 그리 밝지는 않았다. 그 사정을 잘 알고 있는 바론은 그저 고개를 끄덕이며 맥주를 받아 들었다.

“알은?”

“점심 먹고 나간 것 같던데?”

“혼자?”

“아니… 로브를 뒤집어쓰고 있던 자와 다른 청년이 하나 더 있었어. 근처 꽃가게를 물어보더니 바로 나가더군.”

“꽃가게?”

곁에 있던 소나임이 반문했다.

“여자라도 생긴 모양이지.”

주인은 모르는 일인지 고개를 저었다.

“그래, 뭘 주문할래?”

“일행이 오면 먹지.”

바론의 무뚝뚝한 말에 주인은 곧 돌아갔다. 그의 뒷모습을 보며 소나임이 앞으로 몸을 내밀며 은밀하게 물었다.

“정말 알에게 여자가 생긴 걸까?”

“멍청한 녀석.”

바론은 소나임을 흘겼다. 여전히 영문을 모르는 듯하자 바론도 주위를 살피며 조심스럽게 대꾸했다.

“레온이 쓸 거야.”

“레온이?”

잠시 눈을 동그랗게 뜨던 소나임은 곧 고개를 끄덕였다.

“혹시?”

“그래. 묘지에 갔을 거야.”

“그렇군.”

소나임은 알이 여자를 사귀지 않은 것에 실망한 것인지, 레온의 형이 죽은 것이 안됐다는 것인지 모를 아쉬운 표정을 지었다. 그리고 자신 앞에 놓인 맥주를 집어 벌컥벌컥 들이켰다. 단숨에 맥주를 들이킨 소나임은 한번 더 아쉬운 표정을 짓고는 주인을 향해 소리쳤다.

“이봐, 여기 한 잔만 더 줘.”

“서비스는 한 번뿐이야.”

소나임은 바론을 돌아봤다. 그의 고개가 끄덕여지자 곧 이어 힘차게 소리쳤다.

“알았으니까 어서 줘.”

곧 이어 주인은 미소를 지으며 맥주를 가져왔다. 그리고 소나임의 어깨를 툭 치고는 한 마디 던졌다.

“술만 먹으면 속 버려.”

“그래서?”

“음식도 시켜야지.”

“쳇! 노련하구만. 아무 거나 하나 내봐.”

소기의 목적을 달성했는지 주인은 만면에 미소를 지으며 얼른 주방으로 달려갔다.

그때 문이 열리며 알을 선두로 세 사람이 들어왔다. 바론이 손을 들어 신호하자 세 사람은 곧바로 다가왔다. 바론은 로브를 깊게 눌러쓴 레온을 쳐다보며 씁쓸하게 물었다.

“기분은 어때?”

“괜찮아요.”

“별로 괜찮지 않은 얼굴인걸?”

벌써 두 잔째 잔을 거푸 들이킨 소나임이 던진 말이었다.

“얼굴도 안 보고 잘도 짐작하는군.”

알이 퉁명스럽게 던진 말에 소나임은 발끈해서 그를 노려보았다. 그러나 알의 시선이 곱지 않은 것을 보고 움찔했다. 곧 자신이 실수했다는 것을 깨달은 소나임은 얼른 사과를 했다.

“미안해, 레온. 많이 괴롭지?”

“괜찮아요.”

“그 얘긴 그만 하지.”

알이 끼어들자 바론도 소나임도 곧 입을 다물었다. 슬쩍 레온의 눈치를 살피긴 했지만 자신들이 나서서 위로한다고 해결될 문제가 아니었기에 곧바로 알을 향해 시선을 돌렸다.

“시킨 일을 하긴 했는데… 대체 뭔 일이야?”

“그래? 잘했군.”

“무슨 일인데?”

궁금해 미치겠다는 듯 소나임이 재촉했다.

“축제가 얼마 남지 않았지?”

“응. 한 열흘도 안 남았지.”

“이번 생산량은 어떤 것 같아?”

“비슷하지. 그래도 조금 많은 편이야. 아무래도 타영지로 가져갈 거라는 소문이 고무적이긴 하지만 불안한 것도 사실이니까.”

“장부는 봤겠지?”

“그래.”

"네 생각은 어때?"

"뭐가?"

바론이 되물었다. 그사이에 삶은 오리가 나왔다. 한쪽 다리를 쭉 찢어 입에 쑤셔 넣으며 소나임이 외쳤다.

"이봐, 이거 한 마리 더 하고 맥주 좀 더 줘."

주인은 신이 났는지 얼른 대답과 함께 주방으로 사라졌다.

식사가 나왔지만 정작 손을 대는 건 소나임과 수요뿐이었다. 알과 바론은 간혹 입에 넣을 뿐이었고 레온은 아예 건들지도 않았다. 몇 번 레온에게 오리를 권하던 알은 곧 포기하고 다시 바론을 쳐다봤다.

"타영지에서 팔릴 것 같난 말야."

"팔리겠지."

"장난해?"

"이익이 생길 거냐고 물어야 되는 거 아냐? 물건이 있으면 어떻게든 팔리는 게 정상이잖아."

"쳇!"

혀를 찬 알은 다시 정정했다.

"이익이 생길 것 같아?"

"응."

이미 생각해 뒀었는지 바론의 대답은 오래 걸리지 않았다.

"그럼 생산량을 늘리자고 권했어야지."

알의 질책에 바론은 인상을 구기며 그를 노려봤다.

"이봐, 장부를 받은 지 얼마 되지도 않았어. 게다가 이미 오래전에 생산 준비를 갖췄는데 지금 얘기해서 무슨 소용이 있다는 거야? 게다가 장부를 받아서 포란에 가자마자 곧바로 와야 했단 말야."

약간 신경질적인 말이었다.

알은 두 손을 들어 미안하다는 시늉을 하며 고개를 끄덕였다.

"미안, 미안."

그의 사과에도 기분이 풀리지 않는지 바론의 얼굴은 퍼지지 않았다.

"대체 뭐야? 그 자금이 생긴 연유는 알겠는데 어디에 쓰려는 거야?"

조심스럽게 말한 것이었지만 알은 얼른 손을 들어 조용히 하라는 신호를 보냈다. 하지만 벌써 이상함을 눈치 챈 수요는 오리를 씹다 말고 멍하니 두 사람을 번갈아 쳐다봤다. 그는 마저 오리를 씹으며 입을 열었다.

"뭐야, 그럼 그… 그게 여기로 온 거야? 너희는 포란을 근거로 하고 있는 거 아니었어? 그게 왜 여기에 있는 거지?"

쳇 눈치도 빠른 녀석, 하고 알은 사납게 수요를 노려봤다. 그러나 이런 눈빛 따위에 기죽을 수요가 아니었고 알 역시 그런 사실을 잘 알고 있었다.

"네가 낄 문제가 아냐."

"물론 그렇겠지."

퉁명스럽게 대꾸하며 수요는 다시 먹던 것에 열중했다.

"알았으니 얘기 계속해."

알은 속으로 혀를 찼다. 대충 주위에서 얘기하는 것만 가지고도 추론해 낼 수 있는 수요였다. 얘기하자니 전부 눈치 챌 것이 분명했고 얘기하지 않자니 궁금증을 참지 못하는 바론의 눈빛도 예사롭지 않았다. 그는 할 수 없다고 생각하며 입을 열었다.

"그거 가지고 스고우에 좀 다녀와야겠어."

"스고우?"

바론의 반문과 함께 소나임까지도 고개를 들었다.

슬쩍 레온의 눈치를 살피며 알은 말을 이었다.

"그래. 광산을 좀 사둘까 해서 말야."

"무슨 광산?"

소나임이 반문했지만 바론은 묵묵히 고개를 끄덕일 뿐이었다. 고갯짓을 본 알은 더 말하지 않았다. 바론은 눈을 치뜨며 다짐을 받았다.

"그런데 정말 돈 되는 거 맞아?"

"그래."

"알았다. 더는 묻지 않지."

그렇게 대답한 바론의 시선이 깊숙이 고개를 숙이고 있는 레온의 로브로 향했다. 그리고 다시 알에게 눈을 돌렸을 때 희미하게 끄덕이는 그의 모습이 보였다. 대충 짐작이 간다는 듯 바론은 말없이 맥주를 마셨다.

　알과 레온이 포란으로 바론과 소나임이 스고우로 향한 시간, 윌리엄 공작과 버나드는 수도의 자택에 도착했다. 일주일의 빡빡한 여행에, 그중 육 일은 쉴 새 없이 워프를 시행했던 탓에 일행은 몹시 피로했다.

　물론 마스터인 윌리엄과 버나드는 멀쩡했지만 맨스람과 라자첼은 지친 기색이 완연했다. 특히 워프를 주도했던 궁정 마법사는 건들면 쓰러질 것 같은 얼굴이었다.

　라자첼이 방으로 쉬러 가고 마법사가 돌아간 직후에 세 사람은 은밀히 다시 모였다. 앞으로 어떻게 정국을 이끌어 나갈 것인가 하는 점을 상의하기 위해서였다.

　피로함을 감추지 못한 채 맨스람이 먼저 의견을 내놨다.

　"우선 할튼 리저드 후작을 수도로 부르는 것이 관건입니다."

　"물론 그렇지. 하지만 그 고집쟁이가 과연 움직일까?"

“제가 손을 써보겠습니다.”

“버나드, 네가? 어떻게 말이냐?”

“근위대장이라고 해도 사실상 군부를 장악하고 있는 사람은 저입니다, 아버님. 게다가 카슨은 동생이기 이전에 군단장이란 사실도 묵과할 수는 없겠지요.”

“그렇습니다, 공작 각하.”

맨스람도 단호한 어조였다.

“이번 일을 사정에 치우쳐 처리할 수는 없습니다. 되도록 일을 크게 확산시켜서 많은 이목을 집중시켜야만 합니다.”

“…그렇게까지 해야 하나?”

윌리엄은 망설였다. 앞에 앉은 두 사람의 의견을 모르는 바는 아니었지만 마음이 무거워지는 것도 사실이었다.

“굳이 일을 키울 필요도 없을 겁니다. 추궁을 하는 것만으로도 충분히 커질 테니까요.”

버나드의 대답에 맨스람도 수긍했다.

누가 뭐래도 카슨은 공작의 아들이었다. 그 아들이 모스 섬에 들어간 직후에 시신이 되어 돌아왔다. 공작의 입장에서 화를 내며 추궁하는 것은 당연한 일이었고, 그 상대인 리저드 역시 한 영지의 대제후였으니 쉽게 물러설 리는 없었다. 굳이 확대시키려고 하지 않아도 모두의 관심을 끌 큰 사건임은 분명했다.

“하지만 각하의 아들이 돌아가셨다는 것을 추궁하기보다는 군단장의 위치에 있는 자가 실종되어 시신이 되었다는 것을 따지는 것이 훨씬 이로울 겁니다. 공작과 리저드 후작의 입장 싸움보다는 군 작전을 물고 늘어지는 편이 보기에도 좋을 테니까요.”

"물론입니다. 그를 수도로 불러내려면 작전권에 대해 추궁해야 할 테니까요. 일관성있게 처리해야 모두가 수긍할 겁니다. 우리 측에 사감이 개입되었다는 것을 비춰선 안 됩니다."

"무엇보다 우리가 직면한 문제에 대해 감출 수 있어야 합니다."

맨스람의 말에 팔짱을 낀 버나드는 묵묵히 고개를 끄덕였다. 가장 중요한 것은 카슨의 죽음에 대한 흑막을 밝히는 것보다 사라진 왕자를 찾는 것이었다. 그리고 왕자를 찾아서 제자리에 놓을 때까지 그 누구도 눈치 채선 안 되었다.

그 모든 일에 대해 버나드와 맨스람의 의견은 일치했다. 그렇지만 아직 공작의 허락이 떨어지지 않았기 때문에 두 사람은 자연히 윌리엄을 향해 고개를 돌렸다. 턱을 괸 채 의자 깊숙이 앉아 생각에 잠겨 있던 윌리엄은 두 사람이 침묵과 함께 자신을 주시하고 있다는 것을 알았다. 그는 다시 한 번 깊은 한숨을 쉬고 가라앉은 음성으로 천천히 명령을 내리기 시작했다.

"버나드, 넌 군부를 움직여서 리저드 후작을 호출하도록 해라. 맨스람, 그대는 키렌에게 연락이 닿는 대로 카슨이 죽었다는 것과 왕자를 빨리 찾도록 종용하게."

그의 명령은 두 사람의 의견과 다르지 않았다. 그로서도 이 방법 이외에 좋은 수가 없음을 인정했다.

"리저드 후작을 다그쳐서 너무 궁지로 몰아넣지는 말아라. 어디까지나 시야를 감추기 위한 방편이지 그를 축출하고자 하는 것은 아니니까 말이다."

"명심하겠습니다."

버나드의 대답이 끝난 직후 윌리엄은 가볍게 손짓을 했다. 나가라는 뜻임을 짐작한 두 사람이 말없이 방을 나서자 윌리엄은 다시 한 번 큰 한숨을 쉬었다. 그리고 허공을 응시하며 씁쓸하게 말했다.

"용서해라, 카슨……."

다음날 왕성에 입성한 버나드는 즉시 군부를 소집했다. 근위대의 장교들을 포함해 각 영지의 군대 감사를 맡고 있는 자들과 참모들이 한자리에 모였다. 그리고 그 자리에서 버나드는 제1돌격기병단 군단장의 사망을 공식 발표함과 동시에 현 리저드령 몬스터 퇴치 작전을 담당하고 있는 할튼 리저드 후작을 탄핵했다.

군부의 대다수가 근위대 소속이거나 또는 근위대 출신이기 때문에 군부 내에서 버나드의 권력은 막강했다. 별 이견 없이 탄핵은 받아들여졌고 그 즉시 리저드 후작의 소환이 결정되었다.

그리고 마법사의 영신을 통해 즉시 리저드 령으로 전해졌다.

"수도에서 결정을 보자, 이건가?"

보고를 받은 후 할튼의 반응은 담담했다.

마법사를 내보낸 직후 나지드가 찾아왔다. 그는 조심스럽게 할튼에게 인사를 건넨 후 눈치를 살폈다.

카슨과 파운을 놓치는 실수를 저질렀던 탓에 그는 한동안 할튼 앞에 나서지 못했다. 자신만만하게 상대했건만 두 사람은 가뿐히 벼랑에서 몸을 던졌다. 물론 '죽인다' 라는 첫 번째 목적은 달성했지만 '시신을 얻는다' 라는 두 번째 목적은 실패했다. 마스터 검사 하나와 크루세이더 두 명을 손에 넣는다는 당초의 계획은 성공했지만 카슨이 아니라 카이라는 점이 문제였다. 죽음의 기사가 단순하게 좀비화시키는 것이라면 별다른 문제가 없겠지만 원래 갖고 있던 능력을 살려내는 것인지라 같은 마스터라고 해도 카슨과 카이가 바뀐 것은 큰 차질이었다.

물론 그런 실수를 저지른 것이 고의가 아니었고 무엇보다 카슨의 능력이 대단했던 것이기에 할튼은 관대하게 넘어갔다. 하지만 뒤이어 보고된 사항, 카슨의 장례식이 레스터 성에서 치러졌다는 것만은 관대하게 넘어갈 수 없었다. 중대한 비밀이 새어 나갔다는 점이 할튼을 극도로 분노하게 만들었고 나지드로 하여금 쥐 죽은 듯 숨어 지내게 만들었던 것이다.

그렇게 며칠을 지낸 끝에 할튼은 다시 나지드를 불렀다. 아무리 생각해도 상의할 만한 녀석이 자신 곁에 없다는 점이 가장 컸기에 어쩔 수 없었다.

"어서 오게, 나지드."

"부르셨사옵니까, 전하."

불끈한 할튼은 몸을 돌려 그를 노려봤다.

"전하라고 부르지 말게!"

"……."

"공작도 아니고, 아직 왕도 되지 못했는데 무슨 전하인가!"

"하지만 곧 되시겠지요."

나지드는 개의치 않는지 한 걸음 나서며 다시 한 번 고개를 숙였다. 그 말이 맘에 들었는지 할튼은 분을 삭였다. 그는 군부로부터 호출당했다는 것을 말했다.

"…뭔가 좋은 수가 없겠나?"

"…저들이 눈치 챈 것일까요?"

그 질문에 할튼은 잠시 생각해 봤다. 그리고 곧 고개를 저었다.

"그렇진 않을 거라고 짐작하지만, 속내는 알 수 없겠지."

"제가 듣기론 군부는 근위대장인 버나드 후작이 장악한 상태라고 알고 있습니다만……."

"맞네."

"그리고 그 버나드 후작은 카슨 자작의 형이라고 하셨지요?"

"그렇다."

할튼은 재차 확인하는 나지드를 의아한 눈초리로 쳐다봤다. 문득 그의 입가에 미소가 어리는 것을 보고 할튼은 재촉했다.

"뭔가 생각나는 점이라도 있나?"

"공작의 이름이 아니라 군부의 이름으로. 뭔가 사정이 있는 것이 아닐까요?"

"윌리엄이 나서나 버나드가 나서나, 어차피 거기서 거기겠지."

퉁명스럽게 대꾸하는 할튼에게 나지드는 잔잔한 미소로 화답했다. 그의 미소에 뭔가 뜻이 어려 있다고 짐작한 할튼은 궁리했다. 하지만 별다른 점을 찾을 수 없었다. 그는 다시 그를 재촉했다.

"짐작 가는 것이 있거든 말하게."

"군부가 개입하면 사건이 확대되어 이목이 집중될 것이라 짐작됩니다만……."

"물론 그렇겠지."

"공작의 아들이라고 해도 일개 군단장의 죽음. 정작 이곳에서 무슨 일이 있었는지조차 모르는 상황에서 군부의 개입이 가당키나 한 일인가요?"

"그 점이 궁금하다. 어째서 공작은 자신이 직접 나서지 않은 것일까? 이건 마치 일부러 사건을 확대하려는 움직임이 아닌가?"

"바로 그 점입니다. 뭔가 더 큰 문제를 은폐하려는 수작이 분명합니다. 그것이 무엇이겠습니까?”

나지드의 확신하는 말투에 할튼은 고개를 저으며 다음 말을 기다렸다.

“잊으셨습니까? 주변의 모든 인물을 바꾸었는데 단 한 명, 바꿀 수 없었던 사람을 말입니다.”

그 말에 할튼의 뇌리에 떠오른 사람이 있었다.

“키렌……”

“그렇습니다. 키렌이 눈치 챈 것이 아닐까요?”

할튼은 생각지도 못했던 것을 지적받은 탓에 생각을 정리하기 위해 방 안을 걸었다. 그의 사고가 빠르게 돌아가는 동안 그의 걸음도 점점 빨라지기 시작했다. 정확하게 다섯 번 하고 반을 돌았을 때 그의 걸음이 멈췄다.

“그렇군. 일전에 키렌을 봤다는 보고는 그런 의도가 숨겨져 있었군.”

제6돌격기병단장 크리스틴 에란스는 할튼의 심복 중에 한 명이었다. 그리고 그 크리스틴의 보고 내용 중에 위클리프 영지 내에서 키렌을 두 번 봤다는 내용이 있었다.

처음엔 별로 관심이 없었다. 오히려 안도를 했다. 키렌은 왕자의 검술 선생이기 때문에 그가 수도를 떠나 있다는 것은 가짜 왕자가 들킬 확률이 적어진다는 것을 의미했기 때문이다. 그래서 그의 여행에 대해서 신의 도우심이라고 환호를 하기까지 했다.

“녀석은 왕자를 찾고 있었던 거로군.”

지금까지의 추측과는 달리 키렌이 오래전에 왕자가 사라진 것을 알아챘고 그것을 윌리엄 공작에게 알렸다면? 당연히 공작이라면 왕자를 수색하도록 지시했을 것이다.

한데 그 사실을 왜 즉시 공표하지 않았을까? 잠시 궁리해 보던 할튼은 곧 깨달을 수 있었다.

"그런가……? 왕자는 자의로 성을 나간 것이니 대대적인 수색을 한다는 것 자체가 우스운 일이 되겠군."

그렇게 중얼거린 할튼은 입가에 희미한 미소를 지었다. 그는 나지드를 돌아보며 고개를 끄덕였다.

"좋은 지적이었다, 나지드. 덕분에 확실히 결심이 섰다."

"다행이옵니다, 전하."

"크크크크, 전하라… 역시 듣기 좋은 말이군."

할튼은 크게 웃은 후 곧 중얼거렸다.

"하지만 아직 왕자를 죽이지 못했어. 원래대로라면 왕자의 시체를 들이밀어서 공작을 모함해야 하는데…….

"왕자는 크리스틴이 알아서 처리할 것입니다. 하지만 지금 꼬리가 잡혀서야 아무 소용이 없지 않겠습니까? 일단은 왕자가 사라진 것을 공작에게 덮어씌우는 것이 가장 중요합니다."

"그렇지만 확실하게 처리할 수 없으니 하는 문제네. 다른 자들은 몰라도 윌리엄과 버나드는 확실하게 실각…….

할튼은 말을 중단한 채 손으로 이마를 짚었다. 순간 묘안이 떠오르면서 그는 이마를 탁 쳤다.

"그래. 다른 자! 그들을 이용하는 거야!"

"네?"

나지드가 멍하니 쳐다보자 할튼은 씩 미소를 지었다.

"콘버드와 스고우, 칼버딘의 제후들을 움직이는 거야. 윌리엄을 실각시킬 수 있는 기회를 그들이 놓칠 리 없지.”

원저 대공은 궁중 암투에 관여하는 것을 싫어했고 지금은 은거 중이라는 사실을 알고 있었기에 할튼은 그를 언급하지 않았다. 그러나 세 사람의 제후만 움직여도 일은 성사될 것이 틀림없다고 그는 예측했다.

“단지 제공만 하면 되는 거야. 제공만…….”

할튼의 음흉한 웃음이 방 안을 울렸다.

그날 저녁 수도에 있는 밀정들에게 비밀 지령을 내린 할튼은 능력 있는 마법사가 없다는 핑계를 대며 유유히 뱃길로 원저 항구로 향했다. 그리고 원저에 도착해서도 몸이 피곤하다며 공간 이동을 하지 않은 채 마차를 타고 수도로 향했다.

그렇게 시간을 지연하며 할튼은 일주일이 지난 후에야 도착했다.

도착한 시간은 오전, 그는 근위 기사의 안내를 받아 커다란 방으로 안내됐다. 말이 방이었지 보통 저택의 넓은 홀을 방불케 하는 넓이와 높이를 지니고 있었다. 그러나 창문은 두껍고 어두운 커튼에 가려져 있어 한 올의 빛도 비치지 않았다. 그리고 마치 투기장을 쪼개서 옮겨 놓은 듯 중앙을 중심으로 층을 이루며 둥글게 탁자가 놓여져 있었다.

할튼이 기사에게 안내된 곳은 그 중앙에 놓인 의자였다. 그는 그 앞에 앉아 홀을 둘러봤다. 홀 뒤편의 은촛대에 꽂힌 양초가 타오르고 있었고 수많은 사람들이 앉아서 그를 노려보고 있었다. 빛을 등지고 있기 때문일까, 사람들의 얼굴은 보이지 않았다. 하지만 그들이 누구인지 할튼은 짐작할 수 있었다.

근위대의 장교들이 중심을 이룬 군부일 것이 분명했다. 그리고 지금 자신은 그들의 탄핵을 받아 재판에 임하고 있는 것이다.

자리에 앉은 후 잠시 주위를 둘러본 후 할튼은 불쾌한 표정을 지었다. 일부러 짓는 표정이 아닌, 정말 불쾌한 심정이었다. 그는 목청을 돋워 실내를 쩌렁쩌렁하게 울렸다.

"이것은 재판 절차인 것 같은데 어찌 내게 이런 대접을 할 수 있단 말이오!"

"고정하십시오, 리저드 후작."

어둠 속에서 중후한 음성이 들렸다.

"이것은 재판이 아닙니다."

"그럼 이 분위기는 뭐란 말이오?"

할튼이 재차 따지고 들자 또 다른 음성이 대답을 했다.

"재판이 아니라 본 사건에 대한 청문회를 하려는 것입니다. 시작하게."

들려온 음성은 할튼의 의견을 묵살한 채 곧바로 청문회에 들어갈 것을 지시했다. 보지 않아도 버나드일 것이라고 할튼은 추측했다.

"이미 들으셨을 줄 압니다만, 다시 한 번 확인하는 셈치고 말씀드리겠습니다. 이번에 리저드 령, 모스 섬의 몬스터를 퇴치하기 위하여 돌격기병단 5개 군단이 출정했습니다. 한데 이십 일 전에 제1돌격기병단장 카슨 레스터 자작께서 남부 해안에서 전사한 모습으로 나타났습니다. 모스 섬의 특성상 마법사가 설치한 영신이 아니면 연락할 방법이 전혀 없습니다. 그러므로 우리 군부에서는 현재 어떤 상황인지 전혀 알 수 없어 이렇게 리저드 후작을 소환하여 청문회에 임할 수밖에 없었습니다."

잠시 말을 끊은 후 음성은 계속해서 들렸다.

"카슨 레스터 자작의 죽음에 대해 하실 말씀이 있는지요?"

“무슨 말을 하라는 거요?”

“알다시피 카슨 레스터 자작은 페나인에서 1, 2위를 다투는 마스터요.”

또 다른 음성이 어둠 속에서 흘러나왔다.

“그런 카슨 자작이 죽음에 이를 수 있는 상황에 닥칠 동안 경께서는 무엇을 했는가 말이오.”

순간 할튼의 얼굴빛이 변했다. 들려온 음성은 중후하면서 위압적이었다. 그런 분위기를 풍기면서 자신에게 말을 놓을 수 있는 자, 윌리엄 공작이 분명했다. 이 청문회 안에는 윌리엄 공작도 참석하고 있었다.

등줄기가 서늘해져 오는 것을 느끼며 할튼은 서둘러 변명했다.

“그것은 명령 불복종에 따른 실수였소.”

그의 대답에 수많은 그림자가 술렁대기 시작했다. 그러나 그 술렁댐은 곧 중앙의 누군가가 탁자를 거칠게 내리치는 소리에 멈췄다.

“조용히!”

단숨에 소란을 종식시킨 그는 다시 근엄한 목소리로 물어왔다.

“지금 경께서는 명령 불복종이라 하셨습니까?”

“그렇소.”

할튼의 단호한 음성이 재차 들렸을 때 장내에 짙은 살기가 어리기 시작했다. 그 살기는 중앙에서 은은하게 번져 나왔다. 방금 소란을 종식시킨 자의 몸에서 풍기는 것이 분명했다.

어둠 속에서 배어 나오는 살기에 할튼은 가슴속까지 공포에 물들어 몸을 떨렸다. 살기 어린 마나의 움직임은 결코 자신이 상대할 수 있는 것이 아니었다. 그리고 그런 자라면 당연히 버나드임이 분명했다. 같은 마스터라도 큰 차이가 있다는 얘기는 들어왔지만 이렇게까지 뚜렷하게 느낄 수 있게 되니 새삼 버나드에 대해 두려움이 치밀었다.

노기를 가득 품은 버나드의 포효가 뒤를 이었다.

"카슨 자작이 명령 불복종이라니, 당치 않은 모함이오! 그대는 무슨 명령을 어떻게 내린 것이오!"

태연을 가장하고 있었지만 막상 입을 열려니 이빨이 딱딱 부딪쳐 왔다. 할튼은 몇 번 심호흡을 한 후에 그동안 생각해 왔던 변명을 시작했다.

"작전이 시작되었을 때 내가 내린 명령은 각 군단 별로 숲에 진입하라는 것이었소. 하지만 카슨 경은 정찰이 우선적으로 시행되어야 한다고 우겼고, 숲 자체에 몬스터가 널려 있는 만큼 위험을 강조하며 내가 반대했음에도 불구하고 혼자 정찰을 나갔소. 그리고 그는 돌아오지 않았소."

"그가 돌아오지 않았음에도 불구하고 왜 군부로 연락하지 않았습니까?"

누군가의 질문에 할튼은 얼른 소리가 난 곳으로 시선을 돌렸다. 정면에서 느껴지는 버나드의 시선이 너무나 두려웠던 탓이었다. 그리고 역시 준비되어 있던 답변을 명쾌하게 내뱉었다.

"그는 마스터요. 며칠 나타나지 않는다고 수선을 떠는 것 자체가 우습지 않소?"

할튼의 반문에 할 말을 잃은 듯 모두들 침묵을 지켰다. 어둠이 모두의 사고를 멈춰 버린 듯 한참이 지나도록 그 누구도 입을 여는 이는 없었다. 그리고 현 상황에서 일단은 자신이 압승을 했다고 할튼은 생각했다.

그러나 그 생각은 곧 이어 차분하게 반문하는 버나드에 의해 여지없이 깨어졌다.

"경은 이번 작전에 대한 무능한 대처에 대해서 어떻게 하실 생각입니까?"

"무슨 뜻인가?"

영문을 알 수 없어 할튼은 다시 물었다.

"원래 모스 섬으로 군단을 움직일 수 있도록 배편을 마련하기로 한 것은 경이 아닙니까? 열흘 만에 이동하기로 되어 있었지만 경의 실수로 인해 무려 석 달이나 걸려야 했습니다. 이것에 대해 책임져야 할 겁니다."

"이 자리는 카슨 경의 죽음에 대해서 청문하는 것이 아니었소?"

"또한 처음 몬스터 퇴치에 대해 보고할 때 일만의 병력에 준하는 몬스터가 있다고 했습니다. 틀립니까?"

할튼의 얼굴이 일그러졌다. 지금 버나드는 오래된 옛날 일까지 들먹이고 있었다. 자신은 카슨의 죽음에 대한 반론만 준비해 왔는데 상대는 케케묵은 것까지 다 끄집어내 공격해 오니 순간 앞이 캄캄해졌다. 목구멍 가득히 '비겁한 녀석!' 하고 소리치고 싶은 것을 꾹 눌러 참으며 그는 고개를 끄덕였다.

"그렇소. 본인은 분명 그렇게 보고했고, 아울러 오만의 병력을 지원해 줄 것을 요구했소."

"사만 구천오백 명과 오만 명은 무슨 차이가 있는 겁니까?"

뜬금없는 질문에 할튼은 뭐라고 대답해야 할지 망설였다. 그 질문이 뜻하는 바를 그는 전혀 이해할 수 없었다.

"카슨 자작은 마지막에 이동을 했습니다. 그가 출발하기 전까지 섬에 도착한 병사의 총 수는 사만 구천오백 명! 경께서 요구한 오만에 겨우 오백 명이 부족한 숫자였습니다. 대체 그 차이가 뭐기에 경께선 그때까지 작전을 시행하지 않았던 것입니까?"

버나드의 예리한 질문에 할튼의 속은 시커멓게 타올랐다. 그는 바짝 마른 입을 다시며 소리쳤다.

"마지막 이동 부대엔 카슨 경을 포함해 크루세이더 두 명이 있었소. 그런 막강한 전력을 놔둔 채 작전을 시행한다는 것은 어리석지 않소?"

"경께서 요구한 병력에 마스터와 크루세이더는 포함되어 있지 않았습니다. 마스터나 마법사의 요구 사항은 전혀 없이 단순하게 병사 오만이라고만 되어 있었단 말입니다. 돌격기병단 3개 군단이 도착한 시점, 즉 삼만의 병력이 들어간 시점부터 작전은 시행되고 있었어야 했습니다. 그 병력에는 두 명의 크루세이더와 세 명의 마법사가 있었고 그 정도면 충분히 오만의 병사에 필적하는 전투력을 소지하고 있었습니다. 게다가 일만의 병력에 준하는 몬스터라고 해도 진형을 짜거나 무기를 들지 않는다는 점을 들어, 삼만의 병력이 조직적으로 공격한다면 충분히 요격할 수 있었을 것입니다. 즉, 카슨 자작이 도착했을 때에는 전부를 쓸어버리진 못했다 해도 이미 작전이 시행되어 있어야 할 시점이어야 했고 카슨 자작이 굳이 정찰을 위해 나설 필요가 없었어야 했습니다. 틀립니까?"

일순 할튼의 입이 쩍 벌어졌다. 버나드의 분석에 얼이 빠져 자신이 얼마나 멍청한 표정을 짓고 있는지도 알아챌 수 없었다.

처음부터 병사 오만은 할튼에게 있어 몬스터 퇴치용이 아니었다. 페나인의 국력을 약화시키고 자신의 사병을 늘리기 위한 수작에 불과했기에 그 병력이 도착하는 동안 몬스터를 퇴치하기 위해 머리를 굴리지도 않았다. 당연했다. 이미 군대가 도착하기 전에 모스 섬의 몬스터는 자신의 사병이 되었으니까.

그러나 버나드의 설명을 듣는 동안 자신이 꾸며낸 이야기의 맹점을 확실하게 깨달을 수 있었다. 병사 오만으로 물리칠 수 있다는 얘기와 병사 삼만으로 공격하는 것은 달랐다. 특별한 전법이 없는 몬스터 따위를 삼만의 병력으로 각개격파한다는 것이 불가능하지만은 않았고 그렇게 하고 있었어야 정상이었다.

그럴 필요가 없었다는 점을 간과한 할튼의 변명은 카슨이 정찰을 나갔다가 죽었다는 거짓말을 사실적으로 받쳐 주지 못했다. 정찰을 나가야 했다는 건 아직 작전이 시작되기 전이라고 공개하는 것과 마찬가지였다.

그는 자신의 실수를 깨닫고 입이 바짝 마를 정도로 긴장했다. 잘못을 시인하자니 자존심이 허락치 않았고, 변명을 늘어놓자니 허술하다고 느꼈다. 그는 연신 입을 다시며 무슨 말이든 하려고 애썼다.

넓은 거실 한쪽에 마법진이 그려져 있었고 그 위에 빛이 반짝이는 순간 두 명의 남자가 나타났다. 짙은 밤색 로브를 입고 있는 마법사와 간단한 정장을 차려입은 건장한 귀족이었다. 장거리를 쉴 새 없이 날아온 탓인지 마법사는 도착과 동시에 비틀거렸다. 그러나 곁에 있던 사내는 아랑곳하지 않고 성큼 홀로 들어섰다.

그 앞에 두 사람을 기다리고 있었는지 하인 한 명이 얼른 달려와 허리를 굽실거렸다.

"어서 오십시오, 카르디프 스고우 후작님."

"대공께서는 계신가?"

"기다리고 계십니다."

“다른 사람은 없는가?”

“샤임 칼버딘 후작께서 도착해 계십니다.”

“알았다.”

카르디프는 굳은 표정으로 하인의 안내를 받았다. 넓고 화려한 저택을 지나면서도 그는 눈길 한번 돌리지 않았다. 무인인 탓에 원래 성격이 고지식하고 단순한 탓도 있었지만 무엇보다 사태가 심각하다는 점이 더 크게 작용했다.

그가 막 안내된 방으로 들어섰을 때 이미 그곳엔 기리안 콘버드 대공과 샤임 칼버딘 후작이 자리에 앉아 있었다. 창문 하나 없는 작은 방이었지만 마법에 의해 완벽하게 방음이 되어 있는 대공의 비밀 회의실이었다.

그리고 막 들어서는 카르디프를 맞이하는 두 사람의 얼굴은 매우 어두웠다.

기리안이 권하는 의자에 앉으며 카르디프는 서둘러 말했다.

“조금 늦었습니다. 소식을 듣고 부랴부랴 달려오긴 했습니다만… 그게 사실입니까?”

“아직 확인된 바는 없지만 틀림없는 것 같소.”

팔걸이에 두 손을 올려놓은 채 의자에 기대고 있던 기리안이 대답했다.

“헛소문일 가능성은 없는 겁니까?”

“왕실에 관련된 소문이오. 헛소문이라니, 당치 않은 얘기지 않소?”

“그건 모르는 거요, 샤임 경. 누군가 공작을 모함하려는 것인지도 모르지 않소?”

“두 분 그만 하시오. 우리끼리 싸운다고 해결될 일이 아니지 않소?”

"죄송합니다, 대공 전하."

샤임이 얼른 사과를 하며 물러서자 카르디프도 곧 입을 다물었다. 하지만 그의 표정은 의문에 가득 싸인 채 기리안을 응시할 뿐이었다.

"할 말이라도 있소, 카르디프 후작?"

"대공 전하, 레스터 가문은 4대에 걸쳐 왕가에 충성을 지켜온 신흥 명문가 아닙니까? 게다가 윌리엄 공작은 대제후일 뿐만 아니라 수도에 입성하여 군무대신에까지 이르렀습니다. 그런 분이 왕자를 납치하여 시해했을 것이라니, 모함이라고 생각하는 게 옳지 않겠습니까?"

"그거야 모르지 않소. 권력이란 것이……."

기리안은 슬쩍 말꼬리를 흐리며 입을 다물었다.

하지만 그 뜻을 짐작한 카르디프의 얼굴은 더욱 굳어졌다. 이를테면 권력의 단맛을 맛보게 되면 더욱 집착하게 된다는 뜻인 것 같았지만 카르디프는 단순히 그렇게만 들리진 않았다.

현재 수도에서 기리안 대공에 견줄 수 있는 실력자는 오직 한 명, 윌리엄 공작뿐이었다. 기리안이 내정 전반에 걸쳐 정치적인 권력을 작용하고 있다면 윌리엄은 근위대와 친위대를 포함한 군부 쪽의 실력자였다. 기리안의 입장으로썬 윌리엄이 껄끄러울 수밖에 없으므로 되도록 부딪치는 일이 없도록 조심하곤 했다. 하지만 만약에 그를 몰아낼 수 있는 방법이 생긴다면 그가 결코 가만히 있지는 않을 것이 분명했다.

카르디프는 대공이 그를 몰아내려 한다고 짐작했다. 그렇지만 같은 무인으로서 그는 공작을 변호하고 싶었다. 물론 보다 확실한 증거를 확보하는 것이 가장 중요했다.

"대공 전하의 연락을 받고 부랴부랴 달려오긴 했습니다만 전 도무지 믿을 수 없습니다. 대체 전하께서는 그 소식을 어디서 전해들은 것인지요? 우선 그것부터 밝히는 것이 도리 같습니다."

카르디프는 슬쩍 샤임을 쳐다봤다. 그에게 동의를 구하기 위해서였다. 하지만 샤임은 입꼬리를 말며 냉소를 지었다.

"저 역시 전하의 연락을 받고 오긴 했습니다만… 카르디프 후작보다 하루 정도 빨리 도착한 탓에 조금 조사한 것이 있습니다. 들어보시겠소, 카르디프 후작?"

그의 말에 자신감이 충만한 것을 느끼고 카르디프는 마른침을 삼켰다. 그가 고개를 끄덕이자 샤임은 다시 말을 이었다.

"칼버딘에서 수도로 올라온 사람은 적은 편이지만 아주 없지는 않다는 걸 먼저 말해 주겠소. 그리고 그 편을 통해서 조사한 바에 의하면 최근 서너 달 사이로 북궁의 인원이 싹 물갈이되었다는 것이오. 또한 왕자 전하께서는 지금까지도 두문불출하고 있다고 하니 이게 과연 뭘 의미하는 것이겠소?"

"몸이 아픈 것인지도 모르지 않소?"

카르디프의 단호한 음성에 기리안과 샤임은 고개를 저을 뿐이었다. 그는 두 사람의 반응에 불쾌했다. 이건 마치 '우린 공작을 몰아내야겠어!'라고 담합하는 것과 다르지 않은가! 그러나 내색하지 않은 채 다시 두 사람을 설득했다.

"우선 사실을 확인해 보는 것이 중요하지 않겠습니까? 아랫사람들의 말만 듣고 일을 처리하는 것은 옳지 않다고 생각합니다."

"카르디프 경께선 그렇게 말하고 있지만 직접 왕자를 뵙는다고 해서 진짜인지 가짜인지 구별할 수 있는 건 아니지 않소?"

"그게 무슨 말이오?"

샤임의 말에 그는 고개를 돌려 노려봤다. 그러나 샤임은 전혀 위축

되지 않은 채 맞받아쳤다.

"경도 그렇고 나도 그렇지 않소? 각자의 영지에 지내면서 일 년에 몇 번이나 수도에 옵니까? 그나마 왕자를 뵙는 건 정말 한두 번에 그칠 뿐이지 않소? 매일같이 왕자를 뵈었던 사람들도 제대로 알아보지 못하는데 우리가 봐서 뭘 어떻게 안단 말이오?"

그의 말이 전혀 틀린 것이 아니라 카르디프의 얼굴이 금세 붉어졌다.

"하지만 카르디프 경의 말도 아주 틀린 것은 아니지……."

고개를 주억거리며 맞장구를 치는 카르디프를 쳐다보며 기리안은 말을 이었다.

"이렇게 하면 어떻겠소? 이 일을 국왕 폐하께 알리는 것 말이오."

"하, 하지만……."

대공의 제안에 카르디프는 말을 더듬었다.

"단지 소문에 의한 것을 아뢴다는 것은……."

"소문뿐이라고 해도 중대한 것이오. 아니면 다행인 것이고 정말이라면……."

말끝을 흐리는 기리안을 대신하여 샤임이 매몰차게 말했다.

"죄를 물어야겠지요."

만족스러운지 기리안은 카르디프를 쳐다봤다.

"그럴 리는 없겠지만… 만약 그렇다면 응당의 조치를 취해야겠지요."

카르디프도 마지못해 동의를 해야 했다.

알과 레온에 의해 포란의 상회가 통합된 이후 포란의 축제는 조금씩 변하기 시작했다. 치즈를 생산한 것을 축복하는 일은 변하지 않았지만 중개상 간에 경매를 통해 물건을 넘기던 종래의 풍습은 사라졌다. 그리하여 치즈 축제는 두 번째를 맞이하여 변할 수밖에 없었다.

커다란 광장을 가득 메우며 축제가 벌어지고 있었다. 그리고 그 한 귀퉁이에 탁자가 놓여 있고 알과 수요가 앉아서 치즈를 흥정하고 있는 중이었다.

"1디나르."

한 조각을 떼어서 입에 넣고 우물거리던 알이 큰 소리로 외쳤다. 곁에 있던 수요가 막 받아 적으려는데 물건을 넘기려던 자가 얼른 나섰다.

"조금 더 쳐줘. 이래서야 독점하고 다를 바 없잖아?"

"좋아. 3000디나 더 얹지."

선심 쓰듯 알이 승낙했다.

"그건 괜찮군."

상대도 좋은 가격인지 곧 미소를 지었다.

포란의 새로운 방식은 이렇게 생산자와 흥정을 하여 적정가를 매긴 후 물건의 총량에 따라서 대금을 지불하게 되었다. 대개는 사는 쪽에서 값을 깎게 마련이지만 알은 낮은 가격을 먼저 부른 후 올려가면서 흥정하기 때문에 상대방도 은근히 만족하게 된다. 알은 거기에 한 가지 수를 더 쓴다.

"이봐, 조건만 맞는다면 2000디나 더 얹어줄게."

2000디나란 말에 상대는 귀가 솔깃하게 마련. 두 눈을 동그랗게 뜨고 관심을 보이면 알은 미소와 함께 이렇게 말했다.

"다음번 생산량을 좀 더 늘릴 생각 없어? 물론 내가 다 팔아올 테니까 걱정 말고!"

"오호~ 투자하는 거냐?"

"뭐, 그런 거지. 어때?"

반대할 이유는 없다. 원하는 가격에 더 얹어서 주는데 싫어할 사람은 없으니까. 거기에 생산하는 만큼 전부 사주겠다는 데 마다할 이유도 없다. 당연히 상대는 고개를 끄덕이며 수긍하고 만다.

"소폭으로 늘리면 안 돼. 많이 생산해 달라구. 할 수 있겠지?"

"맡겨둬."

이렇게 해서 알은 대부분의 생산자들과 가계약을 맺었다.

그 곁에서 뚱한 표정을 지은 채 계약서를 작성하는 이는 수요였다. 각종 치즈 조각을 먹을 수 있었지만 그의 표정은 그리 밝지 않았다. 바론은 아직 스고우 령에서 돌아오지 않았고 레온은 통 모습을 드러내지 않았기에 현재 상회를 대표하는 이는 알 혼자였다. 그렇다고 혼자 일을 처리하자니 영 폼이 안 난다며 억지로 끌려 나와 앉아 있는 중이었다. 그러니 수요로서는 영 불만일 수밖에.

얼추 어느 정도 정리가 되어간다고 생각한 알이 자리에 앉았다. 하루 종일 소리를 질러댄 통에 그의 목은 많이 쉬었다. 그는 물통을 꺼내 물을 벌컥벌컥 마신 후 수요를 돌아봤다.

"뭐냐? 그 표정은?"

물론 알은 수요가 왜 그런 불만스런 얼굴인지 모를 리 없었다.

"왜 내가 이런 일을 해야 하는 건데?"

물론 수요도 알이 왜 그런 질문을 했는지 모를 리 없었다.

뻔한 대화를 하며 두 사람은 서로를 노려봤다.

"좀 하면 어때서? 그리고 지금은 사람이 부족하잖아."

“레스터를 차지했다는 상회에 사람이 없다는 게 말이 돼?”

“서기였다며?”

“니가 귀족이야?”

“하지만 고용주지.”

“차라리 다른 일을 할래.”

“왜 그래? 이제 거의 다 끝나가잖아?”

“물론 그렇지. 그리고 이제 축제도 끝나가.”

한참 입씨름을 나눈 후 두 사람은 서로 고개를 저으며 외면했다. 수요는 계약서를 덮으며 멀리 보이는 신전을 바라봤다. 포란에 돌아온 후에 그가 머물고 있는 곳으로, 바로 알과 레온의 집이기도 했다. 낡고 헐어서 볼품없긴 했지만 나름대로 지낼 만하다고 그는 생각했다. 그리고 지금 그가 신전을 바라보는 것은 다른 이유 때문이었다.

“녀석, 어떻게 하고 있을까?”

어느새 신전을 바라보며 알도 중얼거렸다. 한창 일에 바쁘긴 했지만 그 역시 궁금하기는 마찬가지였다.

“어제랑 똑같겠지.”

화가 덜 풀렸는지 여전히 수요는 퉁명스럽게 대꾸했다. 그러나 알은 그다지 개의치 않았다.

두 사람이 입에 담고 있는 사람은 물론 레온이었다. 그는 포란에 돌아온 후에도 계속 입을 다물고 있었다. 해안 가에서 형을 발견한 후부터 지금까지, 무려 한 달 가까이 침묵을 지키고 있는 셈이었다. 침울해하는 것도 정도가 있는 법이다. 한데 레온은 누가 얘기해도 들은 척도 안 한 채 혼자만의 상념에 빠져 괴로워하고 있었다.

"너무 곱게 자라서 그래. 그런 큰일을 당했으니 얼마나 상심했겠어?"

걱정스럽게 말한 이는 알이었다.

그러자 수요는 알을 돌아보며 황당하다는 듯 말했다.

"누가 들으면 넌 엄청 나이 많은 녀석인 줄 알겠다."

"나이는 많지 않아도 고생은 많이 했지."

알은 고개를 삐딱하게 세우고 입을 삐죽거리며 한쪽 눈을 치뜬 채 자조적으로 말했다.

"잘났다."

비아냥대듯 말한 수요는 다시 신전을 향해 고개를 돌렸다.

"그나저나 언제나 정신을 차리려는지……."

"충격이 심할 거야. 완전히 쫓겨난 셈이잖아?"

"그 정도로 충격을 받을 수 있나?"

수요로서는 지금 레온의 태도가 영 이해가 되지 않았다.

그러나 알 역시 이해할 수 없기는 마찬가지였다. 그는 어깨를 으쓱하며 고개를 저었다.

"모르지, 난!"

그리고 턱을 괴고 멍하니 축제를 바라보며 알은 중얼거렸다.

"난 부모님이 없었으니까 전혀 알 수 없지만… 오래전에 고아원을 나가야 했을 때 그런 느낌이었던 것 같아. 돌아갈 곳이 없다는 거, 괴롭다기보다는 불안한 거 아닐까?"

"돌아갈 곳이 없다라……."

수요는 그의 마지막 말을 되새겼다. 왠지 가슴 깊이 저미는 슬픔이 있었다.

와장창—!

요란한 소리와 함께 유리병이 산산조각났다. 얼마 전까지 실내를 장식하고 있었을 그 유리병은 주인의 화풀이에 희생되어 비명과 함께 조각이 났다.

할튼은 분을 참지 못한 채 다음 유리병을 집어 들었다.

'앗! 이것은 윈저에서도 특등품으로 쳐주는 것이 아닌가?!'

투명한 기운이 서늘하게 느껴질 정도의 명품이었다. 막상 잡고 보니 무척이나 좋은 제품인지라 할튼은 다소 망설여졌다. 마침 누군가 안으로 들어서자 할튼은 얼른 유리병을 내려놓으며 상대를 쳐다봤다.

들어온 이는 한 명이 아니었다.

제6돌격기병단의 단장이자 할튼이 수도에 심어놓은 심복, 크리스틴 에란스와 그녀의 일행, 마법사 모르트와 정령사 파머가 바로 그들이었다.

크리스틴은 들어서는 것과 동시에 방 안에 흩뿌려진 유리병을 잠시 흘겨본 후에 곧 인사를 했다.

"오신다는 말을 듣고 즉시 달려왔습니다만, 조금 늦었습니다."

"괜찮네. 모두들 오랜만이군."

대답을 하며 할튼은 다시 한 번 유리병을 쳐다봤다. 흠 하나 없이 깨끗한 유리병의 모습에 안도의 숨을 쉬며 할튼은 활짝 미소를 지었다.

그가 유리병 하나 때문에 미소를 짓는다고는 생각지 못한 크리스틴은 조심스럽게 질문을 던졌다.

"가셨던 일은 잘 풀리신 겁니까?"

그녀의 한마디는 큰 파문을 일으켰다.

할튼은 낮에 당했던 청문회의 기억을 떠올리고 다시 격한 분노에 사로잡혔다. 그는 무엇이든 녹여 버릴 듯한 애정 어린 시선으로 바라보던 유리병을 덥석 집었다. 그리고 사정없이 바닥에 내팽개쳤다.

와장창—!

소리가 끝나는 순간 할튼은 자신이 저지른 일에 정신을 차렸다. 멍하니 깨어진 조각을 쳐다보던 할튼은 씁쓸한 입맛을 다셨다. 그리고 자신을 화나게 만들었던 크리스틴을 노려봤다.

"잘 풀리지 않은 모양이야."

할튼의 분개한 모습에 목을 움츠리며 모르트가 중얼거렸다. 물론 크리스틴에게만 얘기한 것이었지만 마스터인 할튼이 못 들었을 리 없었다.

하지만 값비싼 유리병 하나와 분노를 바꾼 할튼은 화를 삭이며 시선을 돌렸다. 세 사람과 대화를 하다가 혼자 열받아 난리친 기억이 새삼나면서 애써 화제를 바꾸었다.

"지시했던 것은 어떻게 되었나?"

"예? 뭘요?"

눈을 동그랗게 뜨고 반문하는 크리스틴의 태도에 할튼의 눈초리가 일순 치켜떠졌다. 그리고 무언가 집어 던질 것을 찾는 동안 멀뚱히 서 있던 세 사람의 귓속말이 들려왔다.

"아주 불을 질러라."

"경어 쓰라고 주의 줬다."

"오? 안 쓰면 어쩔 건데?"

"두 사람 모두 그만두는 게 좋겠어. 후작께서 상당히 불쾌하신 듯해."

파머의 주의에 모르트가 입을 다물었다. 그러나 여전히 모르겠다는 얼굴로 크리스틴은 갸웃거렸다.

"한데 후작께서 우리에게 뭘 지시했었지? 너 혹시 따로 연락받아 놓고 나한테 말하지 않은 거 아냐?"

"야야, 내가 장난을 좋아하긴 해도 공과 사는 구별할 줄 알아."

"그럼 대체 뭘까……?"

혼잣말로 중얼거리던 크리스틴은 퍼뜩 그가 경어를 쓰지 않았다는 사실이 떠올라 다시 한 번 모르트를 노려봤다. 그러나 그는 날름 혀를 내밀며 약만 올리고 있었다. 발끈한 크리스틴이 막 욕을 하려는 찰나에 할튼의 손이 들려졌다.

세 사람은 긴장하며 동시에 할튼을 쳐다봤다.

"모르트."

"네!"

"존대해 줘라."

"…하지만 우린 같이 자라온 친구 사이입니다만……."

“지금은 크리스틴이 상관이다.”

“…네, 알겠습니다.”

마지못해 대답하는 모르트의 곁에서 크리스틴은 생글 웃고 있었다. 그러나 할튼이 고개를 돌려 노려보자 바짝 긴장하여 굳었다.

“내가 지시한 것이 무엇인지 정말 모르겠나?”

“죄송합니다.”

고개를 푹 숙이는 크리스틴과 달리 이번엔 모르트가 싱글벙글이었다. 그런 세 사람의 심각한 장난스러움에 할튼은 절로 고개를 저었다.

그는 숨을 들이켜 크게 소리 지르고 싶은 것을 애써 참으며 조심스럽게 말했다.

“왕자 말이다.”

“앗!”

“아앗!”

“이크!”

세 사람이 동시에 비명을 질렀다. 그제야 할튼이 무엇을 말하려는지 눈치 챈 것이다. 물론 그 일에 대해 제대로 처리하지 못했으니 따끔한 질책이 쏟아질 것을 각오했다.

“어찌 되었나?”

“그것이 저어…….”

머뭇거리며 말을 꺼내지 못하는 크리스틴을 매섭게 노려보는 할튼이었다.

“어찌 되었나?”

처음보다 훨씬 냉랭한 말투에 크리스틴은 흠칫 봄을 떨었다. 그가 차분하게 물어올 때는 바른대로 고하는 것이 좋다는 것을 그간의 경험으로 잘 알고 있었다. 죽이진 않겠지만 어디 한두 군데 부러뜨릴 것이 분명했다.

크리스틴은 떨리는 목소리로 자신이 알고 있는 대로 보고했다.

"왕자는 윈저로 갔습니다. 경계선까지 추격했지만 한발 늦어 놓치고 말았습니다."

"어째서 윈저까지 따라가지 않은 거지?"

할튼의 말에 모르트가 대신 대답을 했다.

"이 일은 은밀해야 하지 않습니까? 관문을 넘을 때 귀족임을 나타내면 행적이 발각되어 일을 그르칠 염려가 있어 그 이상은 추격하지 않았습니다. 그래서 콘버드로 갔을 때에도 쫓지 않았습니다."

할튼은 한심한 듯 모르트를 쳐다봤다. 그리고 한숨을 푹 쉬며 비꼬았다.

"모르트, 넌 대체 왜 여기 있는 거냐?"

"네?"

"그 로브가 아깝구나."

"네?"

능청스러움인지, 정말 모르는 것인지 모르겠지만 모르트의 대답은 확실히 효과가 있었다. 그의 시야에 할튼의 몸이 순간적으로 커지며 숨이 콱 막혀왔다.

어느새 모르트의 멱살을 움켜잡아 앞뒤로 거세게 흔들며 할튼이 외쳤다.

"경계가 있어서 갈 수 없었다니, 네가 그러고도 마법사냐? 공간 이동은 됐다가 스튜 끓일 때 사용할 거냐? 그 따위로 머리가 안 돌아가느냔 말이다!"

컥컥대며 숨을 몰아쉬던 모르트는 애써 변명을 했다.

"하, 하지만… 마, 마스터가……."

마스터란 말에 이상한 생각이 든 할튼은 곧 그를 내려놓았다. 하지만 모르트는 숨 쉬기 곤란해 겨우 서 있을 뿐이었다. 하지만 모르트가 아니더라도 사실을 말해 줄 사람은 많은 법, 할튼은 크리스틴을 돌아봤다.

"왕자 곁에 마스터가 있습니다……."

"마스터? 혹시 친위대의 기사인가?"

"아닙니다. 몰래 나오면서 호위병을 둘 리 없지 않습니까?"

"한데 웬 마스터란 말인가?"

"그것이… 여행에서 만난 듯한데 죽이 잘 맞는지 곁에 딱 붙어다니다시피 해서 통 접근할 수가 없습니다."

크리스틴의 말에 할튼은 어이가 없는지 턱을 쓰다듬었다.

"알려지지 않은 마스터란 말인가……?"

"아니요, 지금은 꽤나 유명해졌습니다."

할튼은 크리스틴을 쳐다봤다.

"일전에 콘버드의 무술대회에서 맥클리스 경을 제압했거든요. 정체불명의 십대 소드 마스터의 출현에 꽤나 시끌벅적했었지요."

충격을 받았는지 할튼의 얼굴이 창백해졌다.

"맥클리스도 마스터가 된 것으로 아는데……? 그를 이겼다고? 그럼 꽤 오래전에 마스터가 되었다는 얘기잖아? 한데 이제 십대란 말인가?"

믿을 수 없는 듯 할튼은 세차게 도리질을 했다. 그리고 혼잣말을 중얼거렸다.

"내가 마스터가 되는 데 30년이 걸렸다. 그것도 연일 몬스터와의 격전 끝에 이루어낸 거야. 대체 그 녀석은 뭐지? 십대에 마스터라니! 괴물이로군."

할튼은 고개를 들었다.

"그 녀석은 뭐 하는 녀석이던가? 아직 십대라면 기사는 아니겠군?"

"그렇습니다. 그는 장사를 하는 중개상입니다."

크리스틴의 말에 할튼은 석상처럼 굳어져 한참 동안 움직이지 않았다. 불안한 듯 크리스틴이 조심스럽게 쳐다봤다.

"후작 각하……?"

"나랑 지금 장난하는 거냐?"

"네?"

"십대에 마스터가 된 소년이 기껏 할 일이 없어 장사를 하고 있다니? 그걸 조사라고 한 거냐, 이 멍청한 것아!!"

몽둥이라도 있으면 사정없이 패주고 싶을 정도였다. 할튼이 으르렁거리는 동안 세 사람은 얌전히 고개를 숙이고 구석으로 찌그러졌다.

씩씩거리며 숨을 몰아쉬던 할튼은 손짓을 하며 외쳤다.

"나가 봐라. 그놈에 대해 조사해 보면 뭔가 수가 나겠지. 그리고 당분간은 수도에 있도록. 제후들의 움직임을 살펴봐야 하니까."

"제후들? 콘버드 대공을 말씀하십니까?"

"콘버드 대공뿐 아니라 스고우 후작이나 칼버딘 후작의 움직임도 살펴야 한다."

"그들이 수도에 있다는 말씀입니까? 어떻게 그 먼 거리를……?"

모르트의 질문에 할튼은 매섭게 그를 노려봤다.

"바보 같은 자식! 공간 이동이 있다는 걸 모른단 말이냐!"

"아하~! 그 먼 거리를 이동해 왔다는 말이군요! 뭔가 중요한 일이……."

　말을 잇지도 못한 채 세 사람은 얼른 방을 나서야 했다. 할튼의 눈빛이 굶주린 맹수와 같았기 때문이다.

　신전 앞 계단에 앉아 멍하니 하늘을 쳐다보고 있었다. 가을 하늘은 눈이 시리도록 푸르렀고 구름은 풍성하게 피어 올랐다. 그러나 레온의 마음에는 무엇으로도 채워지지 않는 허무가 있었다.
　마침 뒤뜰로 가던 지나가 그를 보고 한마디 했다.
　“오빠, 배고프지 않아요?”
　레온은 두세 번의 질문을 더 받고서야 여전히 허공을 응시하며 고개를 저었다. 이미 알에게 전해 들은 얘기가 있었지만 지나는 난처했다. 언제나 밝고 쾌활하던 레온의 모습과 너무나 달라 말 붙이기 힘들었다. 그런 그녀를 멀리서 지켜보던 애리오트 사제는 가볍게 고개를 저었다.
　레온을 건들지 말란 뜻이 담겨 있었다. 체념하듯 고개를 숙인 지나는 천천히 뒤뜰로 향했다.
　이번엔 수요가 다가갔다.
　“레온, 검술을 가르쳐 주겠어?”
　물론 그의 말 역시 가볍게 씹는 레온이었다.
　휴우, 하고 한숨을 쉬며 수요는 그의 곁에 앉았다. 뭐라고 말을 붙여 봐야 반응이 없음을 그간의 반복 학습으로 잘 깨닫고 있었다. 그저 레온이 바라보고 있는 하늘을 같이 바라봐 주는 것만이 그가 할 수 있는 전부였다.
　한동안 그렇게 앉아 있는 두 사람의 머리 위로 갑자기 어둠이 드리워졌다.
　“이번 축제가 끝나면서 거래된 장부다.”

어느새 다가온 알이 두 사람 앞에 서 있었다. 빛을 등진 탓에 하얀 터번조차 검은 그림자에 싸여 있었다. 그러나 빛나는 두 눈동자는 똑바로 레온을 응시하고 있었고 오른손에는 두툼한 장부책이 쥐어져 있었다. 그리고 알은 그 책을 디밀고 있었다.

여전히 레온은 묵묵부답이었다. 한참 동안 응시하던 하늘이 알에 의해 가려졌음에도 불구하고 그는 요지부동이었다. 어쩌면 그가 보고 있던 것은 하늘이 아니었는지도 모른다. 과거의 영상을 보고 있는 것인지도 몰랐다.

그러나 알은 더욱 가까이 책을 들이밀었다. 레온의 얼굴은 책에 가려졌고 그제야 약간의 미동과 함께 깨어났다.

"지금은 보고 싶지 않아……."

"네가 아니면 누가 봐야 한다는 거냐?"

"네가 있잖아. 바론도 있고……."

꿈꾸듯 몽롱한 어조였다. 알은 그 어조가 무척이나 귀에 거슬렸다. 책을 치우며 한심하다는 듯 레온을 쏘아봤다.

"언제까지 그러고 있을 거냐?"

레온은 다시 자신만의 상념에 빠져 대답하지 않았다.

옆에 있던 수요가 기지개를 켜며 일어섰다. 축제 때와는 달리 기분이 상쾌해진 그는 알의 어깨를 두드리며 가볍게 위로했다.

"내버려 둬라. 형의 죽음에 이어 집에서 쫓겨나야 했는데 얼마나 가슴이 아팠겠어?"

"장사를 시작했을 때 이미 쫓겨난 상태였어. 그걸 확인했을 뿐인데 이렇게까지 기죽어 있을 필요가 있냐구! 젠장! 마치 인생 다 산 녀석 같은 꼴이잖아."

"처음 겪는 일이라 충격이 심한 모양이지. 너무 조급하게 생각하진
마."

다시 한 번 레온을 쳐다본 알은 몸을 돌려 마구간으로 향했다. 그가
마을로 가려는 것을 눈치 챈 수요가 얼른 따라붙었다.

"좋은 방법이 있긴 한데……."

알의 혼잣말이었다.

그 말을 들은 수요는 레온을 흘겨봤다. 분명 알의 혼잣말은 레온에게
해당하는 말임에 틀림없었다. 궁금함이 치민 수요가 그를 쳐다봤다.

"뭔데?"

수요가 따라온 것을 깨달은 알은 머뭇거리다가 곧 고개를 저었다.

"아무것도 아냐."

"뭐냐니까? 레온이 정신차릴 수 있는 방법을 생각한 거 아냐? 나도
좀 알자."

알은 '후유' 하고 한숨을 쉬었다.

"방법이 아주 없는 건 아니지만 실행할 사람이 없어."

"어떤 건데? 가능하다면 내가 해볼게."

"너로선 불가능해."

"왜?"

"충격 요법이거든."

"충격 요법?"

알의 대답에 수요는 머리를 긁적이며 잠시 생각해 봤다.

뭔가 정신적인 충격을 줘서 레온을 깨어나게 하려는 방법 같았다.
거기까지는 짐작할 수 있었지만 대체 어떤 충격을 가해야 하는 것인지
는 몰랐다. 형의 죽음과 아버지로부터 쫓겨난 것에 버금가는 충격이

과연 무엇일지 떠올려 봐도 쉽게 연상되는 것은 없었다. 아니, 그보다
는 그 사실을 반복적으로 주입하는 것도 좋은 방법 같았다. 지금 레온
의 상황은 현실에 대해 받아들이지 못함으로 인해 마음을 닫은 상태인
것이 분명했으니까.

확실히 괜찮은 방법이었다. 수요는 고개를 끄덕이며 알을 쳐다봤다.

"그래, 그 방법이……."

순간 그의 목구멍이 콱 막혀왔다. 퍼뜩 떠오른 생각에 말문이 막힌
것이다.

충격을 줌으로 인해 현실을 직시하게 한다는 방법은 좋았지만 그 과
정에 있을 레온의 광란을 과연 누가 막을 것인가? 레온은 마스터였다.
설사 곁에 무기가 없다 하더라도 그의 주먹 몇 번, 발길질 몇 번이면 집
한 채는 한순간에 무너질 것이다. 그런 레온을 과연 누가 막는단 말인가!

수요는 얼른 말을 바꿨다.

"위험천만한 방법이군."

"대개 마스터 정도 되면 정신력도 강해지지 않아?"

"뭐, 그렇겠지. 수련 과정 중에 있을 테니까."

수요는 긍정의 뜻을 표하며 다시 한 번 레온을 쳐다봤다.

알의 말이 아니더라도 확실히 레온은 이상했다. 마스터의 검술을 지
니고도 여린 마음을 소유하고 있다. 그가 아는 대부분의 기사를 떠올려
봐도 레온처럼 부조리한 인물은 처음이었다. 게다가 지금은 그 여린 마
음 때문에 상처받았고 마스터의 능력 때문에 쉽게 건들지도 못했다.

위로를 받으려 하지도 않고 충격을 줄 수도 없는, 그게 레온의 상태
였다.

"한데 어디로 가는 거야?"

깍지 낀 손을 머리 뒤로 돌린 채 마차 위에 오른 알을 쳐다봤다.

"마을."

"무슨 일로?"

"바론이 도착했다고 해서 가봐야겠어. 상의할 일도 있고… 같이 가겠어?"

알의 제안에 수요는 뒤로 물러서며 물었다.

"또 일시키려고 하는 거지?"

"아니. 이제 일은 없을 거야. 넌 포란이나 둘러보든가."

"정말이야?"

"물론."

"믿을 수 없어. 속이는 거지?"

고삐를 쥐고 있던 알의 얼굴이 험악하게 일그러졌다. 그러나 수요는 전혀 겁을 내지 않으며 싱글거렸다.

"상인으로서 약속한다면 믿도록 하지."

알은 입을 실룩거렸지만 쉽게 대답하지 못했다. 자신의 말을 믿지 못하겠다는 수요를 화난 눈초리로 쏘아볼 뿐이었다.

"상인으로서 약속하지 않으면 믿을 수 없다는 뜻이냐?"

"물론. 넌 잘 모르겠지만 거래나 계약을 할 때하고 아닐 때하고 신용이 엄청 차이가 나거든."

"젠장! 알았어, 약속하지."

"좋았어!"

수요는 당장 마부석으로 뛰어올랐다. 그리고 알이 쥐고 있는 고삐를 낚아채며 연신 싱글벙글 웃었다.

"대신 말은 내가 몰지."

수요의 알미운 짓거리에 뭐라고 대꾸도 못한 채 노려보던 알은 마차가 출발함과 동시에 투덜거렸다.

"내가 하는 말이 그렇게 차이가 나다니, 미처 몰랐는걸? 그런 네 녀석은 언제 진실을 말하냐?"

"오, 난 언제나 진실만 말해."

수요의 대답에 잠시 후 알은 큰 소리로 웃기 시작했다. 그의 태도에 화를 내기는커녕 수요 역시 웃음을 참지 못한 채 곧 따라 웃었다.

금으로 장식된 의자 위에서 중년을 훌쩍 넘긴 사내가 양미간에 잔뜩 주름을 잡은 채 생각에 잠겼다. 머리 위에 얹혀져 있는 것은 그의 신분을 나타내는 왕관이었다.

브라이튼 폰 카프. 현 페나인 왕국을 다스리는 국왕이었다. 그는 매우 심각한 표정으로 앞에 앉은 세 사람을 훑어봤다.

기리안 콘버드 대공, 샤임 칼버딘 후작, 카르디프 스고우 후작.

페나인의 6대 제후 중에 세 사람이 자신에게 면담을 요청해 왔다.

수도에 상주해 있는 두 제후, 콘버드와 레스터 가문을 제외하고 각 제후들은 자신의 영지에서 거의 벗어남이 없었다. 북방을 담당하고 있는 샤임 후작은 물론 몬스터와의 격전이 치열한 할튼 후작, 마스터임과 동시에 군무에 능한 카르디프 후작 역시 수도에 윌리엄과 버나드가 있기 때문에 올라올 필요가 없었다.

한데 이 며칠 사이 저스틴 윈저 대공을 제외한 대제후들이 전부 수도로 집결했다. 모스 섬 퇴치 작전에서 유망한 마스터의 죽음에 대해 문책하기 위해 할튼 리저드 후작이 소환되었다는 것은 이미 보고로 알고 있었다. 하지만 비밀리에 샤임과 카르디프까지 왔을 줄은 상상도 못했던 일이다.

그리고 기리안은 이 두 사람을 대동해 비밀 면담을 요청해 왔고 어이없고 황당한 일을 보고해 왔다.

브라이튼은 기리안을 향해 입을 열었다.

"왕자가… 리처드가 바뀌었다고 하는 건가? 지금 그 말을 내가 믿어야 하는가?"

"믿으셔야 하옵니다."

기리안의 담담한 말에 브라이튼의 눈이 더욱 깊이 침잠해 들어갔다.

다급한 듯 샤임이 말을 이었다.

"북궁의 병사들과 하인들이 몇 달 사이에 모두 바뀌었사옵니다. 게다가 왕자 전하께서는 오래전부터 두문불출하고 있지 않사옵니까? 이 모든 것을 근거로 왕자 전하께서 바뀐 것은 사실일 듯하옵니다."

"하지만……."

브라이튼은 생각에 잠긴 채 중얼거렸다.

"불과 며칠 전에도 내게 인사를 하러 들렀었단 말이네. 리처드는……."

세 사람의 눈이 동시에 커다랗게 떠졌다. 사라졌다는 왕자가 국왕께 인사를 하러 왔었다는 얘기는 듣지 못했던 바였다.

샤임은 눈을 가늘게 하며 고개를 끄덕였다.

"가짜 왕자일 것이옵니다."

"가짜… 리처드?"

"그렇사옵니다. 현재 북궁에 있는 왕자는 가짜라고 하지 않았사옵니까? 갑작스럽게 모든 연락을 끊는다면 누구라도 의심을 할 터, 가짜 왕자를 내세운 것은 바로 그런 이유일 것이옵니다. 잘 생각해 보시옵소서. 혹시 리처드 전하께서 평상시와 달라 보이지 않았는지요?”

“그렇게 말한다면…….”

브라이튼의 얼굴이 더욱 어두워졌다.

“늘 새로운 녀석이지.”

브라이튼의 말에 기리안이 수긍하며 고개를 끄덕였다.

수도에 상주하지 않는 까닭에 왕가의 소문을 거의 모르는 샤임과 카르디프는 의아한 기색으로 국왕의 얼굴을 빤히 쳐다봤다. 그를 대신하여 기리안이 한숨과 함께 설명했다.

“왕자 전하께서는 변화무쌍하시고 임기응변에 뛰어나시어…….”

“간단하게 말하면 사기에 능한 녀석이지.”

“어엇?”

“우욱!”

브라이튼의 말에 두 사람은 신음을 토했다.

평소에도 사람들 속이는 짓을 잘하는 왕자였다는 얘기였다. 흉내를 잘 내는 것은 물론, 사소한 버릇까지도 마음먹은 대로 바꾸는 왕자를 지켜보는 것만으로 구별한다는 건 불가능하다는 뜻이 숨겨져 있었다.

“대공께서 접한 소문이… 어쩌면 거짓일지도 모르겠군요.”

아직까지 윌리엄을 두둔하고 싶은 카르디프의 말이었다. 하지만 기리안과 샤임은 여전히 의심을 풀지 않은 얼굴이었다.

“사실 무근이라 해도 확인은 해야 할 것이오, 후작.”

“그렇습니다. 사태가 사태이니만큼 반드시 그리해야 합니다.”

샤임의 동조에 기리안은 힘을 얻은 듯 고개를 끄덕였다.

그리고 두 사람은 곧바로 국왕, 브라이튼을 주목했다. 잠시의 침묵이 흐른 후 브라이튼은 세 사람을 둘러보며 말했다.

"그대들의 조언은 고맙소. 하나 사안이 사안이니만큼 우선은 지켜보
도록 합시다."

불안한 감은 있지만 일단 세 사람도 수긍하기로 했다.

그때 버나드는 왕궁에서 무슨 일이 있는지 전혀 모르는 채 군부가
집결해 있다고 해도 과언이 아닌 근위대의 본부, 성탑에 있었다. 그는
막 집무실에서 할튼 경이 청문회의 참석을 거절했다는 보고를 받고 있
는 중이었다.

그는 앞에 서 있던 기사의 보고에 냉소를 지었다.

"흥! 몸이 안 좋단 말인가? 변명거리를 찾고 있는 중이겠군."

탁자 위로 손가락을 튕기며 생각하던 버나드는 곧 기사에게 물었다.

"다른 이들의 반응은 어떻던가?"

"다른 이들이라 하심은……?"

"귀족들 말이다. 이번 일에 다들 큰 관심을 갖는 것 같던가?"

그 질문에 기사는 쉽게 대답하지 못했다.

윌리엄의 권세와 버나드의 능력이 제아무리 하늘을 찌를지라도 대
제후를 건드릴 순 없는 법이다. 설사 그 대제후가 대영주로 승인된 지
얼마 안 되었다고 할지라도 말이다.

그렇기에 수도의 모든 귀족들은 이번 청문회에 대단한 관심을 갖고
있었다. 카슨의 죽음을 빙자한 대제후 간의 파벌 싸움이 과연 누구의
승리로 끝날 것인지에 대해 민감한 반응을 보인다고 해야 정확하겠지
만, 확실히 귀족들의 이목이 모두 집중된 것만은 사실이었다.

그리고 그 사실을 보고해야 할지 망설이는 건 앞에 선 기사로서는
당연했다. 혹시라도 버나드가 분개해 자신에게 화풀이를 할 수도 있는

법이니까.

"이번 일에 이목이 집중했는가 묻고 있네."

차분한 버나드의 음성에 기사는 조바심을 내며 대답했다.

"네, 그렇습니다."

누가, 얼마나 궁금해하고 무슨 얘기를 하는지에 대한, 중요한 것들은 빠진 채 간단하게 대답만 했을 뿐이지만 버나드는 그저 고개를 끄덕여 만족한 모습을 보였다.

그때 노크 소리와 함께 밖에서 소리가 들렸다.

"공작부의 맨스람 백작께서 오셨습니다."

버나드는 자리에서 일어서며 앞에 있던 기사에게 말했다.

"나가 보게."

기사는 대답과 함께 얼른 밖으로 나갔다.

그가 나감과 동시에 맨스람 백작이 들어왔다. 버나드는 그의 태도가 묘하다고 생각했다.

"무슨 일입니까, 맨스람 백작?"

"아무래도 일이 이상하게 돌아가는 것 같습니다."

다짜고짜 건네는 말에 버나드는 의아해졌다. 그의 평소 행동을 미루어 볼 때 이렇게 불안하고 서두르는 모습은 의외였다.

"제후들의 움직임이 심상치 않습니다."

"제후… 들?"

버나드는 마지막 말에 힘을 주며 반문했다.

수도에 있는 제후라면 콘버드 대공과 레스터 공작 단둘뿐이었다. 그중 레스터 공작, 윌리엄은 자신의 아버지이자 자신의 강력한 후원자이니 움직임에 대한 논의를 할 때 제외시키는 것이 당연했다. 한데 맨스람은 지금 '제후들' 이라고 복수 명사를 사용했다. 콘버드 이외에 다른 제후가 있다는 것을 시사하는 것이다.

버나드는 곧 수도에 있는 또 다른 제후, 할튼 리저드 후작을 떠올렸다.

"할튼 경이 콘버드 대공을 만났습니까?"

"아닙니다. 칼버딘 후작과 스고우 후작이 수도에 왔습니다."

"엣? 뭐라고요?"

버나드의 언성이 다소 높아졌다.

"어젯밤 각 저택에 불이 밝혀지는 것이 예사롭지 않아 감시를 붙였었는데 오늘 아침 샤임 경과 카르디프 경이 저택을 나서는 것을 목격했습니다."

"그 두 사람이 무슨 일로 수도에? 게다가 군부엔 아무런 보고도 없었습니다."

카르디프는 몰라도 샤임은 북쪽 국경을 담당하고 있기 때문에 군부와 밀접한 관련이 있었다. 친위대와 근위대를 중심으로 하는 군부와는 다른, 독자적인 군권을 지니고는 있지만 국경 수비라는 국가적인 일 앞에서는 서로에 대한 견제가 아닌 협조가 이루어져 왔었다.

버나드의 말은 그 샤임이 아무런 보고도 없이 수도에 왔음을 말하는 것이었다.

"그 두 사람은 어디로 갔습니까?"

"아침 일찍 콘버드 대공께 찾아간 후에……."

맨스람은 잠시 말을 끊고 주저했다. 다급한 마음에 버나드가 재촉을 하자 그는 어렵게 입을 열었다.

"왕궁으로 갔습니다."

"왕궁!"

버나드가 짤막하게 외쳤다.

왕궁으로 갔다면 당연히 브라이튼 폰 카프 국왕을 찾아간 것이 분명했다. 그 세 사람이 찾아가야 할 정도의 큰일이 터진 것이다. 그 일이 무엇인지 몰라도 최소한 자신과 아버지에게 좋은 것이 아님은 짐작할 수 있었다.

그렇지 않다면 제후들이 자신들을 뺄 리가 없지 않는가!

버나드는 마른침을 삼키며 초조한 얼굴을 지었다.

'우리가 모르는 곳에서⋯ 엄청난 일이 벌어지고 있다는⋯ 건가?'

예전엔 바론 상회의 간판이 걸려 있던 집이었지만 지금은 알과 레온 상회로 바뀐 집의 마당으로 마차가 들어섰다. 그 위에는 알과 수요가 탑승하고 있었다. 마차가 서는 것과 동시에 수요는 벌떡 자리에서 일어나 밖으로 달려나갔다.

"그럼 저녁 무렵에 다시 올게."

대답도 듣지 않은 채 수요의 몸은 금세 문밖으로 사라졌다.

알은 가볍게 너털웃음을 지으며 자리에서 일어났다.

포란에서도 제법 큰 집인 탓에 바론 상회의 간판을 내린 후에도 여전히 상회로서의 구실을 했다. 집 뒤로 커다란 창고가 여럿 있다는 장점과 포란의 중심에 위치해 있다는 것도 한몫했다. 그리고 그 집의 문이 열리며 바론의 모습이 나타났다.

그를 향해 손을 흔들며 알은 얼른 마당을 가로질렀다.

"식사는?"

"먹었어."

대충 인사를 건네며 두 사람은 안으로 들어갔다.

복도 끝의 회장실에 두 사람이 앉았다. 역시 예전엔 바론이 사용하던 곳이었다. 지금은 알과 레온, 그리고 바론이 동시에 사용하는 곳으로 바뀌었지만.

자리에 앉자마자 알은 장부를 꺼내 바론에게 내밀었다.

"축제의 결산?"

"그래."

대충 장부를 펼쳐 읽으며 바론은 고개를 끄덕였다. 그러나 마지막 부분에 이르러서 고개를 쳐들었다.

"위클리프로 대량 수송?"

"그래."

"위험하지 않을까?"

"뭐가?"

"첫 거래인데 그렇게 많은 물량을 투입한다는 것은……."

"그래 봐야 마차 두 대 분이야. 그리고 앞으로 더욱 늘려가야 할 텐데 벌써부터 겁먹으면 어쩌자는 거야?"

"그렇지만 좀 더 조사를 하고 출발하는 것이 좋지 않을까?"

"사전 조사는 충분히 했잖아!"

알의 언성이 다소 높아졌다.

"그걸 위해 석 달 간 여행을 했던 거잖아?"

"그렇긴 하지……."

걱정스러운 표정이었지만 바론도 수긍하는 눈치였다. 그는 장부를 내려놓고 코끝을 긁으며 알을 쳐다봤다.

"인원은 누구로 할 거야?"

"내가 직접 가겠어. 다들 초행이니까 조금 불안하기도 하고……."

"좋은 생각이군. 그럼 레온은?"

"데려갈 생각이야."

그 말에 바론은 얼굴을 찌푸렸다. 천천히 팔짱을 끼며 그는 고개를 저었다.

"좋지 않아. 상회의 주인이 동시에 밖으로 도는 건 좋은 생각이 아닌 것 같아. 지금은 석 달 전과 상황이 다르다고!"

"어쩔 수 없어."

"레스터의 상권이 포란을 중심으로 뭉치기 시작했단 말야. 이런 때에 상회의 중심 인물이 둘씩이나 밖으로 돌겠다니, 제대로 된 생각으로 말하는 거야?"

"어쩔 수 없다고 했잖아!"

알은 짜증스런 목소리로 버럭 소리쳤다.

그의 말에 뭔가 이유가 있다고 판단한 바론은 침묵한 채 시선을 던졌다. 레온으로 인해 치민 짜증을 바론에게 뿜어낸 후에 미안한 마음이 든 알은 한결 누그러진 음성으로 말했다.

"충격이 심한 것 같아."

"충… 격?"

알은 한숨을 쉬며 레온의 지금 상태를 설명했다.

일전에 알이 줬던 보고서를 통해 그간의 사정은 알고 있었지만 생각보다 훨씬 심각한 레온의 상태에 대해 바론도 할 말을 잃었다.

"…하여간 지금 레온은 뭘 할 수 있는 상황이 아냐."

"그래서 어쩌려고?"

"그런 상태인 녀석을 상회의 전면에 내세울 수는 없잖아?"

아주 틀린 말은 아닌지라 바론도 입을 다물었다.

"그렇다고 밖으로 빼돌리는 것도 옳은 건 아닌 것 같아."

"혹시 모르지. 바람을 쐬면 조금 나아질지도……."

"나아지길……."

자조 섞인 목소리로 바론은 중얼거렸다.

"바라야 하는 건가……."

"그러니까 이번에도 안을 부탁해."

"맡겨둬."

침착하지만 믿음직한 바론의 말이었다.

"한데 출발은 언제?"

"내일이라도 당장 출발할 생각이야."

"밑에 녀석들이 모이기 전에 후닥닥 떠나겠다는 생각이군."

현재 상회에 있는 상인들은 몇 되지 않았다. 레스터 상권을 장악하면서 각지로 파견 나가 장부의 상태를 점검하거나 인원을 파악하고 있는 중이었다. 물론 각 지역에서 제법 이름난 상인들을 회유, 포섭하는 일도 하고 있었기 때문에 거의 포란을 떠나 있다. 하지만 축제가 끝난지 며칠 되지 않았기 때문에 속속 포란을 향해 오고 있는 중이었다.

"그런 셈이지."

바론의 짐작을 부정하지 않으며 알은 화제를 바꿨다.

"한데 스고우로 갔던 일은?"

"잘됐어. 네가 부탁한 대로 일을 처리하긴 했지만……."

바론은 고개를 갸웃했다.

"대체 왜 그게 필요한 거야?"

"곧 알게 될 거야. 하지만 솔직히 말하면……."

알의 얼굴이 어둡게 변했다.

“내가 생각하는 일이 일어나지 않았으면 좋겠어.”

“어이, 돈 되는 일이라며? 그럼 예상이 들어맞길 바라야지.”

바론의 격려에 알은 씁쓸하게 웃었다. 수긍을 하면서도 맞지 않기를 바라는 마음이 있는 것도 사실이었다.

그런 그에게 대체 무슨 일인지 묻고 싶었던 바론은 곧 입을 다물었다. 묻지 않는 것이 그를 괴롭히지 않는 것이라 판단한 것이다. 대신 그는 위클리프로 향하는 것에 대해 물었다.

“카프를 경유?”

“음?”

알은 얼굴을 들어 질문의 내용을 생각했다. 그리고 곧 위클리프로 들어가는 관문에 대해 묻는 것임을 파악하고 고개를 저었다.

“통행증은 새로 발급받았으니까 굳이 레첸을 지날 필요는 없어. 우린 그대로 서쪽을 달려서 강을 건너 위클리프로 들어갈 거야. 그만큼 기간도 단축되겠지.”

“그렇군. 닷새 정도면 위클리프에 들어가겠어.”

“그래.”

알의 대답을 들으며 바론은 또 다른 이유를 떠올렸다. 포란에서 서쪽으로는 커다란 마을이 별로 없었다. 당연히 상인들이 많지 않았기에 현재 포란을 떠나 파견을 나간 상인들도 그쪽 길과는 무관했다. 즉, 알은 기간 단축이라는 것 이외에 레온을 숨기려는 의도가 분명했다.

‘그렇게까지 심각한 거냐······.’

말은 하지 않았지만 걱정스런 눈빛만은 숨길 수 없었다. 그런 바론의 눈빛을 보며 알도 대답 대신 한숨을 내쉴 뿐이었다.

참을성과 인내심을 요구하는 며칠이었다.

그리고 인내심도 한계를 드러내고 있음을 버나드는 느끼고 있었다. 초조함과 불안함, 그리고 조바심을 드러내지 않으려고 애썼지만 뜻대로 되지는 않았다. 그는 가급적 사람들을 만나는 것을 회피했다.

그런 연유로 청문회도 며칠째 차일피일 미뤄지고 있었다. 물론 할튼이 몸이 아프다는 평계가 있기는 했지만 버나드로서도 묵인한 채 방조하고 있었다.

귀족들의 관심이 군부의 심장이라고 칭해지는 성탑으로 모아지는 것에 비례하여 윌리엄도 할튼도 군부를 찾는 일은 드물었다. 심지어는 청문회를 주도하는 총 책임자인 버나드조차 통 얼굴을 디밀지 않았다.

그리고 버나드는 공작의 자택에서 며칠째 꼼짝도 하지 않았다.

그는 커다란 방에서 수심에 잠긴 얼굴로 홀로 앉아 있었다. 노크 소리가 나자 그는 벌떡 몸을 일으켜 문을 향해 소리쳤다.

"들어오십시오."

들어선 이는 버나드가 예상했던 대로 맨스람이었다. 그의 얼굴 역시 근심으로 가득했다. 그는 서둘러 버나드 앞으로 다가왔다.

"어떻게 됐습니까?"

"모르겠습니다."

"모르겠다니, 그게 말이나 됩니까? 대체 며칠이 지났는데 아직까지도 알 수 없다니!"

무심코 주먹을 쥐며 버나드는 언성을 높였다. 맨스람도 답답한 마음에 고개를 저으며 한숨만 내쉴 뿐이었다.

지금 두 사람은 각 제후들의 움직임에 대해 고민 중이었다. 연락도 없이 갑작스럽게 수도에 들이닥친 두 제후, 칼버딘과 스고우의 대제후들. 그리고 콘버드를 대동하여 왕성을 찾아간 이들의 목적에 대해 면밀하게 관찰하고 있었다. 하지만 맨스람의 각고의 노력에도 불구하고 이들은 아무런 정보도 얻지 못했다.

"여전합니까?"

그 세 사람의 제후가 오늘도 왕성에 찾아갔느냐는 질문이었다. 맨스람은 무겁게 고개를 끄덕여 긍정을 표했고 버나드는 더욱 인상을 구기며 초조한 기색을 드러냈다.

후유, 하고 숨을 몰아쉰 후 버나드는 결심했다.

"카르디프 스고우 후작은 아버님께 호의를 보이는 인물로 알고 있습니다. 아버님의 이름으로 후작과 대화를 시도해 보는 것이 어떻겠습니까?"

윌리엄과 카르디프는 닮은꼴이었다. 둘 모두 마스터의 경지에 이른

것하며 체구가 장대하고 위엄이 있다는 것도 있었지만, 무엇보다 군무
에 능한 사람들이란 점이었다.

20년 전에 윈저 대공이 물러서면서 생긴 공백을 채우기 위해 윌리엄
과 카르디프가 추천되었을 때였다. 카르디프는 극구 사양을 하면서 자
신과 윌리엄을 비교하여 지금도 유명한 말을 했었다.

"공작과 나는 군무에 능하다는 공통점이 있다. 하지만 지금 수도에
필요한 사람은 정무에 밝은 사람이어야 한다. 윈저 대공이 물러난 지
10년. 그분을 다시 불러올 생각이 아니라면 정무에 밝은 사람을 끌어
들여야 할 것이다. 분명히 말하건대, 그 조건에 난 합당하지 못하다.
하지만 윌리엄 공작이라면 충분히 해낼 수 있을 것이다."

결과적으로 그의 선견은 들어맞아 윌리엄은 군무와 정무, 양 방면에
서 두각을 나타냈었다.

버나드 역시 당시엔 근위대 기사였지만 금세 근위대장에 오를 수 있
었던 것은 공작의 지원과 자신의 능력, 그리고 카르디프 같은 제후의
묵인이 있었기 때문이었다.

그렇다고 스고우 가문이 레스터 가문과 특별한 연관이 있었던 것은
아니었다. 그렇기 때문에 당시에 카르디프가 사양을 했을 때 사람들이
놀라긴 했지만 그의 성품에 사심이 없는 것을 들어 수긍을 했었다.

그리고 지금 버나드는 옛날 일을 끄집어내어 맨스람에게 제안하는
것이었다.

기리안 대공은 정적에 가까웠고 샤임과는 군부에서 미묘하게 대립
하고 있었다. 하지만 공정하고 호의적인 카르디프라면 다른 두 사람보
다 접촉이 용이할 것이라 판단했다.

그러나 맨스람은 이내 고개를 저었다.

“이미 손을 써봤습니다, 후작.”

그의 말에 버나드의 얼굴이 굳어졌다. 그의 수완이 어느 정도인지는 버나드도 잘 알고 있었다. 자신이 생각한 것을 그는 벌써 생각했다는 것은 그다지 놀랍지 않았다. 하지만 실패로 끝났다는 것은 분명 충격적인 말이었다.

“대화를 받아주지 않는단 말입니까?”

“그렇습니다. 공작 각하의 이름으로도 후작의 얼굴조차 보지 못했습니다.”

“대체 무슨 일인지……?”

“제 소견으로는…….”

“말씀하십시오.”

“윌리엄 공작을 제외하고 세 제후끼리 뭉칠 만한 일은… 하나뿐인 것 같습니다.”

버나드는 굳은 표정으로 빤히 맨스람을 쳐다봤다. 그의 입에서 이어질 말이 무엇인지 가늠해 보는 중이었다. 하지만 쉽게 짐작할 수도, 쉽게 결정할 수도 없었다.

“…왕자 전하에 대한 것이 아닐까, 합니다만…….”

“역시 백작께서도?”

버나드 역시 그 일뿐이라고 짐작했었다. 다만 애써 부정하려고 했다. 맨스람 역시 오랫동안 고민해 왔는지 먼저 말을 꺼내놓고도 후련한 표정은 아니었다.

두 사람은 잠시 침묵을 하며 서로의 생각에 잠겼다.

그때 노크 소리가 들렸다.

“들어오시오.”

문을 향해 고개를 돌린 버나드의 시야에 부인 라자첼의 모습이 보였다.

"무슨 일이오?"

"잠시 다녀올 곳이 있습니다."

"어딜 말이오?"

"아버님께서 찾으셔서……."

요즘 집안 분위기가 어둡다는 것은 라자첼도 느끼고 있었다. 카슨의 장례식 이후 공작도, 버나드도 매우 어두운 얼굴이었다. 하지만 꼭 그것 때문만은 아님을 라자첼은 알고 있었다.

보통의 귀부인들이 정치와 담을 쌓는 것과는 달리 라자첼은 야심이 크고 정계에 관심이 많은 여자였다. 버나드가 말하지 않았지만 그녀는 나름대로 군부 돌아가는 상황을 잘 알고 있었다. 특히 카슨의 죽음을 빌미로 레스터 가문과 리저드 가문에 알력 싸움이 있는 것도 들은 바가 있었다.

다만 그녀가 이해할 수 없는 것은 충분히 승산이 있는 싸움을 걸어 놓고도 어두운 표정을 짓고 있는 남편이었다. 마치 또 다른 근심이 있는 것 같은 남편의 표정, 그리고 어두운 집안 분위기와 연일 쑥덕공론을 하고 있는 윌리엄 공작과 버나드, 맨스람. 몇 달째 모습을 보이지 않는 키렌에 대해서도 의문이었다.

그리고 갑작스럽게 친정 아버지인 사무엘 클라우드 백작으로부터 집으로 오라는 연락을 받았다.

"클라우드 경께서……?"

의아한 듯 되묻는 버나드를 향해 라자첼은 고개를 끄덕였다. 정확한 이유를 알지 못했지만 라자첼 역시 무거운 집안 분위기에 동조되어 불안한 마음이 들었다. 그녀는 버나드가 친정으로 가려는 자신을 막아주길 원했다. 잘은 몰라도 뭔가 큰일이 생길 것 같았기에 그의 곁에 남아 있고 싶었다.

"…다녀오시오."

그러나 바람과는 달리 버나드는 승낙을 했다. 잠시 머뭇거리긴 했지만 라자첼은 곧 방을 나갔다.

"클라우드 경은……."

읊조리듯 맨스람이 중얼거렸다.

"중립을 유지하지만 인맥이 넓은 분이지 않습니까?"

"그런 분이지요. 리저드 후작과도 안면이 있는 것으로 압니다."

"게다가 콘버드 대공과도 연줄이 닿아 있지요."

맨스람의 말에 버나드는 고개를 돌려 그를 살폈다. 그러나 맨스람의 표정만으로는 무슨 뜻으로 한 말인지 짐작할 수 없었다.

"무슨 뜻입니까?"

"모르겠습니다. 하지만 연관이 있을 거라는 불안함은 드는군요."

막았어야 했을까, 하고 버나드는 생각했다. 하지만 부인을 인질로 흥정을 하는 부정한 방법은 맘에 들지 않았다. 그는 곧 고개를 저었지만 여전히 맨스람의 말에 마음이 무거웠다.

"물증은 없지만… 심증은 간다… 로군요."

원형의 홀에 원탁이 놓여 있고 그 앞에 네 사람이 앉아 있었다. 화려한 금장식의 의자 위에 앉은 이는 브라이튼, 페나인의 국왕이었고 그를 에워싸듯 앉아 있는 이는 기리안을 위시한 제후들이었다.

벌써 며칠째 반복되는 회의에 질릴 만도 하건만 기리안의 표정은 그렇게 어둡지는 않았다. 벌써 수십 년도 넘게 정계에 있어온 기리안은 브라이튼의 표정만 봐도 무슨 생각을 하는지 읽어낼 수 있었다. 그리고 지금 브라이튼의 얼굴엔 무언가 결심한 듯한 의지가 엿보이고 있었다.

확인하듯 기리안은 물었다.

"결심하셨사옵니까?"

"그렇소, 기리안 대공."

"하면……?"

얼굴이 굳어진 카르디프가 고개를 내밀었다.

"확실히 그대들 말대로 리처드의 상태가 이상한 것 같긴 하오."

브라이튼의 말에 기리안과 샤임은 '역시!' 하고 감탄하는 표정을 지었다. 뒤이어 국왕의 말이 이어졌다.

"하지만 평소 리처드의 행실을 염두에 둔다면 명백한 증거라고 할 수만은 없지 않소?"

"그렇사옵니다."

"해서……."

브라이튼은 잠시 말을 끊고 세 사람을 천천히 돌아봤다.

"리처드를 직접 불러서 추궁해 볼까 하오."

당연한 절차였기에 세 사람은 반대하지 않았다. 그리고 원하는 것이기도 했다. 다만 브라이튼도 말했듯이 평소 왕자의 별난 버릇, 사람들을 속이는 취미 생활, 때문에 그간 시도하지 못한 채 관찰만 해왔었다.

하지만 이제 국왕의 결심과 함께 허가되었으니 망설일 필요는 없었다.

혹시나 브라이튼의 결심이 흔들릴까 저어한 기리안은 다그치듯 재촉했다.

"하면 언제 부르실 것이온지요?"

"그렇지 않아도 경들이 도착하기 전에 북궁으로 사람을 보냈소. 아마 지금쯤이면 도착할 때가 되었겠지."

브라이튼의 말이 끝나길 기다렸는지 곧 밖에서 시종이 우렁찬 목소리로 외쳤다.

"왕자 전하께서 납시었사옵니다."

"들여보내라."

문이 열리고 훤칠한 청년이 들어섰다.

목까지 단추를 채울 정도의 단정함과 깨끗함을 유지하고 있는 왕자 리처드였다. 붉은 머리카락과 훤칠한 키, 딱 벌어진 어깨의 리처드는 들어오는 순간 제후들을 쳐다보곤 잠시 멈칫했지만 이내 브라이튼 앞으로 다가섰다.

"부르셨사옵니까, 아바마마."

브라이튼은 고개를 까닥여 리처드의 인사에 답하며 기리안을 바라봤다. 이들 제후 중에선 기리안만이 리처드를 가까이서 봐온 사람이었다. '어떤 것 같소?' 라는 눈빛이었지만 기리안도 잠시 멍한 표정으로 왕자를 지켜볼 뿐이었다.

그의 생각에도 리처드는 거의 변함이 없었다. 예의 바른 태도, 말투, 목소리, 행동과 걸음걸이까지 전혀 이상이 없었다. 혹시 자신이 접한 소문이 헛소문은 아니었을까, 하는 생각에 기리안의 등 뒤로 식은땀이 흘렀다.

"여러 경들을 뵙게 되어 영광입니다. 기리안 대공께서 참석하는 자리에 제가 끼어도 되는 것인지 모르겠군요? 혹시 중요한 얘기들을 나누고 있었던 것은 아니겠지요?”

뒤이어 기리안에게 인사를 건네자 모두들 떨떠름한 얼굴이었다.

“뵙게 되어 영광입니다, 왕자 전하.”

“오랜만에 뵙습니다, 왕자 전하.”

카르디프와 기리안이 인사를 마치자 샤임이 곧 앞으로 나섰다.

“왕자 전하, 참으로 오랜만에 뵙습니다만, 제가 누구인지 알아볼 수 있겠는지요?”

순간 리처드의 붉은 눈동자가 흔들렸다. 그러나 그의 얼굴빛은 한 치의 흐트러짐 없이 차분하게 대답했다.

“무슨 농담을 그리 하십니까? 제가 너무 북궁에 틀어박혀 있다고 주의를 주시려는 건지요?”

담담한 말투에 어색함은 없었다. 그러나 샤임은 눈빛을 빛내며 계속 추궁했다.

“제가 누구인지 모르시겠습니까?”

샤임은 카르디프를 가리켰다.

“하면, 이분은 누구인지 아시겠습니까?”

이번엔 확실히 반응이 있었다.

리처드는 대답을 하지 못한 채 마냥 미소만 짓고 있었다. 얼굴 표정은 전혀 바뀜이 없어 감정이 드러나진 않았지만 손끝이 미미하게 떨리고 있었다.

샤임은 미소를 지었다.

“기리안 대공은 알아볼 수 있지만 저희는 모르겠다, 이런 거로군요?”

수도에서 멀리 떨어진 영지에 있다고 해도 대제후인 두 사람이었다.

일 년에 몇 번밖에 오지 않는다 해도 왕자인 리처드와 안면이 있으니 알아보지 못한다는 것은 말이 되지 않았다.

여전히 미소를 짓고 있어 초조한 기색을 겉으로 드러내지는 않았지만 확실히 리처드의 몸은 조바심을 나타내고 있었다.

"마법인가⋯⋯."

기리안의 중얼거림이었다.

아무도 듣지 못한 말이었지만 마스터인 카르디프에겐 똑똑하게 들렸다. 그리고 그의 말이 의미하는 것도 알아챘다.

어차피 왕자를 바꿔치기 했다 해도 똑같은 얼굴을 지닌 사람을 찾기는 힘들 것이다. 특히 카프 왕가의 특징인 붉은 머리카락은 페나인에서도 찾아보기 힘들지 않은가! 그렇다면 누군가 왕자의 습관이나 버릇을 잘 아는 자에게 마법을 걸어 형체가 드러나지 않게 했을 것이다.

당황한 기색이 역력한데도 들어올 때와 같은 혈색을 유지하는 것, 그것이 바로 증거였다.

카르디프의 목에서 깊은 신음이 흘러 나왔다. 그는 리처드를 노려보며 물었다.

"그대는 왕자입니까?"

"네?"

리처드의 눈이 살짝 커졌을 뿐 별다른 변화는 없었다.

"제가 왕자가 아니라면 누구란 말입니까?"

"리처드 폰 카프 왕자가 맞느냐고 묻는 겁니다."

카르디프의 준엄한 어조에 리처드는 금세 대답하지 못했다. 약간 망설이듯, 그리고 떨리는 목소리로 그는 가까스로 대답했다.

"그, 그렇습니다. 제가 바로 리처드 폰 카프 왕자입니다."

쾅!

갑자기 탁자를 내려치는 브라이튼의 기세에 모두들 깜짝 놀랐다. 다들 브라이튼을 향해 시선을 돌리자 그는 노기 어린 시선으로 리처드를 쏘아보고 있었다.

"너는 누구냐?"

어이없는 질문이라고 생각했는지 리처드는 멍하니 브라이튼을 쳐다볼 뿐이었다. 그리고 살짝 미소를 지으며 입을 열었다.

"아바마마, 왜 그러십니까? 절 모르시겠습니까? 리처드 폰……."

쾅!

다시 한 번 탁자를 내려쳐 리처드의 말을 끊은 브라이튼은 벌떡 몸을 일으켰다. 그리고 손가락을 펴 리처드를 가리키며 소리쳤다.

"바른 대로 대지 못할까? 정녕 너는 누구란 말이냐?"

순간 리처드의 몸이 크게 떨리며 주춤 물러섰다.

그의 표정은 여전히 미소를 짓고 있었지만 눈동자는 불안한 듯 연신 주변을 훑고 있었다.

브라이튼이 뭔가 낌새를 챈 것이 분명하다고 생각한 세 사람은 자리에서 일어나 왕자를 에워쌌다. 카르디프는 검 자루에 손을 올려놓고 지그시 리처드를 노려보는 폼이 언제라도 뽑겠다는 의사였다. 마스터는 못되어도 크루세이더 급의 검술 실력을 지닌 샤임 역시 브라이튼과 기리안을 막아서며 리처드를 노려봤다.

앞에는 샤임, 옆으로 카르디프의 매서운 눈빛을 두고 리처드는 당황한 모습이었다. 조금씩 뒤로 물러서며 눈동자를 굴리고 몸을 떨었다. 하지만 얼굴만은 여전히 차분한 모습을 유지하고 있었다.

"이실직고하면 목숨만은 살려주겠다!"

브라이튼의 관대한 말이 나왔다.

마침내 리처드는 다급히 무릎을 꿇으며 눈물을 흘리기 시작했다.

"폐, 폐하… 소, 소인은 모르는 일이옵니다. 시키는 대로 했을 뿐이옵니다."

엷은 미소를 지으며 리처드는 울고 있었다.

"누가 이런 일을 시켰느냐? 진짜 왕자는 어디 있느냐?"

"폐, 폐하, 소인은 그저 시키는 대로 했사옵니다."

"누가 시켰느냐고 묻지 않느냐!"

기리안의 고함이 터지는 것과 동시에 사내는 다급하게 말했다.

"위, 윌리엄 레스터 공작께서 내린 명령이었사옵니다. 진짜 리처드 전하께선 어찌 되었는지 전 모르옵니다. 부디 용서하여 주시옵소서……."

"윌리엄… 공작이?!"

브라이튼은 놀랐는지 말을 더듬었다.

설마 했는데 정말로 윌리엄이 왕자를 바꿔치기 했을 줄은 상상도 못했다. 경악과 놀람, 당혹감과 의아함이 교차하며 혼란을 일으키는 동안 샤임은 비밀리에 병사들을 불러 가짜 리처드를 감옥에 가두라고 명령했다. 그가 정리를 하는 동안 브라이튼은 자리에 털썩 주저앉은 채 고개를 떨구었다.

잠시 후, 기리안이 조심스럽게 물었다.

"폐하, 괜찮사옵니까?"

이마를 짚으며 브라이튼은 고개를 들어 세 제후를 돌아봤다.

"나는 괜찮소."

"탁월한 통찰력이셨사옵니다. 대체 어디서 빈틈을 찾아내셨사옵니까?”

기리안의 감탄에 브라이튼은 천천히 고개를 저었다.

“궁정 마법사 히드리크의 충언이었소. 왕자가 진짜라면 크게 웃으며 무슨 장난이냐고 물어올 것이라고 하더군. 나 역시 그렇게 생각했기에 그의 충언대로 한바탕 연극을 한 것이지. 한데…….”

브라이튼은 마른침을 삼키며 마지막 말을 내뱉었다.

“정말로 왕자가 가짜였을 줄이야…….”

“하면 히드리크도 이 일에 대해 알고 있단 말이옵니까?”

카르디프의 질문에 브라이튼은 고개를 끄덕여 인정했다.

히드리크는 왕립 아카데미 출신의 마법사로 백 세에 가까운 노인이었다. 7써클에 이른 마법사를 마스터라고 하는데, 히드리크는 페나인에서 유일한 마스터이었다. 또한 왕립 마법사 학회의 학회장으로 명실상부한 마법사들의 총 대표로 오래전부터 궁정 마법사로서, 브라이튼의 조언자로서 활동해 왔었다.

“혹시 히드리크는 가짜에게 걸린 마법을 알아챈 것이 아니옵니까?”

“그건 아닌 것 같소.”

브라이튼은 부정을 하며 천천히 히드리크가 했던 말을 설명했다.

“몸을 변화시키는 주문은 여럿 있지만 그중에 가장 악랄한 것이 ‘저주’ 에 관련된 부분이라고 했소. 두 사람의 형태를 바꾸는 것으로 판별이 불가능할 뿐 아니라 시전자가 걸어놓은 주문을 정확하게 알고 있지 않는 한은 풀리지 않는다고도 했소. 그가 접근해 본 바로는 가짜에게 걸린 주문은 저주의 일종인 것 같다고 했소.”

실내가 정적에 의해 굳어진 듯했다.

“하면 두 사람 중에 한 명이 죽으면… 본 모습을 찾을 수 있습니까?”

브라이튼은 질문을 건넨 기리안을 처연히 바라봤다. 그리고 상심한 표정으로 천천히 고개를 저었다.

"주문을 알지 못하면 영원히……."

"그렇다는 얘기는… 왕자 전하의 안위가 염려스럽군요."

샤임의 말이 끝남과 동시에 기리안은 탁자를 내리치며 소리쳤다.

"지금이라도 어서 역적, 윌리엄을 잡아야 합니다."

"그렇습니다, 폐하!"

"하지만 윌리엄은 마스터. 뿐만 아니라 그의 아들 버나드와 키렌 역시 마스터요! 특히 버나드는 국내 제일의 실력자가 아닌가?"

브라이튼의 걱정스런 말에 기리안은 회심의 미소를 지었다.

"명령만 내려주십시오. 이미 준비는 완벽합니다."

"그렇습니다, 폐하. 폐하께서 망설이고 계시는 동안 이미 대비책을 완벽하게 세워뒀습니다."

샤임의 말이 끝나자 브라이튼은 감탄한 얼굴로 두 사람을 바라봤다. 그는 크게 고개를 주억거렸다.

"준비가 되었다니 믿음직하군. 기리안 대공, 이번 일은 그대에게 맡기겠소."

"알겠사옵니다, 폐하."

"영지에 남아 있을 하이렌도 잡아야 할 것이옵니다."

"물론입니다, 카르디프 후작. 하나 지금 당장은 윌리엄 공작부터요."

"그렇겠지요."

카르디프도 수긍하며 입을 다물었다.

올해 8살이 된 다이크는 어머니의 손에 이끌려 마차에 올랐다. 그리고 수도를 가로질러 커다란 성문을 지나 들판을 달렸다. 다이크는 오늘부터 당분간 공부와 무시무시한 기사 연습을 하지 않아도 된다는 점이 기뻤기에 아무것도 묻지 않았지만 점차 따분해지는 바깥 풍경에 기어이 어머니, 라자첼을 돌아봤다.

"엄마, 우리 어디 가는 거야?"

"외할아버지를 뵈러 가는 거란다."

"외할아버지?"

다이크는 지금까지 두세 번 정도 외할아버지가 있는 성에 가봤다. 물론 지금보다 더 어렸을 때였지만 맛있는 음식과 실컷 놀 수 있었던 기억만은 생생했다. 입가에 살짝 미소를 띤 다이크는 기대에 부풀었다.

그런 다이크의 손을 꼭 잡으며 라자첼은 잔잔하게 미소를 지었다.

"좋으니?"

"응."

"그래……."

다이크의 머리를 쓰다듬으며 라자첼은 창을 통해 바깥을 돌아봤다.

추수를 끝낸 들판은 휑하니 황토를 드러내고 있었지만 라자첼의 마음은 그것보다 훨씬 휑한 바람이 불고 있었다.

위클리프령의 서쪽엔 유서 깊은 클라우드 성이 있었다. 페나인이란 왕국이 세워지기 전부터 카프 가문에 충성을 맹세해 온 클라우드 가문은 지금도 수도에서 가장 가까운 곳을 영지로 하사받을 정도로 총애를 받고 있었다.

수도에서 서문을 나서 반나절만 달리면 만날 수 있는 클라우드 성,

그렇지만 라자첼이 버나드와 결혼한 지 십 년 동안 그곳을 방문한 적
은 네 번이 전부였다. 가까운 반면에 왕래는 거의 없었다. 아버지 사무
엘 역시 몇 번 서신을 보내오기는 했지만 직접 자신을 부른 적은 없었
다.

라자첼은 지금 벌어지고 있는 일들에 대해서 아무것도 알지 못했다.
그리고 주변 사람들을 전혀 이해할 수 없었다. 시아버지 윌리엄도, 아
버지 사무엘도, 넷째 키렌 도련님도, 그리고… 남편 버나드까지.

이해할 수 없는 그들의 행동은 의혹으로 번져 갔고 점차 불안함으로
바뀌었다. 마치 저 지평선 너머에 조그맣게 피어나는 흙먼지처럼 자그
마한 불안함은 더욱 커지고 있었다.

'어?'

라자첼은 점차 커지고 있는 흙먼지가 자연적으로 생긴 것이 아님을
깨달았다. 흙먼지의 중심에 말을 달리는 기사의 모습이 보였고, 그 뒤
로도 흙먼지를 자욱하게 뿜어내는 수십 명의 기병들이 있었다.

그리고 흙먼지는 똑바로 마차를 향해서 다가오고 있었다.

아무도 없는 들판 위에서 말을 달리는 기사 일행, 누구라도 그들의
목적이 자신임을 알아챌 것이다. 라자첼은 지붕 위에 달린 소리쇠를
두드려 마부를 불렀다.

"무슨 일이십니까, 마님?"

"마차를 세워요."

덜걱거리며 마차가 세워지고 라자첼의 짐작대로 흙먼지와 함께 나
타난 기사들이 순식간에 마차를 에워쌌다.

"안에 타고 있는 이는 클라우드 아가씨와 다이크 레스터입니까?"

자신을 밝히지 않은 채 다짜고짜 소리 지른 기사에게 불쾌감을 느끼

기 전에 라자첼은 전율해야 했다. 상대는 지금 자신을 '클라우드 아가씨'라고 불렀다. 그렇게 불렸던 적도 있었다. 십 년 전 버나드와 결혼하기 전에 라자첼 클라우드 아가씨라고. 하지만 지금은 레스터로 성이 바뀌었다.

삼남매의 장녀로 태어난 라자첼은 가문의 유일한 여자였다. 그렇기에 그녀가 결혼한 이후 '클라우드 아가씨'란 호칭은 완전히 사라졌다. 즉, 밖에 있는 기사는 누군가와 혼동한 것이 아니라 라자첼을 그렇게 부른 것이다.

두근거리는 마음을 진정하며 라자첼은 다이크의 손을 꼭 잡았다.

"엄마, 기사들이 왜 우릴 찾는 거야?"

"엄마도 잘 모르겠구나."

대답과 달리 라자첼의 얼굴엔 굳은 결의가 스쳤다. 그녀는 천천히 마차 문을 열고 밖으로 나갔다. 그의 손에 다이크가 꼭 붙들려 있었다.

"잘못 보셨군요. 전 레스터 가문의 라자첼입니다."

"그 소년이 다이크 레스터입니까?"

말 위의 기사는 흥, 하고 냉소를 하며 다이크를 노려봤다.

"…무슨 용무인가요?"

라자첼은 떨리는 목소리로 물었다.

그러나 기사는 질문 대신 마차 곁에 있는 기병에게 눈짓을 했고 라자첼의 등 뒤에서 비명이 들렸다. 그녀가 돌아보자 마부의 목이 몸과 분리되어 바닥에 떨어지고 있었다. 얼른 다이크의 눈과 귀를 가리며 라자첼은 기사를 돌아봤다.

"이, 이게 무슨 짓인가요? 이 마차가 레스터 가문의 마차임을 알고 하는 짓인가요?"

“물론 알고 하는 일이지요.”

기사는 검을 뽑아 라자첼과 다이크를 겨눴다.

“마차에 타시지요. 가는 길까지 배웅할 테니.”

“…….”

그녀의 뒤로 마부석으로 사람이 올라타는 소리가 들렸다. 그리고 조금 전까지 마차를 몰던 마부를 바닥에 떨구는 소리도 들렸다. 아무리 기사라고 해도 쉽게 사람을 죽이는 이들에게 라자첼은 덜컥 겁이 났다. 그러나 다이크의 손이 떨려오는 것을 느끼며 그녀는 마음을 다잡았다.

“대체 당신들은…….”

“마차를 타시지요.”

“네.”

기사의 말에 라자첼은 얼른 다이크를 안아 들고 마차에 올라탔다. 그녀는 속으로 중얼거렸다. 결코 기사가 들고 있는 검의 위협에 쫄아서 마차를 탄 것이 아니라고! 그의 상냥한 어조 ‘마차를 타시지요’ 란 말 때문이라고 그녀는 애써 변명을 했다.

그녀가 올라타자 곧 마차는 다시 덜걱거리며 움직이기 시작했다.

지금까지처럼 서쪽을 향해 아무 일 없던 것처럼. 하지만 마차는 마부의 시체를 뒤로한 채 수십 명의 기병에 에워싸여 길을 가고 있었다. 그 마차 안에는 불안한 마음이 몇 배로 증폭된 라자첼과 신나게 홍겨 웠다가 순식간에 울상이 된 다이크가 여전히 타고 있었다.

마차가 섰을 때 라자첼은 몇 번이고 눈을 깜박였다.

“클라우드… 성?”

정체 모를 기사들에게 납치되었다고 생각한 라자첼은 눈앞에 나타난 성에 의아했다. 분명 그녀의 눈에 비치는 것은 어린 시절을 지내왔던, 그리고 십 년 전에 결혼과 동시에 떠났던 클라우드 성이 틀림없었다.

마을 근처에 숲이 있어 그린우드라 불려지는 마을도 변함없는 모습으로 그녀를 반겼고, 두툼한 나무로 만들어진 성문 역시 똑같았다. 그리고 성 내부의 클라우드 저택에 마차가 섰을 때 자상한 눈빛을 한 사무엘이 친절하게 문을 열었다.

"어서 오너라."

다정한 말이었지만 라자쳴은 조금 전에 당했던 일에 화가 치밀었다.

"무슨 일이에요?"

"뭐가 말이냐?"

"이 기사들은 아버지의 부하들인가요?"

그녀 곁에 기사가 다가와 사무엘을 향해 예를 갖추는 동안 라자쳴은 움찔하며 뒤로 물러섰다.

"처음 뵙겠습니다, 사무엘 경. 근위대의 라미드입니다."

"어서 오십시오, 라미드 경."

인사를 나누는 두 사람의 대화를 들으며 라자쳴은 한 가지 의문을 풀었다. 그녀를 위협했던 기사는 사무엘의 부하가 아니었다. 또한 두 사람은 처음 보는 사이였으며 사무엘이 존칭을 쓰는 것으로 미루어 그 직위가 결코 낮지 않음이 분명했다.

'근위대의 기사가 왜……?'

그리고 라자쳴에겐 또 다른 의문이 생겨났다.

근위대라면 버나드가 관장하고 있는 곳이었다. 그곳에 속한 기사들이 왜 자신을 공격했을까? 정확하게는 레스터 가문에 속한 마부였지만.

'근위대의 라미드……? 라미드 백작? 콘버드의 라미드란 말이야?'

라미드 백작에 대한 얘기라면 라자첼도 잘 알고 있었다. 콘버드 출신으로 기사이면서 궁술에도 조예가 깊은 인물로 같은 근위대의 렌베토와 우열을 가리기 힘들다고 알려져 있다. 기사로서도 크루세이더 급의 능력을 지녔고 수도에서는 콘버드 일파로 알려져 있다.

버나드와 라자첼의 결혼 이후로 윌리엄 일파로 분류된 클라우드 성에 라미드가 나타난 것은 뭔가 이치에 맞지 않았다. 그 점을 깨달았을 때 라자첼은 뭔가 잘못되었다는 것을 확연히 깨달았다.

그리고 그 순간 라미드의 말이 그녀의 귀에 꽂혔다.

"그럼 약속대로……."

라미드의 우람한 팔이 앞으로 쑥 뻗는다 싶은 순간 다이크의 비명이 들렸다. 어느새 라미드의 손에 덜미를 잡힌 다이크가 들어올려졌다.

"무, 무슨 짓이에요!"

라자첼의 다급한 외침과 함께 손이 다이크를 잡아챘다. 아니, 잡아채려고 했다. 그러나 크루세이더란 명성에 걸맞게 라미드의 몸은 어느새 2미터나 뒤로 물러서 날카롭게 라자첼을 바라보고 있었다. 그의 입가에 희미한 미소가 번졌다.

"안 됩니다, 클라우드 양. 이래 봬도 이 꼬마는 마스터 전용 인질이라서 말이지요. 저희도 순순히 당신 품으로 돌릴 수 없는 입장이거든요."

"마스터… 전용?"

그 말뜻을 짐작하기까지 그리 오랜 시간이 걸리진 않았다. 라자첼은 자신의 능력으로는 도저히 눈앞에 있는 사내를 쫓아갈 수 없다는 것을 알고 있었다. 그러나 주춤거리며 그녀의 발은 다시 라미드를 향했다.

“내 남편을 위협하려는 거로군요! 그런 짓, 하게 할 성싶어요?”

순간 그의 어깨를 잡는 사람이 있었다.

라자첼은 고개를 돌려 자신을 잡은 사람을 노려봤다. 그곳엔 사무엘이 서 있었다.

“아, 아빠!”

몰랐다. 아니, 알았다. 기사들에게 붙잡혀 클라우드 성에 들어섰을 때부터 알고 있었다. 아버지 사무엘이 자신의 생명과 다이크를 교환했다는 것을. 라자첼의 이성이 크게 회오리치고 있었다.

사무엘에게 있어 라자첼이 중요하듯, 라자첼에게 있어 다이크는 중요했다.

“그럼 저희는 이만.”

울부짖으며 손을 내젓는 다이크를 가볍게 쥔 채 라미드는 인사를 했다.

“다음에 뵙겠습니다, 사무엘 경. 클라우드 양.”

꼭 쥔 두 주먹을 부들부들 떨면서 라자첼은 쥐어짜는 목소리로 내뱉었다.

“기억해 두세요. 내 이름은 라자첼 레스터. 레스터 부인입니다.”

살기 어린 시선을 받으면서도 라미드는 전혀 위축되지 않았다. 그는 오히려 입가에 진한 미소를 담으며 고개를 까닥였다.

“곧 잊혀질 겁니다, 그 성은.”

라미드가 등을 돌렸다고 느낀 순간 그의 몸은 어느새 자신의 말에 올라타고 있었다. 왼손으로는 여전히 다이크의 목덜미를 쥔 채 그는 한 손으로 고삐를 쥐고 말을 다루었다.

“자, 돌아간다!”

　기다렸다는 듯 병사들의 기합이 뒤를 이루었고 나타날 때와 마찬가지로 그들은 흙먼지 사이로 몸을 감췄다.
　다른 점이라면 말발굽 소리에 섞여 아이의 울부짖음이 있었다는 것뿐…….

　"시아버님께서 반란이라니… 당치 않아요!"
　흥분이 가라앉기는 했지만 라자첼은 여전히 신경질적인 반응을 보이고 있었다. 그녀 앞에 창가를 향해 뒷짐진 사무엘의 모습이 보였다. 그녀의 시선을 외면한 채 사무엘은 왜 다이크를 납치해 갔는지에 대해 사실대로 얘기하고 있었다.
　"하지만 사실이다."
　"아니야, 아니야. 아니란 말이야!"
　라자첼의 몸이 쓰러지듯 의자 위에 떨구어졌다. 여전히 별다른 움직임을 보이지 않는 사무엘은 차분한 목소리로 말을 이었다.
　"모든 정황이 그렇다. 아마 지금쯤이면 폐하께서도 사실을 확인하고 윌리엄 공작과 버나드를 체포하려 하실 거다."
　"두 명의 마스터를 상대하려면 그만큼 피해가 절대적이겠죠."
　라자첼은 숨을 몰아쉬며 흥분을 가라앉히려고 애썼다.
　페나인의 공인된 마스터는 모두 열일곱 명. 아니, 카슨 레스터가 죽었으니 이제 열여섯 명.
　라자첼은 자신이 아는 사실을 곁들여 그들 열여섯 명의 현재 위치를 유추했다.
　콘버드의 유일한 마스터 맥클리스 콘버드. 그는 현재 영주 대리인으로서 콘버드에 있다.

칼버딘은 주브노 칼버딘을 포함하여 두 명의 마스터가 있지만 모두 칼버딘에 있었다.

스고우에도 카르디프 스고우라는 걸출한 마스터가 있지만 영지를 지키고 있기 때문에 수도엔 없었다.

리저드의 유일한 마스터 할튼 리저드. 그는 현재 수도에 소환되어 있다.

윈저에는 마스터가 없으니 이제 남은 것은 레스터.

윌리엄과 버나드를 비롯해 가문에서만 네 명의 마스터를 배출한 레스터는 영지에 남아 있는 하이랜을 제외하고 전원 수도에 올라와 있다. 뿐만 아니라 레스터 출신의 마스터가 네 명 정도 더 있어 근위대에 소속되어 있다.

레스터 다음으로 마스터를 많이 보유한 위클리프 역시 세 명의 마스터가 있고 모두 수도에 있지만 결론적으로 마스터 간의 싸움이 시작되면 레스터를 중심으로 뭉친 윌리엄 일파를 이기긴 힘들었다.

현재 수도에 있는 숫자만으로, 그것도 전 영지의 마스터들이 모두 국왕과 콘버드 대공의 손을 들어준다는 전제 하에 일곱 대 넷.

게다가 레스터 쪽에는 최강이라 불리는 버나드가 버티고 있다. 그에게 견줄 만한 주브노가 수도에 없는 한 쉽게 이길 순 없을 것이다. 그리고 마스터 간에 싸움이 시작된다면 결코 어느쪽도 피해가 없을 거라고는 장담하지 못했다.

설사 외곽에 있는 마스터를 전부 불러들였다손 치더라도, 물론 하이랜은 제외시킨 상태에서 겨우 비슷해지는 전력으론 결코 피해를 최소화시킬 수 없다.

버나드는 그런 존재인 것이다. 검의 경지에 있어 최강이라 할 수 있는 마스터, 그런 마스터의 경지에 이른 사람들 중에서도 최강, 그가 바로 버나드였다.

기리안 콘버드 대공은 바로 그 최강의 사나이를 단 한 수로 잠재워 버리려는 속셈이 분명했다. 그의 아들 다이크를 인질로 세워서…….

"그렇지만, 아버지! 다이크는… 다이크는 아버지의 외손자예요! 어떻게, 어떻게 그런 짓을……."

그녀의 비난하는 외침은 사무엘의 차분한 어조에 막히고 말았다.

"반란자의 아들이다. 어차피 살 수 없어. 너만이라도 살리고 싶었던, 이 아비의 심정을 이해해 주기 바란다."

치를 떨며 노려보는 라자첼을 외면한 채 사무엘은 여전히 창밖을 주시했다. 그는 신음하듯 중얼거렸다.

"그렇다 해도 동조 세력 없이 단독으로 일을 벌이다니… 윌리엄 공작도 미친 모양이로군. 카슨이 없다 해도 여덟 명의 마스터가 건재(健在)하다는 것을 너무 믿은 것인지도……."

마스터의 숫자만으로 따지면 확실히 레스터는 제일의 영지였다. 검으로만 따지면 가장 많은 크루세이더를 보유한 콘버드조차도 따를 수 없는 셈이다. 그렇다 해도 독자적으로 반란을 성공할 수는 없었다.

그렇게 생각하는 사무엘의 뒤에서 라자첼이 짧게 코웃음을 쳤다. 그녀의 코웃음은 냉소로 바뀌어 큭큭거리며 비웃기 시작했다.

혹시 실성한 것은 아닌가 염려한 사무엘이 처음으로 그녀를 바라봤을 때였다. 라자첼은 입가에 조소를 가득 담은 채 무서운 눈초리로 그를 노려보고 있었다.

"레스터엔 버나드에 버금가는, 아니, 그 이상일지도 모르는 검사가 한 명 있어요. 아버진 오늘의 일에 대해 언젠가 크게 후회하실 거예요.”

“버나드 이상? 카슨은 죽었다, 라자첼.”

“물론 그렇지요. 하지만 그 카슨과 버나드가 동시에 인정한 검사가 있어요.”

사무엘의 고개가 옆으로 틀어지며 생각에 잠겼다. 그러나 딱히 떠오르는 인물이 없었다. 그는 똑바로 자신의 딸을 주시했다.

“그게 누구냐?”

“그건 말해 줄 수 없어요.”

라자첼의 눈빛이 번뜩였다.

“확실한 것은 그 사람은 가문의 몰락을 획책한 자들을 결코 용서하지 않을 거라는 겁니다. 몇만의 병사가 있더라도 결코 그의 검을 피할 순 없을 거예요. 그리고 그 첫 번째 희생자는 아버지… 와 제가 되겠지요.”

그녀의 눈을 응시하던 사무엘은 순간 소름이 돋는 것을 느꼈다. 라자첼의 말이 결코 거짓이 아님을 직감적으로 깨달은 것이다.

"따분하군……."

덜그럭거리는 마차 위에서 하늘을 쳐다보며 수요는 중얼거렸다. 그 곁에서 고삐를 틀어쥔 알은 힐끔 수요를 돌아본 후에 피식 미소를 지었다.

그의 눈에도 위태해 보일 정도로 수요의 자세는 불안정했다. 양다리는 마차 밖으로 걸쳐져 있었고 양팔은 머리 뒤로 팔베개를 한 채 마부석에 기대고 있다. 의자 앞부분에 살짝 걸친 엉덩이에 체중을 실어 버티다시피 한 자세였다. 그냥 보통 의자라면 별문제없겠지만 지금은 달리는 마차 위였다. 자칫 한 번의 실수에 마차 밑으로 떨어져 바퀴에 온몸을 안마당할지도 모르는 자세였으니 위험천만도 보통 위험천만이 아니었다.

그간의 경험으로 익숙해졌다고는 해도 그다지 권할 만한 자세는 아닌 것이다. 그렇지만 몇 번의 주의에도 불구하고 그는 그 자세를 고수했다. 뭐, 긴장이 되어서 상당히 좋은 자세라나 뭐라나.

그렇게 앉아서 한참을 흥얼대던 수요가 벌떡 자리에서 일어나, 일어나다가 디딤대로 넘어져 의자에 머리를 찧었지만 긴장된 표정으로 정면을 주시했다. 그의 태도가 이상해 알은 다시 한 번 그를 힐끔 쳐다봤다.

"무슨 일이야?"

"서, 설마……."

수요의 눈빛이 너무나도 진지했기에 무심결에 알도 정면을 향했다. 그러나 그곳엔 아무것도 없었다. 단지 저 멀리 지평선 너머로 약간 먼지가 피어 오르고 있다는 것 정도밖에는.

설마 수요가 저 정도에 놀라 긴장된 모습을 보이리라곤 믿기 힘들었다. 간혹 거센 바람이 회오리를 일으킨다곤 하지만 페나인에선 그렇게 위협적인 돌풍은 없다. 게다가 천하태평, 무사안일의 모토를 가진 수요가 그런 회오리 따위에 긴장할 리 없다고 알은 굳게 믿었다.

그러나 그 설마에 수요의 몸은 초긴장이 되어 있었다. 정면에 피어 오른 작은 흙먼지와 멀리서부터 미세하게 느껴지는 진동을 그는 감지하고 있었다. 그것은 결코 그의 감각이 뛰어나기 때문은 아니었다. 이와 유사한 일을 봐왔기 때문에 얻어진 경험이었다.

수요는 다급하게 알의 고삐를 낚아챘다.

"뭐, 뭐야? 왜 그래?"

의아하여 다시 물었지만 수요는 재빨리 고삐를 틀어쥔 채 박차를 가할 뿐 대답하지 않았다. 그리고 다음 순간 알도 놀라 소리를 질러댔다.

"뭐, 뭐야? 너, 미쳤어?"

마차는 곧게 난 대로를 벗어나 들판으로 들어섰다. 얼마 전까지 밀밭이었을 들판을 수요는 거침없이 질주했다. 알은 크게 흔들리는 마차를 붙잡은 채 뒤로 앞으로 연신 눈을 돌리고 있었다. 마차 뒤로 떨어지는 치즈 상자에 눈물을 찔끔 흘리고, 울퉁불퉁한 길을 질주하는 말을 바라보며 또 눈물을 찔끔 흘리고, 위아래로 흔들리는 몸의 울렁거림에 또 눈물을 찔끔 흘리고, 마지막으로 마부석 위에 사정없이 내리꽂혀지는 엉덩이의 아픔에 눈물을 찔끔 흘렸다. 그리고 그 찔끔거린 눈물을 앙갚음하듯 그는 고래고래 소리를 질렀다.

"뭐야아아아아아아아아아~! 대체 뭐야아아아아아아아아아~!"

"시끄러워! 대로를 벗어나야 한단 말이야! 안 그럼 엄청난 소용돌이에 휘말린다고!"

알 수 없는 소리를 외치는 수요였다.

그리고 어느 정도 대로에서 거리를 두었다고 판단한 수요는 마차를 세우며 이마 위로 흘린 땀을 닦아냈다. 그가 한숨을 쉬며 안도를 하는 동안 뱅글뱅글 도는 눈동자를 주체 못하며 알은 혀 꼬부라진 소리를 했다.

"으으으, 이, 이 자식, 대체 무슨 짓이야!"

"곧 알게 돼."

직접 마차를 몰았다고는 해도 그 질주를 끝내고도 꽤 침착한 수요의 말이었다. 그러나 정신을 수습한 알의 눈에 반 정도밖에 남지 않은 짐칸의 참혹한 현실은 결코 참아 넘길 수 없었다. 그는 눈을 부라리며 수요를 노려봤다.

"너, 대체 저 치즈가 얼마……!"

순간 커다란 진동이 마차 밑에서 울려왔다. 마치 지진이라도 난 것처럼 마차가 크게 흔들렸고 앉아 있던 알의 몸이 디딤대를 향해 곤두

박질쳤다. 다행히 수요가 얼른 붙잡은 탓에 마차 밑으로 떨어지진 않았지만 알은 충분히 놀라고 있었다.

다시 자리로 돌아왔을 때 점차 커지던 진동은 이번엔 하나의 굉음을 동반하고 있었다.

두두두두… 두두두두… 두두두두……!

"뭐, 뭐야, 이건?"

하늘이 무너지는 것 같은 소리였다. 소리친 알 자신도 그의 목소리를 듣지 못할 정도였다. 문득 앞에서 그를 부축하던 수요가 뭐라고 소리를 치며 알의 등 뒤를 가리켰다.

알은 고개를 돌렸다. 그리고 의식하지 못한 채 쩌억 입을 벌리며 귀를 틀어막았다.

지평선 위의 작은 흙먼지에 설마 수요가 긴장했을까 하던 그의 의문은 지금의 풍경에 절로 수긍이 가고 있었다. 지평선에 걸치듯 작게 보이던 흙먼지는 이제 결코 작은 녀석이 아니었다. 거의 들판 하나를 메우듯 크게 피어 올랐다. 하지만 그것은 회오리나 돌풍의 그것이 아니었다.

그 흙먼지는 그저 꼬리에 불과했다. 그 흙먼지 앞에 수백, 수천은 될 듯한 건장한 말이 천지를 진동시키듯 맹렬하게 질주하고 있었다. 그 위에는 투구와 플레이트 아머로 중무장한 기사들이 허리를 띄운 채 연신 채찍질을 하며 말을 재촉하고 있었다.

그 행군은 방금 알의 마차가 있는 곳을 눈 깜짝할 새에 지나쳤다. 만약 그곳에 남아 있었다면 순식간에 마차는 박살이 났을 것이고 알과 수요는 말발굽에 밟혀 형체도 알아볼 수 없을 정도로 짓이겨졌을 것이 틀림없었다.

벌어진 입을 가까스로 다물며 알은 침을 꿀꺽 삼켰다. 그리고 한참 동안 기사들의 행군을 지켜봤다. 고막을 찢을 것 같은 소리와 흔들리는 마차의 진동이 결코 거짓이 아님을 증명시키려는 듯 행군은 꼬리에 꼬리를 물며 계속되었다. 한 떼의 기사들이 훑고 간 자리를 바로 뒤를 이어 또 다른 기사들이 흙먼지를 뚫으며 나타났고, 그들을 뒤이어 또 다른 기사들이 나타났다. 그렇게 끊임없이 나타날 것 같은 기사들은 열 번째 무리를 끝으로 더 이상 이어지지 않았다. 점차 진동도 가라앉기 시작했고 소리도 멀어지기 시작했다. 그리고 점차 흙먼지도 잦아들었다.

"대, 대체 뭐야……?"

"근위대야."

자신의 목소리가 들린다는 것을 인식한 알에게 곧바로 수요의 대답이 돌아왔다. 그는 다시 수요를 향해 고개를 돌렸다. 그의 얼굴 표정이 굳어진 것을 보며 알은 속으로 '지금 내 얼굴도 이 녀석처럼 딱딱하겠지' 하고 생각했다.

"그것도 일만."

"뭐라고? 저게 일만 명이나 된단 말야?"

너, 설마 그걸 셌단 말야? 라는 뜻이 담긴 알의 눈초리였다. 그 뜻을 짐작한 수요는 이마를 찌푸리며 퉁명스럽게 내쏘았다.

"내가 무슨 천리안이라도 되는 줄 알아? 그걸 어떻게 세겠어?"

수요는 손가락을 쫙 펴서 알의 눈에 바싹댔다.

"너도 봤잖아? 열 무리 정도가 달려간 걸 말이야. 한 무리는 대략 천 명 정도로 이루어져 있어. 그러니까 열 무리라면 일만이란 얘기지."

"아하, 그런 거로군."

알은 수긍하며 아직도 남아 있는 흙먼지를 물끄러미 쳐다봤다.

"그나저나 일만의 기사란 굉장한 거로군. 정말 엄청났어. 저런 것에 휘말렸다간······."

새삼 상상을 해보며 알은 몸서리를 쳤다. 수요는 그의 어깨를 두드리며 당당하게 말했다.

"이제 알겠지? 내가 서둘러 대로를 벗어난 것을 말야. 그깟 치즈 몇 상자가 중요한 게 아니란 말야. 하마터면 목숨을 잃을 뻔했어."

"하지만 대개는 사람이 보이면 먼저 멈춰주지 않을까?"

"물론 멈추고 싶겠지. 하지만 네가 만약에 저 대열의 선두에 있다면 이런 상황에서 멈출 수 있겠어?"

잠시 생각을 해보던 알은 고개를 저었다.

"멈추면 내가 먼저 깔리겠지."

"바로 그거야. 저 행군은 한 번 시작되면 약속된 장소에 도착할 때까진 절대 멈추지 않는 무적 강행군이라고. 이렇게 사람이 뜸한 길이라면 마주친 상대가 알아서 피해야 해."

"그래, 그래. 잘했다."

알은 다시 한 번 몸을 부르르 떨며 중얼거렸다.

"버려진 치즈 상자가 아깝긴 하지만 목숨보다 아까울 수야 없지."

"한데······."

이미 알의 중얼거림엔 관심없는 수요는 멀어져 가는 흙먼지를 뚫어져라 쳐다보고 있었다.

"지금껏 꿈쩍도 하지 않던 근위대가 무슨 일로 저렇게 사납게 돌진하는 것일까?"

잠깐 그 말의 의미를 떠올려 본 알은 고개를 갸웃했다. 그로선 근위대가 움직인다는 것이 어떤 의미인지 정확하게 알 수 없었기에 그의 말을 이해할 수 없었다.

"근위대가 아닐 수도 있잖아?"

"현재 위클리프에서 일만의 병력을 움직일 수 있는 곳은 근위대뿐이야. 대부분의 돌격대가 모스 섬으로 떠났고 남아 있는 6돌격대는 인구가 적은 리저드 출신이라 그 수가 6천밖에 안 되거든. 게다가……."

수요의 말끝이 흐려지며 다시 한 번 지평선을 바라봤다.

"저 정도 규모의 중무장을 할 수 있는 군단은 근위대뿐이야."

알의 시선도 기마대가 사라진 동쪽을 향했다. 그로선 중무장한 기사의 모습도 그리고 맹렬한 기마대의 돌진도 처음 보는 광경이었다. 뭐라고 얘기할 건더기도 없었지만 문득 그들이 간 곳은 마차가 며칠을 거쳐 온 길이란 것이 생각났다.

"레스터로 가는 것일까?"

"레스터? 말도 안 돼. 거긴 앞으로 일주일은 더 가야 해."

"하지만 이쪽으로 방향을 잡은 것으로 보아 딱 떠오르는 곳은 그곳뿐이잖아. 마치 포란을 향해 전력 질주하는 모습이었어. 뭐, 저런 속도라면 확실히 일주일이면 도착할 것 같군."

"레스터 성도 아니고 포란 성에 무슨 볼일로?"

알의 의견에 동의할 수 없다는 표정으로 수요가 대꾸했다.

그때 인기척과 함께 마차 뒤에서 지금까지 꼼짝 않고 있던 레온의 모습이 나타났다. 기마대의 우렁찬 진군과 그것을 피하기 위해 수요가 거칠게 몰았던 마차 위에서도 지금껏 반응이 없었던 레온이었다. 마치 이지를 상실한 것 같던 그의 흐리멍덩한 눈빛은 멍하니 허공을 응시할 뿐이었고 무엇을 물어도 선뜻 대답하지 않았으며 먼저 말을 걸었던 적도 없었다.

하지만 알과 수요가 기마대가 레스터로 향한 것이 아닐까 하고 의논

하는 것에 정신을 차리며 관심을 가졌다. 그의 초점이 서서히 모아지며 쭈뼛거리듯 입을 열었다.

"레… 스터?"

"어엇!?"

두 사람이 놀라 레온을 돌아봤다. 그가 먼저 말을 꺼낸 것은 근 한 달 만의 일이었다.

"그, 그냥 추측일 뿐이야."

서둘러 수요가 대꾸했다. 그에게 더 이상 충격적인 얘기를 담을 필요는 없다고 생각한 것이다. 사실 그의 여린 마음은 충분히 충격적인 일을 당했고 지금껏 입을 다물고 있을 정도로 심각한 상황을 연출하고 있었다.

"우선 다음 마을로 가보자."

알은 고개를 들어 하늘을 바라봤다. 노숙을 한 탓에 아침 일찍 출발했기 때문에 아직 오전이었다. 기사의 중무장한 모습은 제대로 보지 못했지만 행렬 끝에 마차가 따라붙지 않았다는 것만은 확실하게 눈여겨봐 뒀다. 그렇다면 기사들은 노숙을 하지 못했을 테니 분명 마을에서 묵었을 가능성이 컸다.

그리고 일만의 기사가 묵었다면 뭔가 소문이 남아 있을 것이다. 그렇다면 그들의 목적지나 급해 보이는 모습도 이해할 수 있을 것이라고 알은 추측했다.

알의 짐작대로 마을은 가까운 곳에 있었다. 오후가 조금 지나서 마을에 도착한 일행은 음식점을 찾아 들어갔다 그곳에서 확실히 놀라운 소문을 들을 수 있었다.

"그럼, 기사들은 이곳에 묵었던 거로군?"

“묵었다기보다는… 쉬어간 셈이지.”

“쉬어간 셈?”

“일만 명이나 되는 기사들을 재울 수 있을 정도로 커다란 주점이 못 되니까 말이지.”

“그럼 그들은 어디서 쉰 거요?”

주인은 어깨를 으쓱하고는 창밖을 가리켰다. 알과 수요가 서둘러 창을 바라봤지만 특별히 일만의 병력이 쉴 수 있을 만큼 넓은 건물은 보이지 않았다. 그러자 주인의 설명이 뒤따랐다.

“눈에 보이는 모든 집!”

“에엣?”

“엄청난 피해를 입었겠구먼?”

“어쩌겠어? 근위대의 기사들인데.”

“그래, 근위대가 움직인 이유는 뭐야?”

“그런 건 모르지. 높은 어르신들이 하는 일에 우리가 무슨 상관이 있겠어.”

주인의 말에 주점에 있던 누군가가 이어받았다.

“기사들도 잘 모르는 것 같던데? 그렇지만 목적지가 레스터의 포란이라고 하더군. 그리고 레스터 본 성을 향해서도 약 일만의 병력이 출동한 것 같아.”

“반란일까?”

또 누군가의 입에서 나온 말이었다.

알과 수요는 옆에서 안절부절못하는 레온을 진정시키며 다른 이들을 둘러봤다.

“혹시 정확한 이유를 아는 사람은 하나도 없는 거야?”

“아마…….”

턱을 쓰다듬으며 주인이 중얼거렸다.

“촌장이라면 알고 있을지도 모르지. 장군들은 전부 그곳에서 지냈던 것 같으니까 어쩌면 뭔가 알고 있을지도 몰라.”

그 말이 끝남과 동시에 세 사람은 급히 계산을 마치고 촌장 집으로 향했다.

촌장은 젊은 사내였다. 그는 매우 심각한 표정으로 세 사람을 훑어본 후에 굳게 입을 다물었다. 뭔가 알고 있지만 절대 말할 수 없어, 라는 얼굴이었지만 알의 주머니에서 나온 보랏빛으로 반짝이는 돌멩이, 자수정 하나에 그의 입은 실룩대고 있었다.

알은 한숨을 쉬고 자수정 하나를 더 꺼내 들었다. 물론 이 자수정 묶음은 마리오네를 데려다 준 후에 콘버드 대공으로부터 받은 것 중에 일부였다. 그 자수정 덕분에 촌장의 입은 묻지 않은 것과 자신의 추측, 앞으로의 일에 대한 것까지 마구 떠들기 시작했다.

보기보다 입이 가벼운 사내였다. 그렇지만 중요한 정보를 얻을 수 있었다.

알과 수요는 레온을 부축하고는 얼른 마차에 올랐다. 뜻밖의 소문은 레스터 공작이 반란을 일으켰다는 것이었다. 그리고 그 소문에 레온이 이상한 짓을 못하게 두 사람이 꼭 붙잡고 마차에 오른 것이다.

마차가 마을을 떠날 때까지 조바심을 내며 알은 레온과 마주앉았다. 그는 연신 조그마한 목소리로 중얼거리고 있었다.

“아버지가… 아버지가 그럴 리 없어…….”

마을에서 한참 벗어난 이들은 한적한 들판 위에 마차를 세웠다. 사방을 둘러보며 사람이 없다는 것을 확인한 수요는 마차 뒤로 자리를 바꿨다. 이미 레온을 달래주기 위해 알이 한 옆에 앉아 있었다. 그리고 세 사람이 앉아도 충분할 정도로 치즈 상자는 줄어 있었다.

알과 수요는 심각한 표정으로 서로를 마주 봤다. 그동안에도 레온은 웅크리고 앉아 중얼거리고 있었다.

"아버지가… 아버지가 그럴 리 없어…….."

"알아, 레온."

알이 묵직하게 대답했다.

물론 그가 윌리엄 공작을 본 적이 있는 것은 아니다. 하지만 레온은 물론 하이렌에 대해선 잘 알고 있었다. 또한 공작 가문의 가신인 프란츠나 아벤에 대해서도 잘 아는 사이였다. 그들을 알기 때문에 공작이 반란을 일으켰다는 것을 그 역시 믿을 수 없었다.

"우선은 우리가 어떻게 해야 할지에 대해서 얘기해 보자."

알의 말에 레온이 고개를 들었다.

잠자코 있던 수요가 머뭇거리며 입을 열었다.

"우선은 말이야… 레온을 숨겨야 해."

"무슨… 뜻?"

"일이 어떻게 됐든 간에 넌 레스터 가문의 사람이야. 분명 수도에서 널 잡으러 올 테니까 안전한 곳으로 피해야 해."

"아버진 절대 반란 같은 거 일으키지 않았어!"

레온의 외침에 수요는 손을 들어 그의 말을 막았다. 그리고 그로선 드물게 심각한 표정을 지으며 대꾸했다.

"그렇다 해도 근위대는 레스터로 향했어. 그건 아마도 하이렌 백작을 잡는 것이 첫 번째 목적이고, 레스터 기사단을 무력 진압시키는 것이 두 번째 목적일 거야. 우리가 본 행군은 포란으로 향하는 것이라고 했어. 잊지 않았겠지? 그곳에 누가 있는지 말야."

"…프란츠 백작."

신음하듯 알이 대답했다.

레스터 기사단의 단장을 사임했다고 해도 레스터 기사단의 주력은 여전히 포란에 위치해 있었다. 포란 성이 레스터 영지의 중심에 위치한 탓이다. 즉, 알이 본 기마대는 포란을 무력 진압하여 기사단을 일거에 섬멸하는 것과 동시에 레스터 기사단의 중심인물 프란츠 백작을 잡는 것이 목적일 것이다.

수요의 분석에 대해 레온은 잠자코 듣고 있었다. 처음에 촌장 집에서 떨고 있던 모습보다는 많이 차분해진 것 같았다. 그는 착 가라앉은 목소리로 수요를 향해 물었다.

"우린 어떻게 해야 하지?"

"넌 일단 숨어야 해. 하이렌 백작이 붙잡힌다면 아마도 네가 마지막 남은 레스터 가문 사람일 테니까, 가문의 맥이 끊기는 것을 막으려면 어딘가 숨어 있어야겠지."

"그럴 순 없어! 도저히……."

"넌 어떻게 할 생각이지?"

알의 침착하면서 냉정한 어조에 레온은 찔끔 말을 잇지 못했다. 그리고 문득 수요가 한 말은 자신에게만 해당된다는 것을 떠올렸다. 아직 수요와 알이 해야 할 일에 대해선 말하지 않았다. 레온은 물끄러미 수요를 쳐다봤다.

수요는 부스스한 머리칼을 긁적거리며 심각하게 대꾸했다.

"수도로 갈 생각이야."

"……."

"…왜?"

알의 질문에 수요는 바로 대답하지 못했다. 그는 잠시 팔짱을 끼고 알과 레온을 번갈아 쳐다본 후에 신중하게 말했다.

"아무래도 뭔가 이상한 것 같아서… 나름대로 조사를 좀 해보려고 말야."

"너한테 그런 재주가 있다는 거냐?"

"…없다고는 할 수 없지."

"귀족들을 찾아갈 생각?"

"가능하다면."

"그래, 맞아! 수요는 귀족들 밑에서 일을 많이 했었잖아? 어쩌면 뭔가 알 수 있을지도 몰라."

"바보 녀석!"

레온을 향해 핀잔을 주며 알은 턱을 쓰다듬었다.

잠시 후 결심한 듯 알은 고개를 끄덕였다.

"좋아, 나도 같이 가자."

"뭐?"

"하나보다는 둘이 낫겠지."

"나도 가겠어!"

레온의 말에 수요는 놀라 소리쳤다.

"무슨 미친 소리야? 넌 안 돼! 가면 곧바로 잡힐지도 모른다고!"

"아니, 어쩌면 그 편이 더 좋을지도 모르지."

알의 대꾸에 일순 수요가 말을 멈추었다.

알은 상자 안에서 전에 윈저에서 사뒀던 염료를 꺼내 들었다.

"아직 레스터 가문의 다섯째에 대한 소문은 그리 나지 않았어. 아마 수도에서도 레스터 성을 점령한 다음에나 그 존재를 알게 되겠지."

"장담할 수 없는 말이잖아!"

"그럼 묻자, 수요. 수도에서 레스터 가문의 형제들이 마스터라는 얘기를 할 때 레온에 대한 것도 있든?"

"…그런 적은 없었던 것 같아……."

"그래, 나도 레첸에서 주점 아저씨한테 들었을 정도라구. 아마 레스터 본성과 레첸 마을 정도에서만 알고 있던 사실인 것 같아. 즉, 레온은 아직 숨겨진 존재란 말야. 곧 알게 된다 해도 레온이 수도에 있을 거라곤 생각도 못하겠지."

수요는 고개를 끄덕이며 수긍하긴 했지만 여전히 불안한 표정이었다.

"그렇지만 괜히 위험을 무릅쓸 필요는 없을 것 같아."

"물론 그렇지. 그러니까 변장하면 되는 거야."

"변장?"

레온과 수요가 빤히 쳐다보자 알은 들고 있던 염료를 가볍게 흔들었다.

"일단 머리색을 바꾸자. 페로즈 성에서 염료 시세를 알아보려고 몇 개 챙겨왔는데 이럴 때 써먹는 거지."

그 말에 레온은 겁먹은 듯이 중얼거렸다.

"내, 내가 듣기론… 염료는 독성이 강해서 옷감을 염색할 때 주의가 많이 필요하다고 했어. 그거 위험한 거 아냐?"

"희석하면 돼. 평소에 쓰는 것보다 10배 정도 더 희석시키면 괜찮을지도 몰라."

그렇게 대꾸하던 알은 굳은 얼굴로 레온을 쏘아봤다.

"평범한 변신으로는, 그래 일전에 레첸에서처럼 마스크와 모자를 눌러쓰는 정도론 어림도 없어. 그리고 네가 이 정도를 감당할 수 없다면 도저히 페로즈로 가는 걸 동의할 수 없어!"

단호한 말에 레온은 고개를 숙이며 조그맣게 물었다.

"저, 저기… 이 머리 자르지 않아도 되겠지?"

"그건 괜찮아."

레온이 결심한 듯하자 알은 크게 웃으며 인정했다.

"그 꼬랑지머리는 상관없어. 너의 그 빛나는 금발은 눈에 띄지만 뒤로 묶는 건 그렇게 티 나지 않는단 말야."

"좋아. 알았어."

"결심했다면……."

지켜보던 수요가 자리에서 일어섰다.

"서두르자. 갈 길이 멀단 말야."

잠시 후 언덕 위엔 오랜만에 레온의 경쾌한 비명이 울려 퍼졌다.

"으아아아아아아아~ 이, 이 머린 대체 뭐야아아아아아~!!"

"어쩔 수 없잖아! 가지고 있는 건 청색뿐이었단 말야!"

뒤지지 않는 목소리로 알도 마주 소리치고 있었다.

페로즈 성은 외성과 내성으로 나뉘어져 있다. 처음 만들어질 때부터 왕국 수도로서의 규모를 염두에 뒀기 때문에 성벽을 이중으로 쌓았다. 내성 바깥으로 마을을 이루고 있고 그 마을을 크게 외성이 둘러싸서 건축되어져 있다.

그리고 그 외성을 지나가는 성문 앞에 레온 일행의 마차가 통행 허가를 받기 위해 멈춰 서 있었다. 일전엔 키렌이나 렌베토 같은 기사가 있었기에 전혀 제지가 없었지만 지금은 평민 셋뿐이니 당연한 절차였다. 물론 긴급 상황이라는 것도 한몫하고 있어 평소보다 엄중했다.

"장사를 하러 왔는데요."

"장사?"

병사의 눈이 마차 위로 향했다. 예쁘장한 얼굴과 어울리는 짙은 바닷빛 머리카락을 지닌 청년을 쳐다본 후에 수북하게 쌓이지 못한 상자를 쳐다봤다.

"장사치고는 숫자가 적은 거 아냐?"

"에… 그게……."

자신이 생각해도 확실히 적다고 생각했기에 뭐라고 대꾸해야 할지 알은 망설였다. 그때 곁에 있던 수요가 능글맞은 웃음을 지었다.

"오면서 좀 팔았어요. 경비가 부족했거든요."

"그래?"

병사는 멀끔히 수요를 향해 시선을 돌렸다.

"어디서 오는 건데?"

"스고우에서 옵니다."

"스고우?"

"스고우산 치즈는 유명하잖아요."

"그럼 이게 모두 치즈인가?"

"네, 네."

수요의 눈웃음에 병사는 수긍하는 모양이었다. 그렇지만 쉽게 보내줄 심산은 아닌지 고개를 갸웃거리며 창대를 어루만질 뿐이었다.

"그렇지, 스고우산 치즈는 유명해."

"한 상자 줄까요?"

눈치를 챈 알이 얼른 상자를 꺼내 내밀었다.

"어어, 이거 받아도 돼?"

"물론이죠. 대신 나중에 시장에 나오면 맛있다는 소문 좀 내줘요."

"그럼, 그럼."

병사는 손을 내밀며 화사한 미소를 지었다. 그리고 얼른 길을 비켜주면서 덧붙여 말하는 것도 잊지 않았다.

"나중에 또 들러. 참, 돌아갈 때는 포도주를 가져가라고. 페로즈산 포도주는 유명하니까."

"아이구, 이거 고맙습니다. 좋은 정보였어요."

살갑게 대꾸하며 알은 얼른 고삐를 잡아챘다. 달가닥거리며 마차가 움직이자 병사는 치즈를 챙기며 다시 한 번 소리쳤다.

"페로즈산 포도주야. 알았지?"

"예, 예."

알도 등 뒤로 손을 흔들며 답례를 했다.

마을로 들어서며 수요가 중얼거렸다.

"확실히 페로즈산 포도주는 유명하지."

"바보."

"뭐가? 정말이야. 포도주는 페로즈를 제일로 쳐준다니까!"

"문지기가 무슨 뜻으로 포도주를 추천했는지 정말 모르겠다는 거야?"

알의 뚱한 얼굴에 수요는 고개를 모로 기울여 생각에 잠겼다. 그리고 병사가 치즈 한 상자에 흐뭇한 미소를 지었다는 것을 기억해 냈다. 그는 주먹을 불끈 쥐며 눈에 있지도 않은 병사를 향해 손을 휘둘렀다.

"뭐야, 그럼! 돌아갈 때는 포도주를 하나 달라는 거야?"

"그런 거지."

쳇, 하고 혀를 차며 수요는 머리를 긁적거렸다. 그리고 문득 마을 한 쪽을 쳐다보며 알의 팔을 잡았다.

"난 여기서 내려줘."

"뭐?"

"여기서 내리겠다고."

수요의 갑작스런 말에 알은 말문이 막힌 듯 빤히 쳐다봤다.

"여기서 내리겠다고!"

다시 한 번 반복하는 수요에게 화가 치민 알이 으르렁거렸다.

"너, 지금 우릴 배신하겠다는 거냐?"

"아니, 아니야. 그렇지만 괜히 위험한 일에 끼어들 필요는 없잖아?"

"가게 해줘, 알. 그의 말이 옳아."

"그렇지만, 레온! 수요는 페로즈 성을 잘 알고 있단 말야. 우리에겐 누구보다 필요한 사람이라고!"

"여기까지 안내해 준 것만으로도 충분히 도움받았잖아? 게다가 성 문에서도 별 의심 없이 들어올 수 있었던 것은 수요 때문이었어."

"쳇! 제길!"

알은 무섭게 수요를 노려본 후에 마차를 세웠다.

"잘 가라, 배신자!"

"너무 그러지 마. 처음에 수도로 가겠다고 했을 때 말했잖아. 조사해 볼 게 있다고 말야. 지금부터 혼자 하려는 것뿐이야."

"그거 같이하기로 했었잖아."

"언제?"

씨익 웃으며 반문하는 수요에게 알은 말문이 막혔다.

"그래, 알았다. 얼른 가라."

알의 비아냥거리는 말에도 수요는 별로 아랑곳하지 않았다. 그는 마차 밖으로 몸을 날려 바닥에 내려선 후에 두 사람을 향해 손을 흔들었다. 그리고 레온에게 당부하는 것을 잊지 않았다.

"너무 무리해서 많은 것을 조사하려고 하진 마. 우선은 안전을 생각하라고. 알았지, 레온?"

"그래, 고마워."

수요는 마지막으로 레온에게 악수를 건넸다.

"좋아. 나중에라도 다시 보자."

수요는 인사를 마친 후 곧바로 작은 골목으로 사라졌다.

"쳇, 의리없는 녀석 같으니라구."

"그렇지도 않아, 알."

"무슨 소리야?"

레온은 천천히 손을 펴서 종이 쪽지 하나를 펼쳤다. 곧 알도 악수하면서 건넨 것임을 눈치 챘다. 두 사람은 쪽지에 쓰여 있는 글을 읽었다.

친구가 기다리고 있다.

한참을 반복해도 그런 문구가 전부였다.

"이, 이게 무슨 뜻이야?"

"뭐긴 뭐야. 친구가 기다리고 있다는구만."

기대와는 달리 알쏭달쏭한 말만 쓰여 있자 알은 시큰둥하게 대꾸했다. 그는 마차를 몰기 위해 종이에서 눈을 거둬 정면을 주시했다. 그리고 곧 수요가 남긴 전언이 무슨 뜻인지 알아챘다. 그는 킥 하고 웃으며 레온의 옆구리를 찔렀다.

“어이, 저길 봐.”

“응?”

레온도 고개를 들어 앞을 쳐다봤다. 알이 가리키는 곳엔 주점이 하나 있었고 간판 위에 큼지막한 글씨로 이렇게 쓰여 있었다.

친구가 기다리고 있다─잠잘 수 있음

“아하! 저곳에 있으면 다시 찾아오겠다는 뜻이구나?”

“그런 거지. 역시 똑똑한 녀석이라니까.”

방금 전까지 욕을 해대던 알은 어느새 칭찬하기에 여념이 없었다. 그리고 얼른 그 주점을 향해 마차를 몰았다. 식사보다는 방을 잡는 것이 목적이었다.

두 사람은 곧 방 안 구석에 틀어박혀 머리를 맞대었다.

“이제 어떻게 하지?”

알의 질문에 레온도 선뜻 대답하지 못했다. 그는 잠시 주저한 끝에 조심스럽게 말했다.

“우선 저택을 들러보는 게 어떨까?”

“좋은 생각이군, 레온! 여기 공작의 다섯째 아들이 있어요. 어서 잡아가 주세요. 굉장한걸?”

“너무 비아냥거리지 마. 그냥 근처에서 어떻게 되었는지 봐두면 좋을 것 같아서 한 말이야.”

“바보. 거긴 지금 시선 집중 상태야. 거길 가겠다니? 차라리 잡아가 달라고 광장에서 목청을 돋우지 그래?”

“알았어, 알았어. 취소하면 될 거 아냐.”

레온은 눈을 치뜨고 노려봤다.

"그러는 넌 뭐 좋은 생각이라도 있어?"

"물론 없지."

당연하다는 표정으로 알은 손을 쫙 폈다. 그리고 가볍게 어깨를 으쓱거린 후 그는 턱을 매만지며 천천히 자신이 생각한 것을 꺼냈다.

"뭐, 우선 시장을 돌면서 치즈를 팔아야지. 시장이란 곳은 의외로 소문이 많이 도는 곳이니까 괜찮은 소식을 들을 수 있을지도 몰라."

"뭐야, 알. 너도 별로 좋은 의견은 아니잖아."

"그래도 너보단 나은 것 같은걸?"

맞는 말이라고 여겼는지 레온은 반박하지 않았다. 그러나 내심으로는 공작 저택이 어떻게 되었을지 궁금했다. 그는 한숨을 푹 쉬며 더 좋은 생각이 없을까 머리를 긁적였다.

그러다가 문득 몸을 돌려 문을 향하며 엉거주춤 일어섰다.

"왜?"

"밖에 누가 있어."

"뭣?"

이렇게 빨리 꼬리를 잡히다니… 하고 알은 놀라 벌떡 일어섰다. 누군가 고발하지 않는 한 쉽게 레온을 발견할 수는 없었다.

'혹시 수요가?'

가능한 일이었기에 알은 배신감과 함께 침을 꿀꺽 삼켰다.

두 사람이 쳐다보는 문이 삐거덕대며 천천히 열렸다. 그리고 중년의 기사 한 명이 조심스럽게 들어섰다.

“렌베토 경!”

들어선 이는 렌베토였다.

아는 사람이라곤 해도 근위대의 기사였다. 그를 쳐다보는 두 사람의 얼굴빛이 변했고 레온은 얼른 침대 밑에 숨겼던 검을 꺼냈다.

“우, 우리를 잡으러 온 건가요?”

렌베토가 대답하기 전에 알은 얼른 창가로 눈을 돌렸다. 골목은 별다른 이상 없이 사람들이 지나다니고 있었다. 기사나 병사의 모습이 전혀 없는 것으로 미루어 포위된 것 같지는 않았다. 약간 안도를 하며 알은 렌베토를 향해 시선을 돌렸다.

“혼자 왔나요?”

렌베토의 고개가 끄덕여지며 손을 들어 조용히 하라는 신호를 보냈다. 레온도 눈치를 채고 곧 진정을 했다.

렌베토는 레온을 훑어본 후에 천천히 방문을 잠그고 안으로 들어왔다.

"대충 사실을 알고 있는 것 같군. 한데 이렇게 빨리 올 줄은 몰랐는걸? 공작이 잡힌 지 일주일도 되지 않았는데 말이야."

"치즈를 싣고 페로즈로 오던 중이었습니다. 중간에 기마대의 행군을 보고 마을에 들러 대략적인 것들을 들었던 거죠."

"그랬군……."

렌베토는 방 안을 가로질러 창문을 흘깃 보고는 그대로 의자에 앉았다. 그리고 나란히 침대 위에 앉은 레온과 알을 번갈아 쳐다봤다.

"머리색이 바뀌었군. 하마터면 못 알아볼 뻔했어."

"그럼 저희가 온 걸 지켜보고 계셨습니까?"

"물론. 윈저의 정보력은 굉장하거든."

렌베토는 피식 웃었다.

"사실은… 온다면 동문 쪽이겠지 싶어 감시하고 있었네. 물론 자세한 상황을 윈저 대공께 보고해 지원을 받을 생각이었지. 너희들이 오기 전에 지원군이 먼저 올 줄 알았는데… 다행히 예상대로 동문으로 온 덕에 길이 엇갈리지 않은 거지."

"대체 어떻게 된 건가요? 왜 아버지께서 반란을 일으켰다는 거죠?"

"음……."

렌베토는 침중한 어조로 말하기 시작했다.

"왕자 전하께서 뒤바뀐 모양이야. 알려진 바로는 왕자 전하를 윌리엄 공작이 바꾸어놓고 차후에 정권을 잡아 반대 세력을 축출, 그리고 왕국을 손아귀에 넣으려 했다. 현재 소문은 대충 이러하지."

왕자에 대한 얘기가 나올 때부터 레온은 놀라 입을 쩍 벌렸다.

"하지만, 하지만 왕자 전하께서는 몰래 외유를 나간 것으로 아는데 요?"

"음?"

렌베토가 놀라 고개를 들었다. 그의 말투에 왕자가 바뀌었다는 사실을 이미 오래전부터 알고 있었다는 느낌이 들었다.

"알고 있었나?"

"네, 물론. 전에 키렌 형이 알려줬으니까요."

"이럴 수가! 그럼 공작께서는 원래부터 왕자가 바뀌었다는 것을 알고 있었단 말인가? 콘버드 대공의 술수가 아니란 얘기인가?"

렌베토의 입이 쩍쩍 벌어지더니 이내 레온에게 날카롭게 물었다.

"혹시 그 키렌 경에게 들은 것, 자세하게 설명할 수 있나? 아주 중요한 일이네."

절대 비밀이라던 얘기인지라 잠시 주저하던 레온은 곧 자신이 들었던 것들을 사실대로 털어놓았다. 보아하니 렌베토는 자신들을 도와줄 것 같았고 이미 대다수의 사람들이 왕자가 바뀐 사실을 알고 있는 듯 했기 때문에 굳이 비밀로 할 필요성이 없다고 판단했다.

잠자코 레온의 말을 듣던 렌베토는 '역시' 하는 표정으로 수긍을 했다.

"뭔가 이상하다고 생각하긴 했지만… 키렌 남작이 그래서 수도에 없었군."

중얼거린 후에 렌베토는 레온을 똑바로 응시했다. 그리고 크게 한숨을 쉰 후에 레온이 모르는 사실, 그리고 알고 싶어하는 사실을 꺼냈다.

"왕궁에 있는 가짜는 국왕 폐하께 이렇게 말했다네. '모든 일은 윌리엄 공작이 시켰다' 라고 말이야."

“그, 그런……!”

“군대가 동원되었다고는 해도…….”

알은 뭔가 이상하다는 듯 턱을 쓰다듬었다.

“마스터인 두 분을 그렇게 쉽게 잡을 수 있는 겁니까?”

“인질이 있었네.”

“인질?”

레온이 눈을 동그랗게 뜨며 반문했다.

“자네 조카 말이네.”

“조카?”

고개를 갸웃거리던 레온은 곧 큰형에겐 아들이 있었다는 것을 기억해 냈다. 아직까지 레온은 보지 못했지만 확실히 자신보다 열 살 아래의 조카 이름은 다이크 레스터였었다.

“다이크를 인질로 삼았다니요?”

레온의 의아함에 렌베토는 어깨를 으쓱할 뿐이었다. 곁에 있던 알이 대충 짐작하고 대신 대꾸했다.

“자식을 인질로 하자 꼼짝할 수 없었다라는 거겠지.”

“비, 비겁해…….”

레온의 혼잣말에 알은 어깨를 두드렸다.

“세상은 다 그런 거야.”

팔짱을 낀 채 묵묵히 두 사람의 대화를 듣고 있던 렌베토가 입을 열었다.

“자, 이제 대충 상황을 이해했겠지? 그럼 이제 구출 작전에 대해서 의논해 보도록 할까?”

“에?”

"네?"

두 사람의 눈빛이 한순간에 렌베토에게 집중되었다.

"뭐, 뭘 해요?"

알은 얼결에 다시 한 번 되물었다.

두 사람의 반응에 렌베토는 외려 의아해하고 있었다.

"그럼 두 사람은 뭘 하러 수도에 온 건가? 공작을 구하러 온 게 아니었나?"

렌베토의 말에 알이 놀라 소리쳤다.

"말도 안 돼요! 우리 둘이서 성안에 갇혀 있는 공작 각하를 구할 수 있을 거라고 생각하나요?"

"어떻게 하면 되지요?"

헉, 하고 알은 숨을 멈추곤 천천히 뒤를 돌아봤다. 역시나 레온의 눈빛은 활활 타오르며 사기충천, 의지확고, 집념가득, 의욕충실 상태였다.

"어, 어이, 레온, 잘 생각해 봐. 네가 아무리 마스터라고 해도 우리 둘이서 성안에 갇힌 네 아버님을 구할 순 없는 거라구! 병사도 가득할 테고 기사도 무진장 엄청 많을 거야. 네 형들을 염두에 둬서 그중 대부분은 크루세이더일 가능성이 높고 아마 몇 명 정도는 마스터도 있을 거야. 그런데 무슨 수로 우리 둘이서……."

레온은 손을 뻗어 알의 어깨를 잡았다. 단 한 번의 동작으로 알의 말문을 막은 레온은 그의 어깨를 잡은 손에 힘을 주며 말했다.

"괜찮아, 알. 가는 건 나 혼자 할 거야."

"알의 말대로 그렇게 쉽지는 않을 텐데?"

이미 결심이 굳은 레온에겐 렌베토의 충고도 받아들여지지 않았다.

그는 똑바로 렌베토의 눈을 쳐다보며 반문했다.

"저에게 '공작을 구하러 온 게 아니었나?' 라고 하셨지요? 그리고 아무런 병사도 이끌지 않고 이곳에 왔다는 것은… 공작을 구해내는 것에 반대가 없다는 뜻이라고 생각해요. 뭔가 도움을 줄 것이라 생각되는데, 틀렸나요?"

"렌베토 경이 돕는다고 해도… 불가능할 거야, 레온."

"확실히 성으로 들어가는 것은 불가능하네."

그렇게 대답하며 렌베토는 빙긋 미소를 지었다.

"하지만 공작과 버나드 경이 성안의 감옥이 아니라 바깥에 있다면 상황이 달라지겠지?"

"네?"

두 사람이 똑같이 반문하자 렌베토는 왼손을 펴서 두 사람에게 내밀었다.

"현재 근위대의 상황은 크게 셋으로 분열되어 있네. 아무래도 근위대에 가장 큰 영향력을 행사하던 윌리엄 공작과 근위대의 실질적인 리더인 버나드 경의 실각이 큰 이유겠지. 이를테면 구심점인 두 사람이 사라짐으로 인해서 내부 분열 조짐을 보이고 있다는 거야."

렌베토는 첫 번째 손가락을 접었다.

"첫 번째, 마스터의 수는 레스터가 제일이지만 크루세이더의 숫자는 콘버드를 따라갈 수 없다는 것! 근위대에는 버나드를 중심으로 다섯 명의 마스터가 소속되어 있었지만 그 밑은 콘버드의 크루세이더가 장악하고 있기 때문에 버나드가 실각된 지금에 있어선 기리안 대공의 권한이 절대적일 수밖에 없네."

렌베토는 두 번째 손가락을 접었다.

"두 번째, 근위대에서 레스터 출신의 기사들, 특히 마스터 네 명을 포함한 이들은 근위대에서 20% 가까이 차지하고 있지만 현재 철저한 감시가 행해지고 있어 움직일 수 없다는 것. 이를테면 근위대의 분열에서 이들은 반대파로 차후에 숙청 대상이 될 수 있다는 것이지. 물론 이들을 규합하려는 움직임, 즉 아직 잡히지 않은 키렌을 제거하기 위한 미끼로 활용될 가능성도 있네."

세 번째 손가락을 접은 후 렌베토는 천천히 허리를 펴며 앉았다.

"세 번째, 윈저와 리저드 출신의 근위대는 비교적 숫자가 적은데 이들은 현재 중립을 지키고 있다는 점이네. 할튼 리저드 후작은 현재 수도에 있지만 대제후들의 회동 때 참가하지 못했기 때문에 직접적으로 이번 일에 관여하지 않았고……."

렌베토는 양손을 잠시 휘저었다.

"윈저 대공께서 이번 일에 관여하는 것은 누구라도 달갑지 않을 테니까 전혀 알려지지 않았던 것 같네. 대공 자신도 귀찮은 일에 휘말리는 것을 싫어하실 테고, 기리안 대공 역시 윌리엄 공작을 실각시킨 후에 그 자리를 윈저 대공께서 들어서는 것을 좋아할 리 없으니… 뭐, 그렇다는 얘기지."

"저어……."

한참을 듣고 있던 레온이 드디어 입을 열었다.

"꽤 복잡한 설명이었습니다만, 요점은 전혀 나오지 않았는데요? 대체 아버진 어디에 있다는 거죠?"

"전혀… 모르겠나?"

"전혀요. 알, 넌 알겠어?"

"…제 생각에도 요점이 빠져 있습니다, 렌베토 경."

쳇, 하고 혀를 찬 후에 렌베토는 다시 설명하기 시작했다.

"근위대가 분열되었다는 것은 이제 이해하겠지? 국왕파와 레스터파, 그리고 중립으로 말이야. 그리고 근위대는 현재 기리안 대공의 손에 있다고 봐도 과언이 아니란 말이네. 자, 만약 이 상황에서 외부로부터 누군가 레스터파를 움직인다면, 그는 누구일까?"

"키렌 형이겠죠."

별 생각 없이 레온이 대답했다.

"좋아. 그럼 만약에 키렌이 수도로 잠입했다면 그는 누구에게 도움을 청할까?"

"형은 친위대에 소속되어 있으니… 하지만 역시 레스터파에게 도움을 요청하겠군요?"

"맞았어. 즉, 레스터파를 감시하는 건 키렌을 잡기 위해서야."

렌베토는 잠시 말을 끊고 레온을 똑바로 쳐다봤다.

"이해하겠어?"

"네."

대답하는 레온의 얼굴을 빤히 쳐다본 렌베토는 그가 전혀 이해하지 못하고 있다는 사실에 실망감을 감추지 못했다. 그때 알이 퍼뜩 깨닫고 무릎을 탁 치며 감탄했다.

"그렇군요! 저들은 키렌만을 염두에 두고 있어요. 형제 중에 숨겨진 마스터가 있다는 사실을 전혀 모르고 있군요."

"맞았어!"

렌베토가 의기양양하게 소리쳤다. 그러나 여전히 레온은 이해를 하지 못했다. 그가 알려져 있지 않다는 점이 왜 중요한지 전혀 알 수 없었다.

"그게 뭐가 중요하지요?"

"바보야! 네가 아버지를 구하려 할 때 누구의 도움을 받아야겠다고 생각하겠어?"

"응?"

레온은 잠시 궁리를 한 끝에 고개를 저었다.

"난 수도에 아는 사람이 전혀 없어. 사실 아버지의 집도 제대로 모르고 있는걸."

"바로 그거야! 우린 근위대에 레스터 출신이 얼마나 있는지, 그들이 어떤 상황인지도 알 수 없잖아? 즉, 우리로선 레스터 출신의 기사들과 접촉할 이유가 전혀 없다구. 게다가 우리가 수도에서 알고 있는 유일한 기사 분인……."

알은 렌베토를 향해 빙긋 미소를 지었다.

"렌베토 경은 근위대에서도 중립에 속해 있다구! 이제 이해하겠어?"

그제야 눈치 챈 레온은 놀라 입을 쩍 벌렸다.

"그럼 아버지를 구하려는 사람들 중에 내가 유일하게 성공할 수 있다는 거야?"

"가장 확실하다는 얘기지. 아니, 반드시 성공해야만 하네."

"하지만 전 아버지가 어디에 있는지 전혀 모르고 있어요."

"물론 그렇지. 그러니까 내가 여기 온 것이라네. 중립적인 위치를 견지하고 있지만 난 윈저를 대표하는 기사일세. 쉽게 공작 각하를 구출할 수는 없다는 얘기지. 내가 해줄 수 있는 건 공작을 구출해서 빠져나갈 때까지 도울 수 있을 뿐, 실질적으로 구하러 가는 건……."

렌베토는 레온을 똑바로 가리켰다.

"자네여야만 하네."

레온이 천천히 고개를 끄덕이자 렌베토는 이어서 말했다.

"공작과 버나드 경, 그리고 다이크 공자는 콘버드 대공의 저택에 감금되어 있다네."

잠시 긴 침묵이 흘렀다. 뭔가 엄청난 곳에 갇혀 있을 거라고 예상하던 두 사람은 그의 입에서 전혀 뜻밖의 장소가 나오자 잠시 말문이 막혔다. 그리고 동시에 놀란 목소리를 냈다.

"네?"

"사실이네. 다들 성안에 있을 거라는 예상을 뒤엎기 위한 대공의 술책으로 이 사실을 아는 이는 겨우 몇 명에 불과하네. 게다가 저택이라고 해서 만만히 볼 수는 없네. 약 삼십여 명의 크루세이더에 마스터가 대기하고 있으니까. 그리고 현재 맥클리스 경이 오고 있으니까 시간이 지나면 더욱 견실해지겠지."

"괴, 굉장해요! 그걸 어떻게 알아냈죠?"

레온의 감탄에 렌베토는 자랑스럽게 대꾸했다.

"윈저의 정보력을 가볍게 보면 곤란하지. 게다가 윈저라고 하면 마법사를 제일로 쳐주지 않나? 그 정도야 식은 죽 먹기지."

사실 그 정보를 알아내기 위해 여러 명의 마법사와 밀정들을 동원했지만 렌베토는 전혀 내색하지 않았다. 그는 손바닥을 비비며 레온을 응시했다.

"자, 오늘 밤이라도 당장 구하러 가도록 하게. 준비는 내가 모두 해놨으니 말이야."

"잠시만 기다리세요, 렌베토 경. 만약 구출이 성공한 후에 우린 어디로 빠져나가지요?"

알의 질문에 렌베토는 얼굴을 찡그렸다.

"아마 당장은 빠져나가기 힘들 걸세. 우선은 이곳 어딘가 숨어 있어야 하는데, 여관이나 레스터 출신의 기사 저택은 불가능할 테고, 내 집이라면 괜찮을 거네."

"아니오, 그건 위험할 것 같습니다."

"그래요. 저희 때문에 렌베토 경이나 윈저 대공에게까지 폐를 끼칠 수야 없지요."

그렇게 말하며 레온은 알을 쳐다봤다. 그가 이런 얘기를 꺼낸 것은 뭔가 좋은 방법이 있음을 믿기 때문이었다. 그리고 알은 그런 레온의 믿음을 배신하지 않았다.

"새벽에 구출하여 동이 틈과 동시에 동문으로 빠져나가겠습니다."

"동문? 그쪽은 위험하네. 레스터 쪽이라 경비가 삼엄할 것이네."

"아니오, 괜찮습니다."

알은 싱긋 미소를 지었다.

"오늘 동문 경비를 맡은 사람들이 다시 경비를 맡으면 되니까요."

렌베토는 무슨 뜻인지 영문을 몰라 고개를 갸웃거렸다. 그러나 레온은 곧 알의 생각을 짐작하고 같이 미소를 지었다.

"우린 치즈를 팔고 포도주를 사서 돌아가는 거로군? 그렇지, 알?"

"그래, 맞았어. 커다란 포도주 통이라면 두 사람을 숨길 수 있겠지."

알은 렌베토를 쳐다보며 부탁했다.

"이중으로 만들어진 통을 두 개 준비해 주세요."

"오호! 사람이 들어간 후에 포도주를 넣어서 위장하겠다? 괜찮은 생각인걸?"

"네. 그리고 포도주 병도 몇 상자 준비해 주시구요. 가능하겠지요?"

"그건 뭐에 쓰려는 건가?"

“물론…….”

알은 킥킥 웃었다.

“팔려는 것이지요.”

렌베토가 조사한 바에 의하면 그날 동문 수비를 맡았던 경비대는 이틀 후에 다시 교대를 한다고 했다. 덕분에 약간의 시간을 벌게 된 레온과 알은 다음날 치즈를 팔러 시장에 나갔다. 물론 포도주를 사는 것도 겸해서였다.

비싸게 팔기보다는 빨리 팔아치워야 한다는 데 목적을 두었기에 오전 일찍 치즈를 판 두 사람은 이번엔 포도주의 시세를 알아보며 시장을 돌고 있었다. 이번엔 성문에서 검문을 받아야 할 것이기 때문에 두 사람은 꽤 신중하게 고르기로 했다. 가격은 물론 상표에도 신경을 썼다. 어쨌든 경비대에서도 납득할 만한 물건을 사야 하는 것이다. 그저 포도를 발효시켜 만든 술이면 다 되는 것이 아니다.

“페로즈에서도 브린이란 상표는 꽤나 유명해. 이걸로 하는 게 어떨까?”

막 상점을 나서며 레온이 물었다. 성에 있을 때에 레온은 식사와 함께 포도주를 자주 먹었다. 당연히 알보다는 포도주에 대해 잘 알고 있었고, 브린이란 상표가 붙은 포도주는 그중에서도 고급품이라는 걸 기억해 냈다.

“가격도 중요하지만 무엇보다 대량으로 사야 한다는 걸 잊지 마.”

알도 자신의 의견을 덧붙였다. 현재 두 사람이 고르는 것은 병에 든 포도주가 아니라 통에 든 것이었다. 경비대에서 조사할 가능성은 적었지만 만에 하나라도 의심을 살 만한 일은 없어야 했다.

“본점에 가보면 통으로 파는 것도 있을지 몰라.”

“그럼 가서 찾아보도록 할까?”

두 사람은 서둘러 본점으로 향했다. 이미 주류점에서 위치를 물어본 두 사람은 시장을 가로질러 골목으로 들어섰다.

“레온 오빠, 알 오빠~”

갑자기 뒤에서 상냥하고 나긋나긋한 목소리로 두 사람을 부르는 사람이 있었다. 누군가 하고 돌아본 두 사람은 느닷없이 나타난 얼굴에 기겁을 하며 놀랐다.

예쁘장하게 생긴 아가씨가 그들을 빤히 쳐다보고 있었다. 파스텔 톤의 드레스와 챙이 짧은 둥근 모자를 머리 위에 살짝 걸친 그녀는 바로 마리오네였다. 방금 두 사람을 부를 때의 목소리가 그녀의 입에서 나왔다고 상상하기 힘들 정도로 무표정한 얼굴도 여전했다.

“마, 마리오네……!”

그리고 그 마리오네는 바로 기리안 콘버드 대공의 딸이었다. 순간 두 사람은 등 뒤로 식은땀이 흘렀다. 그녀는 레온이 공작의 아들이란 사실을 알고 있었다. 그런 그녀가 아직까지 페로즈에 있을 거라곤 생각도 못한 것이다.

“오랜만이야. 이런 곳에 있을 줄은 몰랐어.”

그녀의 입꼬리가 살짝 움직이며 미소가 지어졌다.

“시장에 나오길 잘한 것 같아.”

“그, 그래. 만나서 반가워, 마리오네. 근데 우린 바빠서 이만 가야 할 것 같아.”

“혼자 나온 거야?”

레온이 말을 더듬는 사이 알이 가로채어 물었다.

“응. 집이 좀 소란스러운 것 같아서.”

그 이유를 알고 있는 두 사람의 얼굴이 굳어졌다. 레온은 다짐하듯 마리오네에게 말했다.

“우리 만났다고 말하지 말아줄래?”

“전처럼 말이지?”

예전에 레온은 자신이 공작의 아들이란 사실을 말했을 때 비밀로 해달라고 신신당부했었다. 혹시라도 기리안 대공이 레온의 정체를 알고 있다면 구출 작전은 크게 틀어지게 된다.

“그래, 그때처럼 말이야.”

레온은 싱긋 미소를 지은 후 조심스럽게 마리오네에게 물었다.

“혹시 누구에게 말한 건 아니지?”

“응. 전혀.”

“그래, 잘했어. 어쨌든 이만 갈게. 오늘 만난 것도 비밀로 해줘.”

“알았어. 그러길 바란다면 그렇게 할게.”

대답을 하면서도 마리오네는 선뜻 헤어질 생각을 하지 않았다.

“한데 레온 오빠.”

“응?”

레온이 돌아보자 마리오네는 담담하게 물었다.

“공작께서 잡혀갔다고 들었는데 이렇게 돌아다녀도 되는 거야?”

마치 다른 사람 이야기를 하는 것 같은 단조로운 어조였다. 그러나 듣는 레온으로선 머리 끝이 쭈뼛 곤두서는 섬뜩한 느낌이었다. 레온의 얼굴이 순식간에 구겨지며 할 말을 잃은 채 입만 벙긋거렸다.

“알고 있었냐, 마리오네?”

“응. 수도가 떠들썩할 정도니까.”

질문을 던진 알은 슬쩍 레온을 향해 의미심장한 눈빛을 보냈다. 그러나 그의 의도와는 달리 레온은 당황한 채 전혀 눈치 채지 못하고 있었다.

"나 인질 되는 거야?"

알아들은 사람도 있었다. 불행하게도 당사자였지만.

"캑! 마, 마리오네!"

놀란 알은 사레에 걸려 기침을 했다.

"너, 지금 상황을 제대로 파악하고 있는 거야? 지금 네가 만나고 있는 사람들이 어떤 사람들인지 알고 있는 거냐구?"

"응."

마리오네는 우아한 몸짓으로 오른손을 들어 레온을 가리켰다.

"윌리엄 레스터 공작의 막내아들인 레온 오빠, 그리고 친구인 알 베자스."

라고 말하려 했지만 그녀의 말은 중간부터 이어지지 못했다. 깜짝 놀란 알이 서둘러 그녀의 입을 막아버렸기 때문이다. 거친 손으로 마리오네의 입을 막은 알은 곧 주위를 둘러봤다. 다행히 으슥한 길이었기 때문에 이쪽을 주시하는 사람은 없었다. 알은 다소 안도를 하며 손을 떼었다.

"펫, 펫. 맛이 써, 오빠."

침을 뱉는 모습조차도 담담한 마리오네였다. 그러나 그녀를 바라보는 알의 눈빛은 매섭게 빛났다. 책망하는 빛을 가득 담은 알의 눈빛에 마리오네도 담백함으로 맞섰다.

"마리오네, 널 인질로 할 생각은 전혀 없어. 그러니까 우릴 봤다는 건 잊도록 해. 우리가 이곳에 있다는 것도, 레온이 그분의 아들이란 사실도 몽땅 말이야. 알았지?”

으름장을 놓은 알은 서둘러 레온의 소매를 잡아채 자리를 벗어나려 했다. 묵묵히 듣고 있던 마리오네가 입을 열었다.

“도와줄게.”

무슨 소린가 하고 두 사람이 다시 고개를 돌렸다. 그녀는 조금 씁쓸한 얼굴로 레온을 향했다.

“미안해, 오빠. 이번 일… 우리 아버지가 했다고 하더라… 내가 인질이 되어줄게. 어쩌면 오빠 아버님 풀려날지도 모르잖아?”

그녀의 목소리는 약간씩 떨리고 있었다. 평상시와 다른, 감정이 묻어 있는 그녀의 목소리와 표정을 대하며 레온은 뭐라고 말해야 할지 우물거렸다. 잠시 머뭇거리던 레온은 겨우 용기를 내서 말을 꺼냈다.

“괜찮아. 그냥 마음만 고맙게 받을게. 그리고 내 생각엔 좀 더 복잡한 사정이 얽혀 있는 것 같아서… 아마 널 인질로 해도 풀려날 가능성은 없을 거야. 그러니까 넌 신경 쓰지 않아도 돼.”

“그렇지만…….”

툭 치면 방울방울 커다란 눈물이 쏟아질 것 같은 얼굴의 마리오네였다. 혹시 자신의 말 때문은 아닐까 걱정된 레온이 어쩔 줄 몰라 하는 동안 알이 성큼 앞으로 나섰다. 그는 천천히 마리오네 앞으로 걸어가더니 오른손을 꽉 움켜쥐고 그녀 머리를 가볍게 쥐어박았다.

그리고 미소를 지으며 알은 물었다.

“도와줄래?”

마리오네는 커다란 눈을 들어 알을 올려다봤다. 그리고 살짝 고개를 끄덕였다.

“그럼 먼저 하나만 물어볼게. 너, 지금도 후원에 있니?”

기리안 대공의 저택은 외성에 있는 건물 중에 첫째 가는 큰 부지를 갖고 있었다. 문에서 저택까지 들어가는 길 자체도 탈것이 있어야 할 정도였고 저택 이외에 뒤쪽으로는 정원이 있었다. 그리고 그 정원을 배경으로 후원이 마련되어 있는데, 마리오네는 그곳에 여장을 풀었었다.

그리고 어제 렌베토에게 전해 듣기로 그 후원에 공작 가족이 붙잡혀 있다고 했다.

"아니. 요즘 그곳엔 콘버드에서 온 기사들이 머물고 있어. 그래서 난 그 뒤에 별장에 머물고 있는 중이야."

"그 뒤로 별장이 또 있었어?"

예상외로 큰 저택이군 하고 속으로 중얼거리며 알은 고개를 끄덕였다. 별장에 머물고 있다면 전에 후원에 머물렀던 것처럼 조용하고 인적이 드물 것이 틀림없었기 때문이다. 마리오네의 성격이 원래 혼자 지내는 편이라 기리안은 따로 거취를 마련해 줬었다. 혹시나 하고 물었는데 역시나 하는 대답이 나왔으니 알은 안성맞춤이라고 생각했다.

그는 미소를 지으며 마리오네의 동그란 어깨를 토닥였다.

"좋아. 이제부터 넌 우리 인질이야. 알았지?"

"응."

그의 속내는 모르는 채 마리오네는 기뻐서 얼른 고개를 끄덕였다.

그 후, 브린 주류점을 들러 '친구가 기다리고 있다' 라는 여관으로 돌아온 두 사람은 마리오네를 밑에 놔둔 채 위로 올라갔다. 방에는 이미 렌베토가 와서 기다리고 있는 중이었다.

밑에 마리오네가 와 있다는 말에 렌베토의 얼굴은 금세 파랗게 질렸다.

"자, 자네 미쳤나? 마리오네 공녀를 왜 이곳에 데려온 것인가?"

"인질이래요."

아무 생각 없이 대답한 이는 레온이었다. 그 말에 렌베토의 얼굴은 더욱 파랗게 질렸다. 그는 놀라 말을 더듬거렸다.

"공녀를 인질로 삼다니, 일을 조용히 처리해도 될까 말까 한 이때에 그게 될 말인가?"

들어오자마자 짐을 챙기던 알이 입을 열었다.

"제 생각이었습니다, 렌베토 경."

"어쩔 생각인 거지? 뭔가 수가 있는 건가?"

"물론이죠."

바쁘게 짐을 챙기며 알은 대꾸했다.

"계획대로 구출 작전은 오늘 새벽에 시행할 겁니다. 포도주 통은 준비가 되었습니까?"

"그 점은 염려하지 말게. 밖에서 두드리는 것만으로는 아래쪽이 비었다는 걸 전혀 눈치 챌 수 없도록 완벽에 가까우니까. 사람이 들어간 후에 곧바로 포도주를 담고 밀폐해서 위장하는 것도 걱정 없네. 그리고 통 밑으로 작은 구멍을 뚫어서 호흡이 어렵지 않게 해놨네."

"잘됐군요. 포도주는 브린 상표로 했습니다. 오늘 저녁에 이곳으로 배달될 테니 경께서 받아주십시오."

"뭐?"

뜻밖의 부탁이라고 생각한 렌베토는 곧장 반박했다.

"난 전면에 나서지 않기로 했지 않나? 나보고 받으라니… 그럼 자네는? 포도주 통을 저택 밖에 대놓고 있기로 하지 않았었나?"

"그 부분의 예정을 바꾸겠습니다."

짐을 다 챙긴 알이 몸을 일으켰다. 그리고 똑바로 렌베토를 쳐다보며 단호하게 말했다.

"믿을 수 있는 사람에게 맡기면 경계서 나서지 않아도 되겠지요? 포도주를 준비해서 저택 부근에 대기시키면 됩니다. 저는 레온을 따라 대공 저택으로 잠입하겠습니다."

"무슨 소리야, 알?"

깜짝 놀란 레온이 다급하게 외쳤다. 곁에 있던 렌베토도 고개를 저으며 그의 의견을 부정했다.

"위험해. 자넨 오히려 짐이 될 뿐이야. 가지 않는 게 좋아."

"괜찮을 겁니다."

알은 생각해 뒀다는 듯 미소를 지었다.

"보초란 건 원래 바깥에서 침입해 들어오는 적을 감시하기 위한 것 아니던가요?"

"물론 그렇지. 하지만……."

그렇게 대답하던 렌베토는 뭔가 생각이 난 듯 이마를 짚었다.

"혹시… 마리오네 공녀를 인질로 하겠다는 건……?"

"네, 우린 지금부터 공작 저택으로 갈 겁니다. 물론 손님으로서."

"공녀께서!"

렌베토는 빠르게 생각을 정리하며 다급하게 물었다.

"이번 구출에 대해 알고 있는 건가? 도와주시겠다고 했는가?"

"마리오네는 모릅니다. 하지만 도움을 받을 순 있을 겁니다."

마리오네에게 '넌 우리 인질이야'라고 말했을 때 이미 모든 계획을 잡아둔 알이었다. 비록 마리오네를 속이는 것 같아 썩 좋은 기분은 아니지만 그 점에 대해서도 '뭐, 신용과 관련된 것도 아닌걸' 하고 이미 자위하고 있었다.

알의 생각을 짐작했는지 렌베토는 천천히 고개를 끄덕였다.

"확실히 외부에서 들어가는 것보다 내부에서 일을 벌이는 것이 더 쉬울지도 모르겠군. 자네 말대로 하세."

렌베토가 허락을 하자 알은 곧바로 작전에 대해 재확인을 거쳤다. 그리고 레온과 함께 밑으로 내려갔다.

마리오네는 여관 1층에 마련되어 있는 주점의 작은 탁자에 얌전히 앉아 있었다. 그녀는 두 사람이 내려오자 얼른 몸을 일으켰다.

"이제 어디로 가는 거야?"

감정 표현이 서툰 마리오네로서도 불안한 모습을 보였다. 그런 그녀를 안심시키려는 듯 알은 얼굴 가득 미소를 지었다.

"이젠 집으로 가야지."

"집?"

"그래, 대공 저택으로 가는 거야. 정확하게는 네가 지내고 있다는 별장으로 말이야."

"별장?"

마리오네의 눈동자가 살짝 커졌다.

"난 인질이라며?"

"물론. 그러니까 별장에서 인질이 되어줘야지."

알은 짐짓 무서운 표정을 지으며 협박을 했다.

"우릴 숨겨주지 않으면 널 잡아먹을 거야!"

"풋!"

마리오네의 눈이 가늘어지며 살짝 미소를 지었다. 그리고 이내 고개를 까딱이며 맞장구를 쳤다.

"네, 네, 꼭꼭 잘 숨겨줄게요."

"물론 그래야지."

두 사람의 대화를 지켜보던 레온은 속으로 꽤나 놀라고 있었다. 처음 만났을 때보다 훨씬 표정이 다양해진 마리오네에 대해서 무척이나 놀랐다.

'미소 지으니까 상당히 귀엽잖아……'

하고 레온은 중얼거렸다.

상점을 나서며 알은 문득 머리 위에 매달려 있는 간판에 눈을 돌렸다.

'친구가 기다리고 있다. 잠잘 수 있음'라고 쓴 간판을 슬쩍 쳐다본 알은 잠시 수요에 대해 생각했다. 수요 나름대로 이곳에서 만나자고—물론 일방적이긴 했지만—약속하고 간 것인데 이렇게 떠나 버리면 이제 못 만날 가능성이 컸다.

'이거 장사 이외엔 믿을 수 없다는 거… 정말일지도 모르겠는걸……'

어느새 앞서 걷고 있는 마리오네의 짧은 단발머리로 눈을 돌리며 알은 씁쓸하게 웃었다.

성벽 위로 낮게 해가 걸쳐질 무렵에 수요는 동문 근처의 공원에 있었다.

한 손에 얇게 저민 베이컨이 들어간 빵 조각을 들고 그는 연신 주변을 두리번거렸다. 물론 열심히 빵 조각을 뜯어 씹는 것도 잊지 않았다.

"젠장, 이럴 줄 알았으면 돈을 좀 달라고 하는 건데. 하루를 공칠 줄은 생각도 못했단 말야."

마지막 한 조각까지 입 안에 쑤셔 넣고는 아쉬운 듯 손가락을 쪽쪽 빨며 그는 투덜거렸다. 대충 허기를 면한 수요는 근처 벤치에 앉아 지나다니는 사람들을 구경했다. 사실은 공원을 다니는 사람들이 줄어들기를 기다리는 것으로 그는 이곳에서 중요한 볼일이 있었다.

잠시 후 공원에 몰려 있는 사람들의 수가 점차 줄어들고 한밤의 데이트족이 쌍쌍이 나타나 여기저기 수풀 사이로 사라지는 것을 느긋하게 지켜볼 수 있었다. 그리고 또 한참이 지나서 어둠이 짙게 깔리자 그는 천천히 몸을 일으켰다.

야릇한 음성이 어느 공원 모퉁이에서 들려와 호기심이 동하긴 했지만 수요는 꿋꿋이 발걸음을 옮겼다.

"어이, 어이, 지금은 그런 거 훔쳐 볼 때가 아니야."

애써 스스로를 타이르며 수요는 공원 가운데의 분수대로 다가갔다.

굵은 기둥 위에 네 마리 사자가 입을 벌리고 포효하고 있었고 그 입에서 끊임없이 물을 토해내고 있었다. 위엄있어야 할 사자치고는 잘도 물을 뿜어내고 있다고 생각하며 수요는 쓰게 웃었다. 볼 때마다 어이가 없는 석조물이라고 생각했지만 지금은 그런 걸 생각할 때가 아니었다. 그는 곧 주변을 둘러본 후에 분수대 안으로 걸어갔다.

사자가 토해내는 물은 작은 폭포를 연상시켰다. 어두운 밤에는 그 안에 사람이 있어도 잘 보이지 않을 정도였다. 수요는 무릎까지 차는 물을 헤치며 터벅터벅 걸어가 어른 셋이 팔을 벌려야 닿을 만큼 두툼한 기둥 앞에 섰다. 그리고 다시 한 번 주변을 살펴 아무도 없는 것을 확인한 후에 그는 기둥 한쪽 모서리를 매만졌다. 알고 있었던 것처럼 능숙한 손길로 몇 번 돌리고 누르자 기둥 위에 사람 한 명이 다닐 수 있을 만큼의 큼직한 구멍이 생겼다.

수요는 망설임없이 그 구멍 속으로 들어갔다. 지하로 연결되는 사다리에 다리를 걸친 후 다시 기둥의 문을 닫자 곧 캄캄한 어둠이 찾아왔다. 머리 위로 물이 뿜어지며 나는 소리가 들렸고 물줄기가 솟구치는 진동이 사다리를 통해 미세하게 느껴졌다.

잠시 어둠에 눈이 익숙해질 때까지 사다리에 매달려 있던 수요는 천천히 아래를 향해 움직였다. 분수대를 통과하느라 젖었던 몸이 가을 저녁의 찬 공기에 오싹해 왔다.

얼마 내려가지 않아 수요는 바닥에 내려섰다. 하지만 여기서부터 또 다른 입구를 찾아야만 했다. 어차피 이 기둥의 통로는 분수대를 수리할 때 종종 사용되던 것, 그렇게 큰 비밀도 아닌 것이다.

품에서 양초와 부싯돌을 꺼낸 후 수요는 불을 밝히기 시작했다. 몇 번 부싯돌을 부딪쳐 불꽃을 내려고 했지만 이미 축축하게 젖은 부싯돌은 뜻대로 켜지지 않았다.

'젠장' 하고 투덜거린 후 수요는 벽을 더듬었다. 일전에 봐두었던 분수대를 관리하는 기술자가 놔둔 것 같은 부싯돌을 찾는 것이다. 축축한 느낌이 손바닥을 타고 온몸을 흘렀다. 오싹오싹한 느낌이 세 번 정도 몸을 강타했을 때 수요는 손바닥에 부싯돌 두 개를 쥘 수 있었다.

탁! 탁!

환하게 불이 밝혀졌다. 불빛 속에 벽 이곳저곳에 이끼가 낀 모습이 보였다. 수요는 주변을 둘러본 후 곧장 어느 한구석에 쪼그리고 앉았다. 그리고 다시 벽 이음새에 튀어나온 벽돌들을 순서대로 누르고 돌렸다.

끼이익ー

돌로 만들어진 한쪽 벽이 뒤로 물러서며 새로운 통로를 만들어냈다.

수요는 부싯돌을 제자리에 놓으며 양초를 쥐고 그 안으로 걸음을 옮겼다. 촛불이 흔들리며 수요의 그림자가 춤을 추기 시작했다. 그리고 뜨거운 촛농이 그의 손등으로 떨어졌다.

"앗 뜨거! 으이그, 지겨워. 젠장, 오늘은 꼭 만나야 하는데……."

수요는 지하로 내려가는 계단 앞에서 투덜거렸다. 잊지 않고 벽을 닫아 흔적을 없애는 것까지 꼼꼼하게 일 처리를 한 후에 그는 계단을 내려가기 시작했다. 천천히 한 걸음을 내디디며 그는 중얼거렸다.

"삼백, 이백구십구, 이백구십팔, 이백구십칠……."

계단의 숫자를 알고 있는 그는 거꾸로 숫자를 세며 아래로 내려갔다.

"일단 들어오긴 했는데……."

알은 터번 밑으로 손을 넣어 머리를 긁적이며 정면을 주시했다. 눈앞을 가득 메운 나무와 나뭇잎과 나뭇가지와 그 사이에 얼굴을 빠끔이 내밀고 있는 다람쥐까지 자세히 살펴보고 있었다. 숲이라고 부르긴 뭐했지만 별장 주위는 정면을 포함해 좌도 우도, 그리고 뒤로도 나무가 들어서 있어 뻥 뚫린 곳은 유일하게 하늘뿐이었다.

"이래서야 담을 넘어 들어오는 것과 별 차이가 없잖아?"

정문을 들어와 저택을 지나쳐 후원을 돌아서 나무를 헤집고 별장에 도착하는 상당히 먼 거리를 와서야 알은 예상이 크게 벗어났다는 것을 깨달았다. 의외로 대공의 저택은 넓었다. 게다가 별장에 도착한 후에야 원래의 용도가 별장이 아닌 작은 신전, 즉 기도용으로 쓰기 위함이라는 것을 알았다. 하긴 마리오네에게 있어선 더없이 좋은 장소겠지만,

그리고 숨어 지내기에도 더없이 좋은 장소겠지만 확실히 이곳에서 내부로 잠입한다는 작전은 크게 틀렸다고 볼 수 있었다.

"그래도 뒤쪽으로는 담이 있어서 다행이야. 도주하기엔 안성맞춤이잖아?"

"뭐, 그야 한 가지 이득이긴 하지. 마차랑 창고는 뒤쪽에 있을 테니까 말이야."

벌써 별장 옥상을 올라가 주변을 정찰한 레온이 뒤쪽 담이 가깝고 원래 포도주로 위조해 사람을 숨길 통을 놔두기로 했던 건물이 가깝다는 것을 알려왔다. 하지만 이래서야 당초의 계획대로 잠입하는 것은 레온 혼자여야만 할 것 같았다.

"뭐, 할 수 없지. 원래의 계획대로 잠입은 너 혼자 해야겠어. 난 곧장 담을 넘어서 준비를 마칠 테니까. 괜찮겠지?"

"응. 그 편이 나도 좋을 것 같아."

간단하게 승낙하는 레온의 얼굴을 살피며 알은 안도의 한숨을 쉬었다. 친구로서 함께 위험을 무릅쓸 수 없어서 미안한 마음이 들긴 했지만 어쩔 수 없었다. 의리를 앞세워 따라갔다간 분명 자신은 짐이 될 것이 분명할 테니까 말이다.

레온이 검술 실력이 뛰어나다고는 하지만 그래도 걱정이 되었다. 그러나 이제 알은 그 점에 대해선 의심하지 않기로 했다. 오히려 경험이 적다는 것과 마음이 여리다는 것이 걱정이었다. 무사히 들키지 않고 구해올 수 있다면 다행이겠지만, 그렇게까지 운이 좋을 거라는 생각은 들지 않았다. 분명 누군가 알아챌 수도 있을 텐데 그때 과연 레온의 검이 상대를 벨 수 있겠는가 하는 점이었다.

알은 한숨을 쉬며 캄캄한 하늘의 별을 향해 시선을 돌렸다. 그리고

곁에서 '카논의 세이버' 가 들어 있는 가죽 주머니를 움켜쥔 레온에게
물었다.

"너, 생명을 죽여본 적이 있니?"

"전에 페나즈 숲에서 몬스터로 변한 성주를 벤 일도 있잖아."

의외라고 생각한 알이 얼른 레온을 돌아봤다. 기억력이라든가 지식
은 많았지만 의외로 응용력은 떨어져 곧잘 알과 수요의 말이 무슨 뜻
인지 알아채지 못하는 경우가 많았던 레온이었다. 한데 이번엔 말하고
자 하는 뜻을 벌써 알아챘고, 멋진 대답을 하기까지 했으니 알이 의외
라고 생각한 것도 당연했다.

잠시 생각을 떠올려보던 알은 곧 고개를 저었다.

"사실 그 성주를 마지막에 죽인 것은 크리스틴이란 여기사였지 네가
아니었어. 네가 죽였다고 할 순 없지."

"그럴지도 몰라. 하지만 네가 말리지 않았다면 분명 내가 했을 거
야."

담담한 레온의 말이었지만 알은 크게 부정하진 않았다. 확실히 당시
에 레온의 분개한 모습은 처음 봤다. 다시 같은 일이 벌어진다면 도저
히 그 앞을 막아설 자신이 알에겐 없었다. 특히 콘버드의 대회장을 한
번에 날려 버린 광경을 목격한 지금은 더 더욱!

"마스터 한 명에 크루세이더 삼십 명. 괜찮겠어?"

다시 한 번 다짐하듯 알은 물었다. 레온은 간단하게 고개를 끄덕인
후에 손을 들어 알의 말문을 막았다.

"마리오네가 왔어."

그의 말이 끝나기 무섭게 방문이 열리며 마리오네가 들어섰다. 조용
한 성격만큼이나 소리없이 들어서는 마리오네였다. 레온이 주의를 주

지 않았다면 알로선 눈치 챌 수 없었을 정도였다.

"하녀들에겐 모두 입막음해 뒀어. 당분간은 안전할 거야."

마리오네는 단조로운 억양으로 말을 건네며 두 사람에게 다가왔다. 얼른 레온은 화사한 미소로 답례를 했다.

"고마워, 마리오네. 그래도 외간 남자를 집 안에 들여놓아서 다들 의심하지 않을지 모르겠어."

"괜찮아. 전에 왔을 때 봤기 때문에 별 의심은 하지 않는 것 같았어. 아마 내가 무슨 부탁할 일이 있어서 불렀겠지 하고 생각할 거야."

"그렇다면 다행이고."

레온의 대답을 들으며 알은 천천히 고개를 들었다. 구름 사이로 달이 가려지고 있었다. 그리고 알은 착잡한 심정으로 그 구름을 쳐다보고 있었다.

'예리해. 전에는 누가 곁에 오는 것조차 눈치 채지 못했던 때가 많았는데… 이렇게 예민한 녀석이 아니었다구.'

잘 웃는 성격에 화라곤 도무지 내지 않던 레온이었지만 한 번 뚜껑이 열리면 앞뒤 가리지 않고 돌진하기도 했다. 특히 자신이 당하는 고통보다 주위 사람들이 당하는 고통에 더 많이 분개를 하는 레온이었다. 그리고 그런 때의 레온은 정말 무서울 정도의 전투력을 보여주었다.

지금은 아버지와 큰형, 그리고 조카가 위험에 처해 있었다. 그런데도 평소보다 더욱 쾌활한 모습을 보이고 있다. 며칠 전까지 다 죽어가는 듯한 모습과는 엄청난 차이가 느껴질 정도로.

점점 기사다운 모습을 보이고 있다고 생각하며 알은 씁쓸하게 입을 다셨다.

'이 녀석 이대로 기사가 되는 건 아닐까……'

한기에 몸을 움츠리는 순간 기우뚱하며 중심을 잃고 의자에서 쓰러질 뻔했다. 얼른 정신을 차린 수요는 막 쓰러지려는 몸을 바로 세웠다. 그는 졸린 눈을 비비고 작은 불씨마저 꺼져 가는 화롯불을 쳐다봤다. 그리고 길게 하품을 하며 기지개를 켰다.

"하아암~ 잠시 졸았었나?"

천천히 몸을 일으킨 수요는 등잔의 심지를 조정해 불을 환하게 밝히고 배를 쓰다듬었다. 지하라는 특성상 바깥 날씨를 전혀 알 수 없다는 점 때문에 시간이 얼마나 흘렀는지 알 수 없었지만 적어도 배만은 정확하게 시간을 알려오고 있었다.

"배가 고프군……."

그렇게 중얼거렸을 뿐 수요는 금세 움직이려고 하지는 않았다. 오히려 다시 의자에 앉아 꺼져 가는 화롯불을 바라볼 뿐이었다.

수요는 넓은 석실의 구조를 이미 알고 있었다. 그리고 이 석실이 무슨 용도로 누가 만들었는지도 알고 있었다. 당연히 예비 장작이 어디에 있는지 비상 식량은 어디에 있는지도 알고 있다. 하지만 쉽게 장작이나 식량에 손을 대지 않는 것은 이곳에 얼마나 더 있어야 할지 알 수 없기 때문이었다. 기다리고 있는 사람은 나타나지 않은 채 벌써 하루를 공쳤다.

꼬르륵거리는 배꼽 시계에 의하면 이미 새벽이 훨씬 지난 것 같았고, 어쩐지 오늘도 틀린 것 같다고 수요는 생각했다. 날이 밝은 후라면 분수대를 통해 빠져나가는 것이 힘들었다. 움직이려면 지금이 낫겠다 싶은 수요는 벌떡 일어나 등잔을 집어 들었다.

그는 벽에 등잔을 들이밀어 환하게 밝히며 중얼거렸다.

"여기 어디에 돈을 놔뒀을 텐데 도무지 찾을 수가 없으니… 혹시 치워 버린 거 아냐? 그럼 정말 난감한데 말야."

문득 서고 사이에 놓여진 보라색 병을 발견하곤 입가에 미소를 지었다. 예전에 종종 하던 장난이 생각났던 것이다. 눈에 띈 병에 들어 있는 것은 수요가 마법 수업 때 만들었던 강력한 배탈약이었다. 그는 이것을 만들어 사람들에게 종종 사용하곤 했었다.

"압수해서 어디에 감췄나 했더니 여기에 뒀었군?"

병을 잡는 것과 동시에 수요는 주변을 두리번거렸다. 와인을 좋아하는 사람이었고 이곳 어디에도 와인이 있는 것을 봐뒀었다. '오랜만의 장난일 뿐이야' 라고 중얼거리는 수요의 눈은 묘하게 빛이 나고 있었다.

이윽고 와인병을 찾아 든 수요는 얼른 뚜껑을 땄다. 그리고 다시 유리잔 한 개를 꺼내 가득 와인을 붓고 한 모금 마셨다.

"카아~!"

오랜만의 와인은 수요의 뱃속 가득 식충이들을 얼큰하게 해주었다. 수요는 보라색 병을 열고 와인병에 듬뿍 약을 탔다. 그리고 보라색 병은 제자리에 놓고 와인병과 유리잔을 들고 식탁 가에 앉았다. 의자를 끌어다 놓고 와인의 냄새를 음미하며 수요는 만족스런 미소를 지었다.

"자아, 아주 즐겁게 장난을 쳐놓긴 했는데 말이야……."

그리고 일순 얼굴을 찌푸리며 투덜거렸다.

"기다리는 건 영 아닌데! 올 테면 빨리 오란 말이야."

낮에는 일이 많을 테니 이곳에 올 리 없을 거라고 추측하긴 했지만 오늘 하루는 기다려 봐야겠다고 수요는 생각했다. 어차피 돈도 없는데 비상 식량이라도 먹어대면서 하루 정도 소일하는 것도 나쁘진 않겠다고 자위했다. 물론 가만히 앉아서 기다리는 건 수요의 성격에 맞지 않았다. 그는 짜증이 치밀어 머리를 긁적이며 정면을 주시했다.

식탁 건너편 바닥에 작은 마법진이 새겨져 있었다. 이곳을 만든 주인이 올 때 사용하는 것으로 수요가 이곳을 빠져나갈 때에 직접 데려와 주기도 했었다. 그리고 지금 이곳을 통해 그가 오기를 수요는 기다리는 중이다.

수요는 다리를 꼬아 비스듬하게 의자에 앉으며 천천히 생각을 정리했다. 자신이 이곳에 와야 했던 이유, 자신이 돌아오기로 결심했던 이유에 대해 생각했다.

윌리엄 레스터 공작과 버나드 후작이 붙잡혔다고 한다. 레스터 영지로 수만의 근위병들이 달려갔다. 레스터가 제아무리 뛰어난 검사라고 해도 수만의 근위대를 이길 순 없다. 레스터의 멸망, 정확하게는 레스터 가문의 멸망은 초읽기에 들어갔다고 봐도 무방하다.

"뭐, 공작을 잡은 방법은 인질이나 약을 썼겠지. 기리안다운 수법이로군."

제법이야라고 덧붙여 중얼거린 수요는 와인잔을 들고 살며시 흔들었다. 잔 위에 작은 동심원이 그려지는 것을 지켜보며 그는 여전히 생각에 잠겼다.

이유를 알 수 없는 것 하나. 레스터 가문은 반란을 일으킬 명분이 없다는 것. 그 이상함 때문에, 무엇보다 공작이 몰락함으로 인한 힘의 불균형 때문에, 그리고 검술 선생과 친구로서 묘하게 맺어진 인연 때문에 그는 돌아왔다.

"나 때문일 거야. 지금 왕궁에서 당면한 문제 중에 이보다 더 큰 것은 없으니까. 한데 어째서……."

수요는 말끝을 흐렸다.

어째서 윌리엄 공작이 누명을 썼는가? 자신이 유람을 나간 것을 아는 그가 왜 진실을 말하지 않고 침묵했는가?

"아무리 약속이었다고 해도… 일의 경중을 따지지 않다니, 참 대단한 마법사야."

투덜거리는 수요의 눈앞에 빛이 번쩍였다. 마법진이 희미한 빛을 발하며 그 위로 한 사람의 모습이 나타나기 시작했다.

하늘에 해가 하나인 이유는 잠.을.자.라.고 그런 거다. 그리고 대부분의 사람들이 이 원칙을 지키기 위해서 편안히 침대에 누워 베개를 끌어안고, 혹은 서로의 몸을 끌어안고, 이불을 덮고, 이를 갈고, 코를 골며, 몸을 뒤척여 잠을 청하는 것이다. 간혹 몇몇의 만화가들과 밤손님들이 이 원칙을 지키지 않고 몸을 혹사하지만 대개의 사람들은 해가지면 잠을 자는 원칙을 고수하고 있다.

그런데 지금 이 저택엔 새벽이 되도록 잠들지 않은 몇 사람이 있었다. 저택 뒤의 작은 정원을 배경으로 후원과 그리고 그 뒤의 별장에.

"그럼 잠시 후에 보자. 행운을 빈다."

"응, 너도."

나무 숲 사이에서 말을 주고받은 이는 레온과 알이었다.

배낭을 짊어진 알은 천천히 뒷춤에 손을 넣어 드워프에게 받았던 단검을 꺼냈다. 그리고 레온의 손에 쥐어주며 '필요할지도 모르니 가져가' 라고 속삭였다.

물론 레온의 손엔 카논의 세이버가 조용히 들어앉아 숨 쉬고 있었다. 하지만 알의 마음을 알아챈 레온은 고개를 한 번 까닥하고는 휙 몸을 돌려 숲 사이로 걸어갔다. 가벼운 그의 몸동작에 알은 언뜻 망토 자락이 펄럭인 것 같은 착각이 들었다. 그리고 그는 다급하게 그를 불러 세웠다.

"레온!"

"왜?"

등 뒤로 고개를 돌리며 레온이 대답했다. 아버지와 형을 구하러 가는 자신을 방해하지 말라는 무언의 몸동작이 그의 전신에서 뿜어져 나왔다.

"네가 마차를 맡을 거니?"

"……."

"그쪽은 담이야."

홍당무처럼 붉어진 얼굴로 레온은 서둘러 반대 편으로 달려갔다. 그리고 레온이 가던 방향으로 알은 발걸음을 옮겼다.

"누구냐?"

마법진에서 모습을 드러낸 상대는 자신의 던전에 사람이 있다는 것에 놀란 것 같았다. 얼른 손을 올려 캐스팅을 하며 주문을 외울 준비를 했다.

"접니다."

아무리 장난을 좋아하는 수요라 해도 파이어 볼 따위를 맞으면서까지 장난을 치진 않는다. 대답이 조금이라도 늦으면 정체 불명의 이상한 마법에 직격당할까 봐 그는 서둘러 등잔 밑으로 얼굴을 들이밀었다.

상대는 잠시 동안 그를 알아보지 못했다. 주근깨투성이에 헝클어진 갈색 머릿결, 몬스티도 놀라 뒤집어질 정도의 추모를 지닌 눈앞의 사내

를 주시하며 금세 캐스팅된 손을 풀지 않는 것은 아마도 그런 이유였
다.

그러나 수요는 예상했다는 듯 살짝 얼굴을 찌푸렸다.

"뭡니까, 자신이 변신시켜 놓고도 몰라보는 겁니까? 그럼 곤란하다
고요, 히드리크."

전기에 감전된 양 온몸을 부르르 떨며 히드리크라 불린 상대는 손을
풀며 마법진을 걸어나왔다. 이윽고 등잔 불빛에 그의 모습이 나타났
다. 대마법사라 불리는 만큼 몇 겹으로 만들어진 로브에 이어 백 세에
가까운 나이를 증명하듯 주름진 얼굴과 하얗게 센 백발이 풍성하게 불
빛 아래 드러났다. 그는 무척 놀란 표정으로 한참 동안 수요를 쳐다본
후에 가까스로 입을 열었다.

"리, 리처드 전하."

"이제야 알아보는군요."

수요는 인상을 펴며 살짝 미소를 지었다. 오랜만의 만남을 기념하기
위해 되도록 멋지게 미소를 지으려고 노력했지만 지금의 얼굴로는 도
저히 뜻대로 되지 않았다. 약간 괴상하게 일그러진 미소를 보이며 수
요는 나름대로 이틀 간 준비했던 인사말을 건넸다.

"좋은 아침입니다."

"역시 전하답군요."

히드리크의 안면이 실룩거리더니 빙그레 미소를 자아냈다.

이렇게 강했었나 하고 레온은 속으로 감탄했다. 페나인 제일의 검사
라느니, 대륙 최강이 될 수 있는 자질이 있다느니 하면서 침을 튀겨가
며 칭찬하던 형들의 말이 조금씩 실감이 날 정도였다.

숲을 나선 후 별장 뒤로 숨어들면서 세 명 정도의 기사를 만났다. 각자의 위치를 지키며 보초를 서고 있는 기사들의 사각을 간단하게 파고든 것은 물론 살짝 목덜미를 두들기는 정도로 침묵에 빠뜨렸다.

척 보면 착 안다.

툭 치면 푹 쓰러진다.

잎새 사이로 이는 바람에 모습을 감추고 구름에 가리운 달빛 어둠에 발걸음을 묻은 레온은 어느새 별장 뒷문에 도착했다.

불안함에 조바심을 내며 쓰러뜨린 첫 번째 기사, 조심스러운 긴장과 함께 무너뜨린 두 번째 기사, 생각처럼 일이 잘 풀린다는 안도와 자신감으로 상대했던 세 번째 기사를 지나 문 앞에 이르렀을 때 레온은 확실히 깨달았다.

뒷문 쪽 보초를 맡고 있던 기사들이 약한 것이 아니라 자신이 강하다는 것을. 모든 신경들이 극도로 예민해져 주위의 풍경, 소리, 냄새에 이르기까지 어느것 하나 놓치지 않았다. 그런 예민함 속에서도 마음은 차분하게 가라앉아 침착하게 일을 처리했다.

그래도 크루세이더로서 근위대에 소속되어 있는 기사들을 전혀 눈치 챌 수 없게 제압할 수 있었던 것은 그만큼 레온이 강했기 때문이다. 그리고 그 생각은 곧 자신감으로 연결되어 조금은 당당한 마음으로 뒷문 손잡이를 잡았다.

움찔.

그의 몸이 경직되었다가 이내 풀어졌다. 손잡이에서 느껴지는 마나의 움직임은 평범하지 않았다. 그리고 이것을 '살기다' 라고 레온은 확신했다. 그의 왼손에 쥐어져 있던 카논의 세이버가 조용히 고개를 들었다. 언제라도 포효할 수 있도록, 레온은 검지를 눌러 잠금쇠를 열었다. 그리고 동시에 뒷문의 손잡이를 살며시 비틀었다.

별장 전면부의 응접실과 현관으로 이어지는 복도가 어둠 속에 나타났다. 한 걸음 내디디며 레온은 그 복도 중간 부분에 있는 계단에 시선을 고정시켰다. 어둠에 묻혀 분간할 수는 없었지만 이곳에서 손님으로 지냈던 경험으로 충분히 그 위치를 알고 있었다. 그리고 그것만이 아니더라도 레온의 신경은 계단 앞에서 전의를 불태우고 있는 사람을 향해 집중되고 있었다.

"키렌인가?"

나지막한 음성과 함께 검을 치켜드는 상대에게 레온은 바짝 긴장을 했다.

'들킨 건가?'

렌베토가 알려준 정보에 의하면 이 별장엔 삼십 명의 근위대에 소속된 기사들과 그들 대부분이 콘버드 출신의 크루세이더였고, 단 한 명의 마스터가 있다고 했다. 위클리프 출신의 친위대 소속 부대장인 그의 이름은 로버트 핸더 백작. 바로 지금 계단 앞에 검을 쥐고 있는 남자였다.

자고 있을 거란 예상을 깨고 로버트가 레온의 앞을 막아섰다. 그렇다는 얘기는 다른 기사들도 자신을 포위하고 있음이 분명했다. 일이 틀어졌다는 생각에 낙심하며 마음 한구석이 격하게 쓰려왔다.

그리고 그 순간 레온의 예민해진 귀로 바스락거리는 소리가 들려왔다. 한 겹의 작은 옷자락이 바람에 나부끼는 것 같은 소리가……

'잠옷 차림……?'

소리의 정체가 잠옷임을 알아챔과 동시에 레온은 곧 상황을 깨달았다.

로버트는 지금까지 자고 있었다!

단지 마스터로서의 감각이 자고 있는 그를 깨워 이곳으로 오게 만든 것이다. 레온, 자신이 어둠의 힘을 빌어 기사들의 사각을 파고들어 여기에 도착했듯 그 역시 알 수 없는 불안감에 불현듯 검을 쥐고 거기에 서 있는 것이다.

"어떻게 알았는지는 모르겠지만 예상보다 빨리 왔군. 언젠가 너하고 한 번은 겨뤄보고 싶었다, 키렌."

윌리엄 레스터 공작을 지키는 임무를 자청해 맡으면서 지금껏 머리 속을 떠나지 않았던 대사를 끝낸 후 로버트는 곧 이어 '헉' 과 '컥' 이 란 예상치 못한 신음을 토해냈다. 그리고 한순간에 벌어진 믿을 수 없 는 상황을 깨닫기도 전에 그의 몸은 천천히 레온의 오른발 위로 쓰러 지고 있었다.

평소의 레온이었다면, 그리고 수련의 형식으로 대결을 하는 것이었 다면, 무엇보다 비밀을 최대한 유지해야 하는 상황이 아니었다면 레온 은 좀 더 로버트의 검술을 지켜보며 상대를 했을 것이다. 그리고 그 점 을 제대로 인식하지 못했던 로버트는 멋지게 결투 신청을 하다가 한순 간에 당하고 말았다.

상대가 잠옷 차림으로 있다면 아직 다른 사람이 눈치 채지 못한 것 이라 생각한 레온은 그가 말을 꺼내는 것과 동시에 움직였다. 문을 연 자세 그대로 앞발에 힘이 들어가면서 시위를 떠난 화살처럼 그의 몸은 로버트를 향해 뻗어 나갔다.

"어떻게 알았는지는 모르겠지만……."

손잡이를 쥐고 있던 오른손은 발에 힘이 들어가는 순간 검자루를 움 켜잡았다.

"예상보다 빨리 왔군."

소리없이 검집을 빠져나온 세이버는 상대의 검날 위에서 미소를 지었다. 로버트의 검도 명검으로 이름 높았지만 주재료는 어디까지나 철. 아무리 잘 제련되었다 해도 카논의 세이버의 상대는 아니었다. 그의 검은 나무토막처럼 잘려지면서도 어떤 소리조차 남기지 못했다.

"언젠가 너하고 한 번은……."

뒤이어 레온의 몸이 회전하며 허공을 향해 솟구치는 동강난 검을 왼손으로 낚아챘다. 그리고 그 기세를 체중에 실어.

"겨뤄보고 싶었다, 키렌."

로버트의 목을 강하게 내려쳤다.

제아무리 뛰어난 검투사라 해도 선천적으로 근력을 타고난다면 모를까 목을 단련한다는 것은 어려웠다. 하물며 검술 수련을 위주로 하는 기사에게 있어선 더 말할 필요도 없었다. 기사에겐 그저 무거운 투구를 자유롭게 움직일 수 있을 정도의 근력이면 충분한 것이다.

그리고 로버트 역시 그런 모범적인 기사 수련을 거쳐 왔기에 단 한 번의 발길질에 충격을 받고 천천히 몸을 기울였다. 물론 말을 하고 있는 사이에 레온의 움직임이 너무 빨라 '헉' 하고 숨을 들이키며 놀라는 것과 목에 맞는 순간 뒷골이 진동을 하며 '컥' 하고 신음을 토하는 것을 잊지 않았다.

로버트의 몸이 무너지듯 앞으로 기우는 순간 레온은 오른발을 접었다가 그의 가슴 밑으로 재차 뻗었다. 그가 쓰러지면서 나는 소리를 방지하기 위해서였다. 정신을 잃은 채 레온의 발에 기댄 로버트는 자연스럽게 손이 풀리며 잘려진 검자루를 놓쳤다.

'아차!'

레온의 오른손이 아래로 향했고 팔꿈치에서 손목을 잇는 선의 끝에 카논의 세이버가 잽싸게 검자루에 붙어 있는 손 보호대를 물었다.

'후유…….'

찰나의 순간에 복도 위에 작은 안도의 숨이 흘렀다.

오른손에 쥐어진 카논의 세이버는 검끝으로 아슬아슬하게 잘려진 검자루를 매달고 있었고 왼손에는 상대의 검날이 쥐어져 있었다. 곧게 뻗은 오른발 위로 기절한 로버트가 가슴을 기댄 채 쓰러져 있었고 왼발은 그 중심에서 모든 것을 지탱하고 있었다. 그 모든 일이 벌어지는 동안 들린 소리는 단지 로버트가 했던 대사 몇 마디가 전부였다.

그 자세 그대로 잠시 주위를 살피던 레온은 천천히 발을 내려 로버트를 바닥에 눕혔다. 그 옆에 잘려진 검을 가지런히 놓은 후 그는 조용히 말했다.

"레온이라고 합니다."

그리고 계단을 향해 몸을 돌렸다.

히드리크가 자리에 앉을 때까지 기다리던 수요는 곧바로 본론으로 들어갔다.

"레스터 가문이 반란을 일으켰다는 소문을 듣고 달려왔습니다만, 대체 어떻게 된 일인가요?"

"글쎄요……."

히드리크는 애매하게 말끝을 흐렸다. 하지만 모습은 바뀌었어도 총명하기로 유명한 리처드 왕자였다. 분명 뭔가 사실을 알고 왔을 가능성이 높다고 짐작했다.

그의 생각대로 수요는 고개를 갸웃거리며 물었다.

"내가 바뀌어도 단 두 사람의 눈을 속일 수는 없지 않습니까? 검술 선생인 키렌 남작과……."

수요의 손이 천천히 그를 가리켰다.

"바로 히드리크 선생만은 말입니다."

"그렇지요. 그리고 전하를 도와 바깥으로 빼돌린 당사자인 전 진실을 알고 있다고 할 수 있겠지요."

그 말의 의미를 잠시 생각하던 수요는 여전히 알 수 없다는 천진한 눈망울로 그를 바라봤다. 물론 오랜 세월 왕자를 지켜본 히드리크 역시 나이에 걸맞은 노련함으로 미소를 지어 속내를 감추고 있었다.

"이건 어디까지나 내 짐작입니다만, 지금 궁정에서 가장 큰 분란은 내가 없어진 것이라고 짐작합니다. 레스터 가문의 반란이란 건 여기에서 비롯된 오해라고 생각되는데, 아닙니까?"

"왜 그렇게 생각하십니까, 전하?"

"일전에 키렌 경을 만났으니까요. 그는 나를 찾고 있는 것 같더군요. 그리고 그가 알고 있다면 윌리엄 공작도 알고 있는 것 아닙니까?"

"아니."

히드리크는 고개를 저었다.

"전하께서 성을 떠난 지 몇 개월이 흘렀습니다. 설마 다른 일이 터지지 않았을 거라고 장담하실 순 없겠지요?"

수요는 자세를 곧추세우며 지그시 히드리크를 쏘아봤다.

"성을 떠나 있었다고 해서 궁정 소식을 전혀 모르고 있을 거라고 생각하십니까?"

그의 반문에도 히드리크는 여전히 미소를 지었다.

히드리크는 모르고 있었지만 수요는 윈저에서 브리튼 대학의 교수인 노만이란 사람을 만났었다. 그는 정치에 대해 매우 박식했고 궁정을 포함하여 수도의 정보에 대해 해박했다. 그와의 대화를 통해 자신이 떠나기 전과 별다른 변화가 없었음을 이미 확인한 후였다.

"히드리크, 뭔가 숨기고 있군요?"

넌지시 떠보는 수요의 말에 히드리크는 꿈쩍도 하지 않았다.

"무엇을 말입니까?"

"진실을 밝히지 않은 것은 나와의 약속을 지키기 위해서가 아니라 공작을 몰아내기 위함이 아닌가요?"

그렇게 물으면서 수요는 주먹을 움켜쥐었다. 만약 사실이라면 자신은 지금 매우 위험한 지경에 처한 것이나 다름없었다.

"글쎄요……."

천천히 의자에 기대며 히드리크는 미소를 거뒀다.

"틀리진 않습니다. 역시 전하께서는 영특하시군요."

"농담하지 말아요. 대체 왜 그랬죠?"

히드리크의 태도가 조금씩 변하고 있음을 수요는 금세 눈치 챘다. 뭔가 위험에 처했다는 생각이 들면서 아무 준비 없이 이곳에 들어온 자신을 자책했다. 상대는 페나인 제일이라 칭해지는 7써클의 마스터 마법사인 것이다.

"검술이든 마법이든, 대부분의 학문을 빨리 배우시는 전하이니만큼 더 이상 속일 수는 없을 것 같군요."

히드리크의 입이 열리자 수요는 긴장을 했다. 그의 얼굴에서 미소가 사라질 때부터 심중을 밝히려 한다는 것은 알았다. 하지만 그것이 결코 자신에게 이롭지 않을 것 같다는 불안함도 동시에 들었다.

그러나 위급한 상황이라고 당황한 모습을 보여선 상대가 바라는 대로 된다는 것쯤은 알고 있었다. 그는 히드리크가 눈치 채지 못하게 눈동자를 굴려 주변을 살피며 뭔가 도움될 만한 것을 찾았다. 물론 입으로 그와 대화하는 것 역시 잊지 않았다.

"하지만 산만한 성격이라 어느 하나 깊이 있게 배우진 못했습니다."

"전하께서는 기사도 마법사도 아닙니다. 굳이 그런 것들을 배울 필요는 없겠지요. 알고 있다는 것만으로도 충분히 도움이 되실 겁니다, 왕으로선 말이지요."

갑자기 히드리크는 이를 드러내며 씨익 웃었다.

"물론 원래 모습을 되찾아야 가능하겠지만 말입니다."

"이거 참 맛있더군요."

히드리크의 말을 자르며 수요는 얼른 잔을 들어 올렸다. 화제를 바꾸려고 엉겁결에 한 행동이었지만 문득 와인병에 장난을 쳤던 사실이 떠오른 수요는 탁자 귀퉁이에 올려놓은 병을 향해 시선을 돌렸다. 그를 따라 고개를 돌리던 히드리크의 얼굴이 살짝 변했다.

"이, 이것은……."

히드리크는 얼른 병을 집어 확인을 했다.

"이것을 마셨단 말입니까?"

"그래요. 뭐 잘못되었나요?"

아깝다는 표정을 짓던 히드리크는 금세 고개를 젓고 병마개를 땄다. 그리고 잔을 하나 더 꺼내어 와인을 따르며 중얼거렸다.

"이건 꽤 고급품으로 외국에서 들여온 거랍니다. 아주 소량만 만들어져 지금까지도 유명한 와인 중에 하나지요. 아, 그런데 이것을 따다니……."

잠시 잔을 들어 냄새를 음미하던 히드리크는 금세 한 모금을 입에 털어넣고는 입맛을 다셨다.

"과연 맛과 향이 최고의 품질이로군요."

뜻밖의 행운에 수요의 얼굴은 살짝 일그러졌다. 웃음을 터뜨리는 바람에 들키게 된다면 곤란하기 때문이다. 그는 얼른 맛을 보는 척하며 잔으로 얼굴 표정을 가렸다.

투명한 잔을 통해 히드리크가 다시 몇 모금 맛을 보는 것을 확인한 수요는 속으로 미소를 지으며 천천히 입을 열었다.

"당신의 말을 분석하자면 이번 일은 전적으로 당신이 저질렀다, 이런 것이로군요?"

"그렇답니다."

"꽤 오래전부터 계획되어졌겠군요? 내가 성 밖으로 유람을 나갈 수 있도록 도운 것도 그 계획 아래에서였을 테고 말입니다?"

"물론이지요. 그리고 성 밖에 대해, 특히 콘버드의 무술 대회나 윈저의 마법사 학회에 대해 떠든 것도 바로 저였답니다. 잊었을까 봐 말씀드리는 거죠."

"그렇군요."

"모습이 바뀐 전하는 전혀 대책이 없지요. 어느 누구도 전하를 알아볼 수 없을 테니까요."

"다른 마법사의 도움을 받는다면……?"

그 말에 히드리크는 쿡쿡 웃었다. 그의 웃음을 들으며 수요는 조그맣게 신음을 토했다.

"이건 저주의 일종이로군요?"

"그렇답니다. 저주라는 건 마법을 건 당사자가 아니면 절대 풀 수 없답니다."

"하나 더 있지 않습니까?"

그렇게 반문한 수요는 곧 마른침을 삼켰다.

"저주를 건 마법사보다 2써클 정도 위의 마법사를 구한다면 말이지요? 후훗, 가능하리라 생각합니까?"

히드리크는 조롱하는 얼굴로 그를 빤히 쳐다봤다.

"잊었나요? 난 마스터랍니다."

마지막 한 모금을 비운 후 히드리크는 벌떡 자리에서 일어났다. 지금까지 인자하게 짓고 있던 표정이 싹 변하며 매섭게 수요를 노려봤다.

"자, 이제 전하께서 역사 뒤로 사라질 시간입니다."

수요는 자리에 앉은 채 무심하게 히드리크를 올려다봤다. 그러나 속으로는 어떻게든 시간을 때우기 위해 안간힘을 다하고 있었다.

"그렇게 해서 당신은 무엇을 이룰 수 있나요? 왕이라도 되려는 겁니까?"

7써클의 마법사답게 순식간에 '파이어 볼' 주문을 캐스팅한 히드리크는 입가를 실룩이며 조소했다. 그저 시간을 벌기 위해 허세를 부리는 속셈은 알고 있었지만 그는 여유를 부려 장단을 맞춰주기로 했다.

어차피 자신의 손끝에는 마법이 완성되어 붉은 구체가 빛나고 있었고 상대는 하찮은 파이어 볼 따위로도 충분히 죽일 수 있었다.

"국왕은 내가 아니랍니다."

그의 말이 끝나기 무섭게 수요의 얼굴이 확 바뀌었다. 수요로선 상상도 못했던 말이 그의 입에서 나온 것이다.

"그, 그런… 그럼 당신은 그저 하수인에 불과하다는 말인가?"

"하수인이라니 당치 않은 말씀! 그저 동업자 정도 되겠지요. 물론 전하의 목을 내가 가져갈 테니 협상 테이블에서 내 입장은 매우 유리하겠지만 말입니다.”

손 안 가득 충전된 마나가 ‘파지직’ 거리며 방전 현상을 일으켰고 히드리크 역시 더 이상 기다리지 않고 붉은 구체를 수요에게 향했다. 그 위험천만한 순간에 수요는 탁자를 걷어차며 잽싸게 몸을 굴렸다.

콰쾅!

요란한 소리와 함께 탁자에 불이 붙었다.

“얌전히 죽어주면 좋았을 것을!”

너무 만만하게 봤다고 중얼거리며 히드리크는 얼른 밖으로 나가는 돌문을 막아섰다. 그리고 재차 파이어 볼을 캐스팅하며 눈알을 굴려 수요를 찾기 시작했다. 애써 찾을 필요도 없이 수요는 불길에 쫓겨 구석으로 몰려 있었다.

큭, 하고 코웃음을 치며 히드리크는 수요를 조준했다. 그 순간 항문에서부터 거센 통증이 그를 관통했다. 마치 거대한 창에 꿰여 꼬치가 되는 것 같은 느낌에 히드리크는 비명을 질렀다.

“크아아아아악!!”

제대로 조준되지 않은 채 쏘아진 붉은 구체가 한쪽 벽에 꽂힌 서고에 직격되는 것과 동시에 히드리크는 똑똑히 보았다. 구석에 몰려 미소를 지으며 보라색 병을 흔들고 있는 수요의 모습을.

‘아차!’

신음과 함께 히드리크는 비명을 질렀다. 오래전에 당했던 고통에 몸부림치며 얼른 회복 주문을 캐스팅하는 동안 수요는 불길을 헤치고 문으로 향했다. 식은땀을 줄줄 흘리며 고함을 질러대는 히드리크의 등을 토닥이는 것을 잊지 않으며…….

“자, 이 마법약은 주인인 내가 다시 가져갑니다.”

이상한 낌새를 느끼며 버나드는 잠에서 깨어났다.

'벌써… 아침인가……?'

힘겹게 한숨을 쉬며 그는 고개를 들었다. 마나를 제어하는 '마스터—크루세이더' 전용 수갑이 그의 양팔에 채워져 있었고 그것에 의지한 채 벽에 기대어 있었다. 벗겨진 상의는 채찍에 맞은 상처로 벌겋게 부어 올랐다. 핼쑥한 얼굴로 또다시 시작될 고문에 버나드는 치를 떨며 사나운 눈초리로 문을 노려봤다.

하지만 여느 때와는 다르게 문에 열쇠를 꽂는 소리가 나지 않았다. 문틈으로 은빛 검이 몇 번 들락날락하더니 뒤이어 누군가가 조심스럽게 문을 열고 들어섰다.

어둠 속에 오랜 시간 있었던 버나드는 그 검은 형체가 레온임을 한눈에 알아봤다.

"레, 레온……."

반가움에 버나드는 꺾여진 무릎을 세웠다. 레온도 얼른 이쪽을 알아보고 달려왔다. 그의 손에 희미한 은빛을 자아내는 카논의 세이버가 쥐어져 있었고 몇 번 반짝인 것과 동시에 버나드는 지겨운 수갑으로부터 해방되었다.

비틀거리며 쓰러지려는 버나드를 레온이 달려들어 부축했다.

"아버지는?"

"아버지는……."

대답하려던 버나드는 곧 입을 다물었다. 옆 감옥에 갇혀 있던 윌리엄은 오전부터 비명을 지르지 않았었다. 뭔가 일이 터져도 단단히 터졌다는 것을 눈치 채고 있던 버나드는 대답을 하지 않은 채 레온의 어깨를 잡고 몸을 일으켰다.

“카논의 세이버를 빌려다오.”

“에?”

영문을 몰라 하며 레온은 곧 그의 손에 검을 쥐어주었다.

“아버진 옆방에 계시다. 내가 구할 테니 넌…….”

“다이크?”

“그래. 여기 어딘가에 다이크가 있을 거다. 녀석을 부탁한다.”

“걱정 말아요. 어디에 있는지 아니까요.”

“잘됐구나. 퇴로는 어떻게 되었느냐?”

“계단을 올라가서 뒷문으로 가면…….”

설명을 하려던 레온은 잠시 머뭇거린 후에 곧 이어 대답했다.

“우선 계단을 올라와서 기다려 주세요. 다이크는 2층에 있으니까 제가 구해서 데려올게요. 일단 복도에서 합류한 후에 제가 안내할게요.”

고개를 끄덕인 버나드는 그의 등을 밀었다.

“예비용 검은 있느냐?”

레온은 곧 품에서 알에게 받아둔 단검을 꺼냈다. 짧은 것이긴 해도 자체로도 명검이었고 무엇보다 마스터인 레온의 손에 쥐어진 이상 검기를 발하는 조건은 갖추어진 셈이었다.

버나드는 믿음직한 눈길로 단검을 쳐다본 후에 문을 향해 걸음을 옮겼다.

“복도에서 기다리고 있으마.”

“네.”

“다이크는 너를 모르니 기절시키도록 해라.”

“네?”

뜻밖의 말에 레온이 주춤거리자 버나드는 다시 한 번 주의를 주었다.

"다이크는 이제 8살이다. 적과 아군을 구별하긴커녕 검을 들고 있는 모습만 봐도 두려워할 나이란 얘기다. 설득하려다가 소리라도 지르면 큰일이지 않으냐?"

"네, 알겠습니다."

이해를 한 레온은 대답과 함께 바람같이 사라졌다.

의연한 모습을 보이던 버나드는 이내 기침과 함께 검을 지팡이 삼아 기대었다. 그러나 그것도 잠시, 예리한 검날이 돌바닥을 뚫고 들어가는 바람에 기우뚱하며 그는 바닥을 굴렀다. 몸을 일으켜 바닥에서 검을 뽑아내며 버나드는 투덜거렸다.

"정말 예리하군."

심호흡을 몇 번 한 후에 그는 곧장 다음 감옥으로 향했다.

모진 고문에 근육이 상하고 마나도 흡수당해 폐인이 된 버나드였지만 검의 힘을 빌어 곧 문을 열 수 있었다. 그리고 안으로 들어서는 순간 풍겨오는 피 냄새에 버나드는 이마를 찌푸렸다.

윌리엄은 버나드처럼 벽에 매달려 있지 않았다. 벽 한쪽에 놓여진, 원래의 목적은 고문 도구를 올려놓는 탁자 위에 시체처럼 눕혀져 있었다. 서둘러 다가간 버나드가 귀를 가까이 대며 숨결을 확인했다. 미세하게나마 숨소리가 들리는 것을 확인한 그는 망설임없이 그를 업었다.

"사셔야 합니다. 이런 곳에서 개죽음당할 순 없지 않습니까?"

혼잣말로 중얼거리며 버나드는 분한 마음을 금할 길이 없었다. 그리고 그 분노는 없던 힘까지 샘솟게 하여 거구의 윌리엄을 들쳐 업고 계단을 오르는 원동력이 되었다.

계단을 올라 복도에 이르렀을 때 그의 눈에 얌전히 누워 있는 로버트의 모습이 보였다. 어둠 속에서 그의 흐릿한 형체와 그 옆에 잘려진 검의 미세한 광택을 확인한 버나드는 곧 상황을 파악했다.

"잠옷을 입고 보초를 설 리는 없으니 이자는 뭔가 눈치를 채고 나온 것이 분명하다. 레온의 낌새를 느낄 수 있는 자라면 당연히 마스터. 그렇다면 이자는 로버트 핸더 경?"

놀란 버나드는 애써 속으로 삭이며 생각에 잠겼다.

버나드가 알기로 카슨은 천재적인 자질을 갖춘 검사였다. 자신이 전력을 다한다 해도 카슨을 이길 자신은 없었다. 그런 카슨이 전력을 다해도 이기기 힘들다던 이가 바로 레온이었다. 물론 그 점에 있어서 버나드는 이견이 없었다. 버나드, 카슨, 레온은 거의 비슷한 실력을 가지고 있었다. 다만 성격적으로 여린 카슨과 레온이 전력을 다할 리 없으니 버나드를 이기기 힘들 뿐이었다.

버나드와 카슨이 인정한 레온, 그가 진정으로 실력을 보인다면 로버트 정도의 마스터는 단숨에 제압할 수 있을 것이다. 물론 자신이나 카슨도 가능하다고 버나드는 생각했다. 다만…….

'이런 어둠 속에서 상대를 죽이지 않은 채 조용히 처리할 수 있을까?'

잠이 든 것처럼 조용한 로버트의 숨소리를 들으며 버나드는 고개를 저었다.

'나나 카슨은 불가능해.'

버나드는 처음으로 레온의 자질이 예상보다 더 뛰어나다는 것을 인정했다. 적어도 자신이나 카슨은 이 정도의 감각을 지니지 못했었다.

그가 감탄하고 있는 동안 다이크를 업은 레온이 나타났다. 그는 곧 뒷문을 향해 몸을 날리며 속삭였다.

“가요, 형.”

“앞장서라.”

지금의 레온이라면 숨소리만 듣고도 아버지의 상태를 알 수 있겠지만 일부러 버나드는 그를 앞세웠다. 심증과 물증이 다르듯 추측하는 정도라면 심적 동요를 억누를 수 있겠지만 눈으로 본다면 그렇지 못할 수도 있었다. 조용히 빠져나가야 하는 지금 레온을 분노시킬 필요는 없는 것이다.

그리고 버나드의 생각은 적중해 레온은 뒤에서 들려오는 미약한 숨소리에 불안함을 감추지 못하면서도 바삐 걸음을 옮겼다.

뒷문을 지나쳐 나무숲과 별장을 돌아 뒷담에 이르렀을 때 알의 목소리가 들렸다.

“여기야, 레온!”

순조롭게 담을 넘은 후 후미진 건물의 창고에 들어간 버나드는 뜻밖의 인물에 깜짝 놀랐다.

“렌베토 경?”

“고생이 많았습니다, 버나드 경. 시간이 없으니 어서 이 통에 들어가십시오.”

렌베토가 가리키는 통은 뒤집혀 있는 포도주 통이었다. 다만 일반의 것과 다르게 깊이는 통의 반밖에 되지 않았다.

“아버지, 아버지…….”

레온은 애써 눈물을 감추며 자그맣게 울먹였다. 그의 옆에서 알이 등을 토닥이며 윌리엄을 통에 넣는 것을 도왔다.

“어떻게 하려는 겁니까?”

버나드의 질문에 렌베토는 곧 통으로 다가갔다.

"위쪽은 포도주, 아래쪽은 사람이 들어가는 겁니다. 이렇게 하여 성문을 통과하는 것이죠."

"두들겨 보면 대번에 알아챌 수 있을 텐데?"

"마법이 걸려 있습니다. 크루세이더가 온다 해도 절대 분간할 수 없을 겁니다."

마법사가 관련되었다는 사실에 버나드의 눈빛이 반짝였다.

"윈저 대공이 도와주시는 겁니까?"

잠시 망설이던 렌베토가 무거운 어조로 답했다.

"윈저 대공과는 상관없습니다. 이건 어디까지나 저 혼자만의 독단입니다."

다소 실망스런 버나드의 눈빛에 렌베토는 조심스럽게 대꾸했다.

"하지만 대공께서 이곳에 계셨으면 분명히 도왔겠지요."

버나드의 얼굴이 잠시 굳어지더니 곧 손을 내밀어 그의 손을 꽉 움켜쥐었다.

"그대와 그대의 주군께 진심으로 감사합니다."

"별말씀을……."

렌베토는 겸연쩍게 대답하며 잠이 든 다이크를 받아 버나드에게 건넸다.

"부디 조심하시길 바랍니다."

짤막하게 고개를 까닥인 후 버나드는 다이크를 안고 통 속으로 들어갔다. 뚜껑이 덮이고 봉합제가 발라지며 몇 사람이 달려들어 천천히 통을 뒤집었다. 위에 뚜껑을 열어봐야 기껏 보이는 것은 브린산 포도주가 전부였다.

마차에 통을 싣고 줄로 단단히 고정했을 때에는 동이 터 오고 있었다.

“이대로 성문으로 가면 아침일 걸세.”
마부석에 앉은 알과 레온을 올려다보며 렌베토가 입을 열었다.
“행운을 비네.”
“지금까지 도와주셔서 감사합니다, 렌베토 경.”
인사를 마치자 곧 창고의 문이 열렸다.
레스터 가족을 숨긴 알과 레온의 마차가 골목을 향해 달려나갔다.

성문 앞 골목에 이르렀을 때 마차 위로 누군가 뛰어 올라왔다. 깜짝 놀란 두 사람이 돌아보니 수요가 능청스럽게 대꾸했다.
“셋이 들어와서 둘이 나가면 이상하게 여길 거 아냐? 안 그래?”
“소매는 어디서 그렇게 태웠냐?”
“아, 이거? 뭐, 별거 아냐. 조금 불장난을 했지 뭐야.”
수요는 소매를 걷어 불탄 자국을 가리며 두 사람을 번갈아 쳐다봤다.
“근데 성문은 어떻게 빠져나갈 거야?”
마부석 밑으로 몸을 굽혔다 편 알의 손에 포도주 병 하나가 쥐어져 있었다.
“뭐, 이런 거지.”
발 밑에는 그런 포도주 병이 한 상자 가득 실려 있었다.

타닥타닥.

나뭇가지를 모아 어설프게 만든 모닥불 위로 솥이 하나 걸려 있었고 그 안에는 고기와 야채를 대충 섞어 넣은 스튜가 부글부글 끓고 있었다. 국자를 집어 스튜를 휘젓던 알은 화력이 부족하다고 생각했는지 옆에 있던 장작 하나를 집어 불 속으로 쑤셔 넣었다.

원래부터 장작이 아니었던 탓에 나무는 매캐한 냄새와 자욱한 연기를 뿜었다. 기침을 쿨룩대며 알은 바람을 등지고 불 곁을 벗어났다.

"이래서 생나무를 바로 태우면 안 좋다니까……."

투덜대던 그는 문득 불 곁에 앉아 있는 또 다른 사람, 수요를 쳐다봤다. 뭔가 고민에라도 빠진 양, 책상다리를 하고 그 위에 팔을 괴어 머리를 받친 수요는 연신 인상을 찡그리거나 머리를 긁적거리고 있었다.

"뭐냐?"

알의 질문에도 수요는 꿈쩍도 하지 않았다. 자신에게 한 말이라는 것을 눈치 채지 못한 것이다.

"뭐냐니까?"

알의 신경질적인 말에 그는 고개를 들었다.

"뭐가?"

"어울리지 않게 웬 고민이냐구!"

"난 고민하면 안 돼?"

"너까지 죽상하고 있으니까 못 견디겠으니 그렇지. 무슨 일이야? 수도에서 뭔 일이 있었던 거지? 내게 말해 봐."

"네게 말하면?"

"훗!"

알은 미소와 함께 약간 자랑스러운 얼굴로 어깨를 으쓱했다.

"이래 봬도 고아원 녀석들 고민은 내가 다 들어준단 말야. 뭐, 해결책을 같이 강구하는 의미도 있고 털어놓으면 뭔가 시원한 기분이 들어 좋잖아? 말해 봐."

알은 여전히 '말해 봐, 말해 보라니까' 라는 눈빛을 던졌다. 그러나 수요는 크게 한숨을 쉰 후 손을 내저었다.

"됐다. 너한테 말할 수 있는 성질의 것이 아냐."

"어쭈? 못 믿겠다 이거냐?"

"아니……."

수요는 고개를 저은 후 원래의 자세로 돌아가며 중얼거렸다.

"뭐가 어떻게 된 것인지 나도 잘 모르겠거든. 우선 나 혼자 정리 좀 해야겠어. 그러니 말 걸지 말아줘."

"쳇."

'말할 상대가 없어서 괴로운 건 바로 나라구. 젠장, 어째서 수요까지 저런 다 죽는 표정이냔 말야.'

알은 속으로 투덜거리며 물끄러미 솥을 쳐다봤다. 이젠 다 익어서 조금 더 지나면 죽이라고 불릴지도 모를 그것에 알은 국자를 푹 꽂았다. 그리고 어기영차 좌우로 휘저었다.

천천히 고개를 들었다. 저 앞에 모닥불보다 더 큰 불이 활활 타오르고 있었다. 그리고 불 곁에 레온과 레온의 형 버나드, 버나드의 아들 다이크가 조용히 앉아 있었다. 그 세 사람 주위로 침통한 분위기가 어색하게 흐르고 있었다.

알은 묵묵히 그들 셋을 쳐다봤다. 불 곁에 앉아 있는 버나드의 넓지만 왠지 축 처진 등을 보며 그는 중얼거렸다.

'장자 계승의 원칙에 따라 이제… 레스터 공작인가? 아니, 반란이라는 누명까지 이어받은 셈인지도……'

굵은 나무 네 개 정도를 밑에 깔고 그 위에 잔가지를 잔뜩 얹어 태우고 있는 것은 바로 윌리엄 레스터 공작의 시신이었다.

페로즈 성문을 통과하는 건 의외로 쉬웠다. 포도주 통을 이용하자는 알의 생각도 뛰어났지만, 무엇보다 속이 비었다는 느낌이 전혀 없는 통을 준비한 렌베토의 공이 가장 컸다. 성문을 지키던 병사들은 알의 웃음 띤 얼굴에 마주 미소를 지으며 그들을 통과시켰다. 그리고 마차가 사라질 때까지 손을 흔들며 배웅까지 해줬다. 물론 그들의 손엔 브린산 와인이 한 병씩 들려 있었다.

문제는 그 다음에 벌어졌다. 대평원이 가득한 위클리프의 특징상, 그리고 수도에서 되도록 멀리 도망가야 한다는 강박 관념에 사로잡힌 일행은 통에 들어 있는 사람을 꺼내기보다 멀리 달아나는 데 주력했다.

그렇게 오전 내내 달려 작은 숲을 만난 후에야 그들은 마차를 세웠다. 숲에 가려진 탓에 눈에 띄지 않는다고 판단한 세 사람은 서둘러 포도주 통을 뒤집었다. 첫 번째 통에 있던 버나드와 다이크는 무사히 밖으로 나왔다.

심한 고문을 당했다고 해도 원체 체력이 뛰어난 버나드였고, 납치되긴 했지만 상처 하나 없었던 다이크였다. 통이 비좁아 오전 내내 시달렸다는 것 이외엔 전혀 문제없었고, 밖으로 나온 후에 가볍게 몸을 움직이자 그마저도 금세 나아졌다.

그러나 두 번째 통을 뒤집었을 때 일행은—버나드와 다이크를 포함하여—경악을 하고 말았다.

윌리엄 공작은 싸늘하게 식어 있었던 것이다.

그것이 불과 몇 시간 전의 일이었다.

한순간에 아버지와 할아버지를 잃은 레스터 가족은 망연한 표정을 지은 채 멍하니 서 있었다. 그리고 수요조차 심각한 표정을 지으며 뭔가를 궁리하기 시작했다.

사태를 수습한 이는 버나드였다. 그는 아버지의 시신을 화장하기로 결심하고 레온을 시켜 나무를 베어오게 했다. 상황을 제대로 인식하고 있는 그로선 시신을 관에 넣어 레스터로 돌아간다는 것이 불가능하다는 것을 깨닫고 있었다. 그런 이유로 약식도 갖추지 못한 채 윌리엄은 한 줌의 재로 태워지고 있었다.

아직까지 타오르는 불길을 쳐다본 알은 다시 한숨을 쉬며 국자를 저었다.

"형이 죽었을 때도 두 달 가까이 침묵하고 있던 레온인데… 이번에
도 꽤 오래가겠지?"

혼잣말이었지만 놀랍게도 곁에 있던 수요가 대꾸했다.

"그렇지 못할 거야."

깜짝 놀라 고개를 든 알은 수요를 쳐다봤다. 그가 한 말의 뜻이 급박
하게 돌아가는 레스터의 상황을 가리키는 것이라 짐작한 알은 곧 고개
를 끄덕였다.

"그럴지도……."

문득 발자국 소리가 들리자 알과 수요는 서둘러 일어섰다. 어느새
레온의 부축을 받으며 버나드가 모닥불 곁으로 다가오고 있었다. 그의
손엔 그의 어린 아들, 다이크의 손이 쥐어져 있었다.

알은 얼른 자리를 비켰다.

"이쪽으로 앉으십시오."

"고맙네."

추운 날씨였지만 지금까지 불 곁에 있었던 탓에 세 사람은 그다지
떨고 있지 않았다. 다만 레온과 다이크의 얼굴에 눈물이 가득한 모습
이 애처롭게 보였다.

"괜찮냐?"

넌지시 묻는 말에 레온은 고개를 끄덕이며 고개를 숙였다. 어느새
수요가 스튜를 그릇에 담아 버나드에게 내밀었다.

"드시죠."

"고맙네."

그렇게 대답하면서 버나드는 자신의 그릇을 다이크에게 넘겼다. 무
척 배가 고팠는지 다이크는 잠시 주저하더니 입으로 후후 불어가며 조

금씩 스튜를 먹기 시작했다.

모두에게 스튜를 돌린 후에 음식을 먹으며 알은 슬쩍 버나드의 눈치를 살폈다. 상황이야 어쨌든 지금은 버나드가 바로 리더인 셈이었다. 그의 결정에 따라 앞으로의 진로가 결정될 테니 알로선 그의 의중을 살피는 것이 당연했다.

그리고 버나드 역시 그런 점을 잘 알고 있었다. 그는 몇 모금 스튜를 떠 넘겨 대충 속을 달랜 후 시선을 들어 모두를 살폈다. 바로 곁에 앉아 음식을 먹고 있는 다이크를 제외하고 꾀죄죄한 수요의 모습, 터번의 이국적인 외모를 지닌 알, 그리고 버나드 옆에서 음식을 먹는 둥 마는 둥 하는 모습의 레온까지 훑어본 후에 버나드는 천천히 입을 열었다.

"레온과의 의리를 위해 지금까지 도와준 것은 고맙게 생각하네. 알베자스라고 했지?"

라고 물으며 버나드는 알에게서 시선을 거둬 수요를 향했다.

"그대의 이름은 아직 듣지 못했군?"

"…수요라고 합니다."

특이한 이름이라고 생각했지만 버나드는 곧 고개를 끄덕였다.

"그래, 수요라고 하는군. 어쨌든 그대에게도 고맙다고 말해 주고 싶군."

"뭐, 전 그다지 한 일이 없습니다."

겸손이 아니라 사실을 말한 것이기에 알은 고개를 끄덕였다. 곁에 있던 수요가 옆구리를 쿡 찌르자 알은 곧 정색을 하며 버나드를 쳐다봤다. 그의 다음 말이 무엇인지, 그리고 무엇을 말하려는 것인지 궁금했다.

"하지만 더 이상 우릴 돕는 것은 그만 해도 괜찮네."

그의 말에 레온을 포함한 세 사람이 깜짝 놀랐다. 그런 것에 아랑곳

하지 않으며 버나드는 담담히 말했다.

"우린 반역을 저지른 가문으로 낙인찍혔네. 계속 우릴 돕는다면 그대들 역시 크게 다칠 것이야."

"하지만, 형! 우린 누명을 쓴 것이잖아요!"

"물론 그렇다, 레온. 하지만 지금 당장 어떻게 해결할 수 있는 것이 아니야. 네 친구들이 위험을 무릅쓰는 것을 넌 두고 볼 수 있겠느냐? 이건 어디까지나 우리 가문의 문제일 뿐이야."

"말씀 중에 죄송합니다만……."

알이 끼어들자 두 사람은 곧 눈을 돌렸다.

"여기 이 알 베자스, 아무리 상인이라고 해도 달면 삼키고 쓰면 뱉는 몰지각한 녀석은 아닙니다. 제가 포란을 휘어잡고 대상이 될 수 있었던 것도 어디까지나 레온과 레스터 가문이 있었기 때문 아닙니까? 이제 와 배신하고 싶은 맘은 없습니다."

"정확하게는 레스터 가문이 아니라 하이렌의 독단이었지."

"어떻게 생각하셔도 좋습니다. 저는 이미 결심을 굳혔습니다."

"저 역시 버나드 공작 각하를 돕겠습니다."

뒤이어 수요의 말이 나오자 알은 깜짝 놀라 그를 쳐다봤다. 그의 입에선 '아, 이거 저와는 상관없을 것 같군요. 이런 위험한 일에 휘말리고 싶지도 않고, 그렇다고 고발할 생각도 없습니다. 그러니 전 여기서 이만 빠이빠이 해야겠어요' 라는 말이 나올 거라고 예상했었던 알이다. 한데 돕겠다는 말이라니? 제 한 몸 편하기 위해서 온갖 잔머리를 굴려 대던 그의 모습이 아니었기에 더 더욱 놀랄 수밖에 없었다.

놀라 입을 쩍 벌린 채 수요를 쳐다보는 알의 곁에서 레온은 훌쩍 콧물을 들이키며 감격한 목소리로 울먹였다.

“모두 고마워. 너희들이 남아줘서 정말 고맙다.”

그러나 버나드는 감정만으로 일을 처리할 만큼 어리석지 않았다. 그는 천천히 고개를 저었다. 두 사람의 호의는 분명 고마운 것이었지만 그들을 위해서도 받아들일 수 없는 것이라 판단했다. 한데.

“그리고 이미 준비를 해뒀습니다.”

알의 영문을 모를 말에 버나드가 빤히 쳐다봤다. 그러자 알은 슬쩍 미소를 머금으며 조심스럽게 말했다.

“이런 일이 벌어질 것 같아… 포란을 떠나오기 전에 대충 정리를 하고 왔습니다. 그러니 저희 걱정은 하지 마십시오, 공작 각하.”

‘준비라니? 무슨 준비를 말인가?’

더 더욱 알 수 없는 말에 버나드는 고개를 갸웃거렸다. 그러나 곁에 있던 레온이 그의 손을 잡으며 간절히 부탁하자 버나드는 어쩔 수 없이 고개를 끄덕였다. 솔직히 지금은 한 사람의 손이라도 매우 필요한 때인 것이다.

버나드가 승낙을 하자 알은 곧 앞으로의 일을 꺼냈다.

“이제 어떻게 하실 생각인지요?”

“우선 레스터로 돌아가야 할 것 같다.”

“하지만 그곳엔 이미 이만의 근위대가 갔다고 들었습니다.”

수요의 염려에 버나드는 알고 있었는지 곧 레온을 돌아봤다.

“네가 먼저 가야 할 것 같다.”

“내, 내가요?”

“그래.”

잠시 주저하던 버나드는 곧 단호한 표정으로 말했다.

“난 심한 고문으로 몸이 많이 상했다. 강제로 마나를 흡수당해 마스터로서의 경지는커녕 나이트 급의 기사와도 싸울 수 없다. 하니, 네가 가야 한다."

긴장한 레온은 침을 꿀꺽 삼켰다.

"내가 뭘 해야 하죠, 형?"

"하이렌을 구해라."

모닥불 주위로 잠시 침묵이 흘렀다. 뒤이어 레온의 '에엑?' 하는 비명과 함께 알은 신음하듯 중얼거렸다.

"이번엔 혼자 근위대 일만을 뚫는 거로군요."

"아니, 오히려 쉬울지도 모르네. 누가 뭐래도 레스터의 대영주는 바로 우리 가문이니까. 대영지의 주인이 그렇게 쉽게 바뀌는 것은 아니지."

"형은 지금 성문을 닫아걸고 전투 중이겠지요?"

레온의 기대 어린 눈빛을 버나드는 담담히 부정했다.

"녀석의 성격에 맞서진 않을 것이다. 게다가 레스터의 주력 기사는 포란에 거주하고 있기 때문에 응전한다는 것은 불가능하지."

그는 처연히 중얼거렸다.

"아마 항복했을 것이다."

"하면……?"

"당장 수도로 압송할 수는 없겠지. 지금부터 서두르면 성에 갇혀 있는 하이렌을 구할 수 있을 것이다."

"가능할까요?"

수요의 걱정스런 말에 알은 수긍하는 말로 대꾸했다.

"확실히 레온 혼자라면 불가능하겠지. 하지만 레첸 마을이 있잖아? 성과 연줄이 닿은 사람도 있을 테니 어쩌면 도움을 받을 수 있을지도 몰라."

버나드는 날카로운 눈빛으로 유심히 알을 살펴봤다. 그가 자신이 생각하고 있던 것을 정확하게 짚어내자 조금 놀란 것이다. 생각보다 영리한 자라고 생각하며 버나드는 그의 말을 인정했다.

"내 생각도 그렇다. 레온, 레첸으로 가서 촌장을 찾거라. 그는 우릴 도와줄 것이다."

"…촌장이로군요."

기억 속에 각인시키기 위하여 레온은 되새기듯 중얼거렸다.

"앞으로 일주일 이상은 가야 할 텐데……."

"그 점도 걱정없다."

버나드는 마차 앞에 매달린 레온의 흑마를 가리켰다.

"저 녀석이 있으니까."

모두의 시선을 받으면서도 흑마는 의연히 서 있었다. 마치 '이제야 나를 알아보는군!' 하는 태도로 지금까지 짐을 끄느라 온갖 설움을 버텨온 지난 세월에 감개무량한 모습이었다.

"그렇군요……."

레온도 수긍했다.

마스터가 된 것에 대한 축하를 겸하여 17살 생일에 받은 레온의 까만 말은 레스터에서도 특급에 속하는 준마인 것이다. 웬만한 중장갑의 기사를 얹고도 사나흘은 끄떡없이 달릴 정도의 말이 바로 레스터의 말이었다. 근위대와 친위대의 기사들이 타고 있는 말의 대부분이 레스터에서 나는 것만 봐도 알 수 있다. 그리고 그중에서도 엄선된 말이 바로 레온의 흑마였다.

"뭐, 그럼 가는 건 걱정없다 쳐도……."

오랜만에 낙천적인 어투로 수요는 대꾸했다.

"가는 사람은 누구로 할까요?"

흑마를 쳐다보던 시선이 곧바로 수요에게 쏠렸다. 저 멀리서 좀 더 지켜봐 주길 바라며 히힝거리는 말을 외면한 채 일행은 수요의 말이 무슨 뜻인지 의아해했다.

"뭐, 레온 혼자 보내면 불안하다는 거죠. 제 얘기는."

어깨를 으쓱한 후에 수요는 덧붙였다.

"게다가 레온이 없는 상황에서 뒤처진 마차 쪽이 관문을 넘을 수 있다곤 생각할 수 없잖아요? 아마 하이렌 백작을 구한다 해도 합류 지점은 위클리프일 수밖에 없을 겁니다."

한마디로 '마스터의 힘을 잃은 버나드 경은 전력에 전혀 보탬이 안 돼요!' 라는 뜻이었다. 너무나도 냉정한 말에 알은 눈을 부라리며 주의를 줬지만 수요는 쓱 고개를 돌리며 외면했다. 반면에 버나드는 그 말을 인정했다.

"옳은 말이군. 그렇다면 헤어지기 전에 만날 장소를 정해놓는 것이……."

"아, 그 점이라면 저에게 좋은 생각이 있습니다."

씩 미소를 지으며 수요가 나섰다. 그는 알과 레온을 번갈아 보며 소리쳤다.

"기억나? 우리가 처음 만났던 곳."

수요를 어디에서 봤는지 잠시 기억을 더듬던 두 사람은 곧 동시에 외쳤다.

"산림관의 오두막?!"

"맞았어. 거기 의외로 안전한 곳이거든."

“하지만 산림관이 있으면?”

레온의 걱정스런 말에 알은 팔짱을 끼며 대꾸했다.

“산림관은 마스터도 크루세이더도 나이트도 아냐. 소드맨도 아니지. 그 정도는 충분히 이길 수 있다구. 아무리 나라도.”

“어, 좋은 생각이야, 알!”

수요는 얼른 그의 등을 두드렸다.

“자, 이렇게 해서 나와 레온이 성으로 가는 것으로 낙찰!”

다시 수요를 향해 시선이 모였다. 그러나 아까와는 달리 이번엔 ‘뭐 이런 녀석이 다 있어?’ 라던가 ‘어째서 이야기가 그렇게 되는 거야?’ 같은 불만과 의문이 가득 담긴 시선이었다.

그러나 수요는 정색을 하며 버나드를 향해 단호히 말했다.

“확인하고 싶은 것이 있어요.”

그의 말투엔 위엄이 서려 있었다. 근위대 십만을 호령하던 버나드조차 순간 움찔하며 고개를 끄덕였다. 그가 승낙하자 알은 툴툴거리며 중얼댔다.

“말을 살 돈을 줘야겠군.”

레온과 함께 가겠다는 수요의 말에 알은 뜻밖의 지출이 생겼다는 것을 직감적으로 알아챘다. 아무리 레온의 흑마가 레스터에서 엄선된 것이라 해도 사람 둘을 얹고 일주일 내내 달릴 정도는 아닌 것이다. 최소한 말 두서너 마리는 족히 필요할 테고, 그 비용을 감당해야 하는 것은 자신이었다.

떠나올 때 충분히 돈을 가져왔지만 수입보다 지출이 큰 것을 알이 반길 리는 없었다. 가져온 치즈는 반이나 잃었고 그나마 생긴 이윤은 포도주를 사느라 왕창 써버렸다. 게다가 그 포도주는 이 숲에 버려질

운명이기도 했다. 여기에 말까지…….

'이번엔 엄청 운이 없는 여행이군.'

속으로 그렇게 중얼거리며 얼른 말의 시세를 따져 보는 알이었다.

페로즈 성의 내성에 위치한 왕성.

국왕과 왕가를 지키는, 즉 왕성을 수비하기 위한 조직인 친위대는 당연히 그 기반을 내성에 두고 있었다. 왕궁 바로 옆의 작은 성탑이 바로 그것으로 최정예 기사와 기병들이 항시 상주하는 곳이기도 했다.

그리고 그 친위대의 대장인 케리드윈 막스 백작은 현재 자신의 집무실에 있었다. 맡은 바 책무를 다 하는 그의 견실한 성격 탓에 그가 앉아 있는 곳은 푹신한 소파가 아닌 딱딱한 철제였다. 그 앞에 친위대의 부대장이자 오랜 친우이기도 한 로버트 핸더 백작은 괴로운 표정으로 앉아 있었다.

"대체 무슨 일인가?"

아무런 얘기 없이 며칠 간 잠적했던 로버트는 오후 늦게 갑작스럽게 들이닥쳤다. 온갖 고뇌를 다 안고 온 듯한 표정으로 그는 다짜고짜 술부터 찾았다. 당연히 케리드윈은 그 청을 거절했다. 아직 근무 중이었고, 무엇보다 지금은 비상사태인 것이다. 아무리 친우 사이라 해도 그런 청을 받아줄 수는 없었다.

그러나 로버트의 한숨과 일그러진 얼굴과 축 처진 어깨는 기어이 케리드윈으로부터 도수가 약한 술을 받아내고야 말았다. 거의 반 병을 비운 후에야 로버트는 힘겹게 말했다.

"내가 지금껏 어디에 있었는지 짐작할 수 있겠나?"

"모르지."

그렇게 대답한 케리드윈은 재촉하는 눈빛을 보냈다.

"기리안 대공의 자택에 있었네."

"윌리엄 공작은 그곳에 구금되어 있었나?"

케리드윈의 추궁에 로버트는 순간 찔끔했다. 취기가 올라 흐릿한 눈빛으로 케리드윈을 쳐다보며 그는 물었다.

"알고 있었나?"

"친위대의 마스터가 어느 날 갑자기 국왕 폐하의 명령에 의해 자취를 감추었다. 누구라도 짐작할 수 있겠지."

"…그렇군."

대답과 함께 로버트는 잔을 단숨에 비웠다.

잔에 술을 따르는 로버트의 행동을 유심히 지켜보던 케리드윈은 궁금한 것을 묻기로 결심했다.

"간밤에 윌리엄 공작이 탈출했다더군. 마나를 흡수당하고 마나 제어 수갑을 찬 그들이 자력으로 탈출한다는 것은 불가능하지. 분명 외부의 도움이 있었다는 얘기인데… 전혀 눈치 챌 수 없었나?"

질문을 하고도 케리드윈은 곧 대답을 알 수 있었다. 로버트의 일그러진 얼굴이 더욱 참담하게 변함으로써.

로버트는 허리에 차고 있던 검을 끌러 검집째 케리드윈 앞에 내밀었다.

"직접 보게."

의아한 케리드윈은 곧 검집을 들었다. 그리고 자루를 쥐고 검을 뽑았다. 가벼운 느낌과 함께 검은 쑥 뽑혔다. 놀랍게도 검의 중간이 깨끗하게 잘려져 있었다. 나머지 부분은 아직도 검집에 들어 있다는 것을 묵직한 무게로 알 수 있었다.

확연히 놀란 얼굴로 케리드원은 급히 나머지 부분을 꺼냈다. 그리고 잘려진 부분을 맞추어 '예리한 무엇인가로 절단되었다' 라는 단순한 추리를 확인했다.

"이걸 과연 누가?"

"작년에 페나인의 열여섯 번째, 아니, 이젠 열다섯 번째 마스터가 된 자에게 당했네."

"말도 안 돼……."

케리드원의 중얼거림에 로버트는 허탈한 미소를 지었다.

"그래, 말도 안 돼지. 이제 일 년밖에 안 된 마스터인 주제에 이런 실력을 겸비했다니 말이야. 약하긴 했어도 분명 난 검기를 주입한 상태였어. 어떻게 내 검을 벤 것인지……."

다시 생각난 새벽의 일 때문에 로버트는 기분이 나빠졌는지 술을 단숨에 비웠다. 그는 잔에 술을 따르며 투덜거렸다.

"게다가 오늘 아침에 공작의 탈주를 직접 확인한 후… 추격대를 자청했는데 거절당하고 말았단 말이네."

"그건 또 무슨 소린가?"

그리고 보니 아직 추격대가 성을 나섰다는 말은 듣지 못했다.

"아직 성내에 숨어 있을 것이라고 짐작하고 있는 모양이더군. 기리안 대공은! 게다가 그 대공 전하께서 뭐라고 했는지 아나? '이제 윌리엄과 버나드는 더 이상 마스터가 아니네. 마스터의 힘을 잃은 이상 그들은 별 볼일 없는 존재에 불과한 것이지. 굳이 추격해 잡을 필요가 있겠나'. 이러더군. 그러면서 '우리에게 당면한 가장 큰 문제는 레스터 전역에서 발생할 수 있는 반란에 대비하는 것이네' 라고도 말했어. 우습지 않나?"

"어리석군, 기리안 대공은."

케리드윈은 곧 로버트의 생각이 옳다고 생각했다. 윌리엄과 버나드의 능력은 결코 마스터이기 때문에 부각되는 것이 아니었다. 그 두 사람의 독특한 카리스마, 존재하는 것만으로도 모두를 휘어잡는 그 능력이야말로 가장 경계해야 할 것이다. 게다가 만약에 그 둘이 레스터로 들어가기라도 한다면 사태는 걷잡을 수 없는 악화일로에 빠져들 수도 있었다.

레스터 전역에 발생할 수 있는 반란에 대비하기 위한 가장 좋은 방법은, 그 둘을 다시 잡아들이는 것이다! 라는 것이 케리드윈과 로버트의 공통된 생각이었다.

문득 케리드윈은 자신의 손을 내려다봤다. 그의 손에 쥐어져 있는 동강난 검을.

"한데 그 두 사람을 탈출시킨 이자는 대체 누구일까?"

"말했지 않나? 열다섯 번째 마스터라고. 바로 키렌 레스터 말일세."

"아니, 그는 아니네."

케리드윈은 간단하게 부정을 했다.

"오늘 아침에 들어온 소식에 의하면, 키렌은 오늘 레스터 남부로 들어갔다고 하네."

"뭐라고?"

"확실한 소식이었어. 네 명의 부하와 함께 남쪽 관문을 뚫고 사라졌다고 하네."

"뭐야? 그럼 키렌은 지금까지 윈저에 있었단 말인가?"

"그래. 윈저까지는 이곳에서 일주일. 제아무리 뛰어난 마법사라고 해도 단 몇 시간 만에 왕복을 할 수는 없단 말이네. 게다가 그를 따르고 있었던 네 명의 부하… 누군지 알겠나?"

"서, 설마!"

"그래, 거녀 일당들이 틀림없어. 분명 레스터 공작이 반란을 꾀했다
는 것을 알면서도 키렌을 따라갔다는 얘기지."

"맙소사……."

로버트는 이마를 짚으며 신음을 토했다. 거녀, 앤더슨, 알란, 윌은
출신지는 달랐지만 모두 크루세이더였다. 그것도 친위대에서 장래가
촉망되는 기사들이었다. 아직 경험과 기술, 양쪽 모두 부족한 것도 사
실이었지만 젊은 나이에 그만한 경지에 이른 뛰어난 재능의 소유자들
인 것이다. 그런 그들이 동시에 키렌을 따라가다니!

"그들 다섯이면… 웬만한 기사단은 단숨에 제압되고 말 거야."

"맞았어, 로버트. 게다가 자수하지 않고 레스터로 잠입했다는 것만
으로 그 뜻을 쉽게 짐작할 수 있지."

"최악의 상황이군."

"그래."

침착하게 대꾸하던 케리드원은 검을 탁자 위에 올렸다. 그리고 물끄
러미 검을 바라보며 중얼거렸다.

"이 검을 자른 자가 키렌일 수는 없어. 그렇다면 제3의 인물이 있다
는 얘기지."

번뜩이는 눈빛을 들어 로버트를 쏘아보며 그는 확신했다.

"게다가 최소한 마스터 급의 능력을 소지한 자야."

화려한 응접실에 앉아 서로를 살피며 세 사람은 차를 마시고 있었
다. 그들은 바로 이번 윌리엄 공작을 몰락시킨 장본인들인 기리안 대

공과 샤임 후작, 카르디프 후작이었다. 세 사람은 각자의 꿍꿍이를 감춘 채 은은한 미소를 지으며 서로의 눈빛을 맞추고 있었다.

조바심을 드러내며 초조한 기색을 띠는 이는 카르디프였다. 그는 마시던 차를 내려놓으며 긴장 어린 말투로 소리쳤다.

"공작을 잡으려는 움직임이 거의 없다는 것은 무슨 뜻입니까, 기리안 대공?"

"그는 아직 수도에 남아 있을 것이오. 각 성문은 굳게 지켜져 있으니 쉽게 빠져나갈 수는 없지 않소? 지금 기사들을 풀어 성을 뒤지고 있으니 조만간 잡을 수 있을 것이오. 너무 염려하지 마시오."

라고 말하며 기리안 대공은 눈동자를 굴렸다. 슬슬 말해야 할 타이밍이라고 생각한 것이다. 그는 상대의 기분을 상하게 하지 않으려고 최대한 정중한 어조로—여하간에 두 사람은 작위는 낮아도 대영주인 것이다—두 사람에게 말했다.

"한데 두 분 모두 꽤 오래 영지를 비운 것은 아닌지……?"

'공작을 몰아냈으니 더 이상은 필요없다는 뜻인가?

속으로 분개했지만 카르디프는 내색하지 않았다. 윌리엄을 몰아냄으로 인해서 수도에 자신의 아성을 쌓으려는 기리안의 속셈을 뻔히 알 수 있었지만 카르디프 본인은 그런 것에 그다지 관심이 없었다. 그의 뜻대로 되는 것은 알고 있지만 이쯤에서 영지로 돌아가고 싶은 맘도 들었다. 기리안은 별일 아닌 듯 치부하고 있었지만 만약에 윌리엄이나 버나드, 둘 중에 하나라도 레스터 영지로 숨어 들어간다면 앞으로 어떤 일이 벌어질지 전혀 예측할 수 없게 되는 것이다. 최소한 자신의 영지가 그런 폭풍우에 휘말리는 것을 두고볼 카르디프는 아니었다.

"그래야 하겠지요."

대답을 하며 카르디프는 곧 샤임을 돌아봤다. 야심만만한 그라면 수도에 남고 싶어할 터, 어떻게 기리안 대공을 설득할지 관심이 가는 것은 당연했다.

"내일 아침에 돌아갈 생각입니다."

그러나 짤막한 그의 대답은 카르디프의 예상을 완전히 뒤엎었다.

"칼버딘은 북쪽 국경을 담당한 곳입니다. 이런 위급 시에 비워둘 수는 없겠지요."

이어진 샤임의 설명에 카르디프는 고개를 끄덕여 긍정을 표했다. 하지만 뭔가 석연치 않은 구석이 있는 것도 사실이었다.

기리안은 두 사람의 제후가 곧 수도를 떠나겠다는 의사를 표한 것에 대해 기쁨을 감추지 못했다. 이 얘기를 꺼내게 되면 꽤 오랫동안 설전을 해야 할 것이라 생각했던 그로선 너무나도 손쉽게 해결되어 당연히 기쁠 수밖에 없었다.

"수도의 일은 전적으로 대공 전하께 맡겨야 할 것 같습니다. 그 점 죄송하게 생각합니다."

게다가 사과까지!

히죽, 히죽 웃음을 감추지 못하는 기리안의 얼굴이 역겨워 마치 '뭐' 보듯 쳐다보던 카르디프가 몸을 일으켰다.

"이만 가보겠습니다. 저 역시 내일 아침에 떠날 생각이라, 준비를 좀 해야겠으니 말입니다."

"같이 가십시다."

샤임도 옷매무새를 매만지며 뒤이어 일어났다.

"아, 그렇게 하겠나?"

두 사람을 따라 몸을 일으키며 아쉬운 표정을 짓고 있었지만, 기리안 대공의 머리 속에는 이미 다른 생각이 회전하고 있는 중이었다. 수도에 남아 있는 마지막 대제후 할튼 리저드 후작을 쫓아낼 생각과 정치적 대변혁 속에도 아무런 움직임이 없는 저스틴 윈저 대공을 막을 방법을 그는 생각하고 있었다.

두 장의 보고서를 읽고 난 후 할튼은 피식 미소를 지었다. 그 미소는 결코 '오, 내 뜻대로 처리되었군!' 하는 감탄이 아니었다.

"히드리크는 또 실수를 저질렀군."

"그러게 말이에요."

대답을 한 이는 크리스틴이었다.

할튼은 힐끔 책상 앞에 서 있는 그녀를 노려봤다. 조신하게 고개 숙인 채 서 있는 모습이었지만 할튼의 눈빛은 그다지 좋은 뜻은 아니었다.

"너도 놓쳤잖아?"

"네, 그렇죠."

넙죽 대답을 하는 모습이 가히 예뻐 보이진 않았다. 할튼은 짧게 혀를 찬 후에 뒷짐을 진 채 방 안을 거닐기 시작했다. 느릿한 걸음으로 방 안을 휘저으며 할튼은 중얼거렸다.

"일전에 몬스터를 이용해 죽이려던 방법은 히드리크와 너의 공동의 실수였다고 쳐도… 품으로 날아든 파랑새를 놓치다니, 우스운 일이군."

크리스틴의 어깨가 살짝 움츠러들었다.

문득 할튼은 멈춰 서며 크리스틴을 향해 시선을 돌렸다.

"일전에 파랑새 곁에 마스터가 있었다고 했었지?"

"예, 그 소년이 바로 콘버드의 검술 대회 우승자이기도 합니다. 레스터의 포란 출신 상인으로 밝혀졌습니다만……."

"바로 거기!"

할튼의 걸음이 멈춰지며 손을 들어 크리스틴을 가리켰다.

"네?"

"파랑새가 혼자 성에 왔을 리가 없을 거란 얘기지."

할튼은 뭔가 추측하듯 손가락을 까닥였다.

"윌리엄 공작을 구한 것은… 그 소년이 아닐까?"

"예? 대체 그 소년이 왜……?"

잠시 머리를 굴리던 크리스틴은 곧 알았다는 듯 입을 열었다.

"레스터 출신이기 때문일까요?"

"그럴지도. 확실한 것은 마스터를 뚫고 들어가 구할 정도라면 마스터가 아니라면 불가능할 거란 얘기야."

간단한 이치를 말하는 것처럼 할튼은 여전히 손가락을 까닥였다.

"수도에 있는 마스터 중에 정체가 가려진 자는 그 소년 하나. 물론 수도에 왔어야 가능한 추리겠지만……."

"할튼 경의 생각이 맞을 것 같습니다."

크리스틴의 확언에 할튼은 그녀를 향해 물끄러미 쳐다봤다. 그의 시선에 뭔가 이상함을 느낀 크리스틴은 잠시 궁리를 한 후에 곧 정정을 했다.

"전하의 생각이 맞을 것 같습니다."

"그래. 훗!"

짧은 콧방귀와 함께 할튼은 다시 걸음을 옮겼다.

"그렇다 해도 기리안 대공도 무르군. 어째서 추격대를 보내지 않는 거지? 그 정도로 레스터는 끝났다고 보는 것인가?”

“사실이 그러니까요.”

“다르지. 시신이라도 확인하지 않는 이상 일이 어떻게 꼬일지는 알 수 없는 거야. 적어도 시체가 뭔가 꾸밀 수는 없을 테니까.”

그렇게 중얼거리던 할튼은 곧 쿡쿡 하고 웃었다. 생각해 보니 시체도 뭔가 꾸밀 수 있다는 것을 떠올린 것이다. 바로 자신이 만들어낸 병사들은 죽은 후에 키워낸 것이니까.

할튼은 큰 걸음으로 책상을 향해 거침없이 걸었다. 크리스틴이 찔끔하며 물러서는 동안 할튼은 의자에 털썩 몸을 묻으며 소리쳤다.

“기리안의 생각이 어떻든 나하곤 상관없겠지. 어쨌든 그는 충분히 내가 생각한 대로 움직여 줬으니까.”

“그럼 이제 돌아가시는……?”

“당연하지. 더 이상 군부의 간섭도 없을 테니 서둘러 모스 섬으로 돌아가야겠지.”

할튼은 이를 드러내며 활짝 미소를 지었다.

“이제 최종 단계에 접어들 차례야. 그 준비를 맞춰야지.”

“네. 알겠습니다, 전하!”

그 앞에서 부동 자세를 취하며 크리스틴은 씩씩하게 답변했다.

어둠.

터벅터벅.

망설임없는 익숙한 발걸음 소리가 귀에 닿는다고 생각한 순간 눈앞에 흐릿한 불빛이 들어왔다. 커다란 창문 밑으로 하얀 시트가 덮인 침대가 보였다. 창 너머 햇살이 비치고 있음에도 어둠은 여전히 주변을 감싸듯 머물고 있었다. 그럼에도 주저없이 걷고 있는 내가 이상하다는 생각은 들지 않았다.

침대 곁에 앉아 있는 노마법사의 인자한 얼굴이 이쪽을 돌아봤다. 턱 밑으로 드리워진 하얀 수염을 제외하면 쉽게 나이를 짐작케 할 수 없는 그 마법사는 오랜 세월을 살아온 듯한 깊은 눈빛을 띠고 있었다. 그러나 그 눈빛에 어린 슬픔은 순간 나의 가슴을 찡하게 했다.

"오랜만이군, 타바비아."

침대 위에 누워 있던 누군가의 힘겨운 목소리가 들렸고.

'누구를 부르는 것이지?'

하고 생각하는 것과 동시에 나의 음성이라고 생각되는 목소리가 흘러나왔다.

"그렇군요, 에드워드……."

대답과 함께 다시 한 번 아련한 아픔이 밀려왔다. 그 아픔에 절로 목이 메어 입을 다무는 순간 노마법사가 몸을 일으켜 주변을 살폈다. 나이외에 다른 누군가가 있다는 것을 깨달았지만, 어둠에 쌓인 지금 나는 볼 수 없었다.

"모두 모인 것 같으니까 시작하도록 하지."

"고맙네, 로이니스."

침대 위에 누워 있던 에드워드가 입을 열었다. 그는 일어서는 것조차 힘든 것 같았다. 그를 대신한 듯 로이니스라 불린 노마법사는 한 걸음 앞으로 나섰다.

"지금까지 수많은 모험을 겪어온 에드워드 레스터 후작을 대신하여 그대들의 도움에 진심으로 감사드립니다. 하지만 애초에 맹약을 체결했을 때의 목적을 이루지 못했다는 것을 여러분께 상기시키고자 합니다. 이제 인간으로서의 수명을 다하여 죽음을 눈앞에 둔 에드워드께서 여러분들을 한자리에 모은 이유를 말씀드리겠습니다. 우리들의 친애하는 에드워드께서는 더 이상 싸울 수 없습니다. 하여 앞으로 그대들과의 맹약을 지킬 수 없게 되었습니다."

잠시 말을 끊고 로이니스는 뒤를 돌아봤다. 그의 뒤로 머리가 하얗게 센, 노후한 에드워드가 미소 짓고 있었다. 그의 머리가 살짝 까딱이는 것과 동시에 로이니스는 다시 앞으로 고개를 돌렸다.

"하지만 에드워드께서는 맹약의 전승을 약속하셨습니다."

침묵이 흘렀다.

타바비아라고 불린 나는 생각했다. 인간의 약속을 믿을 수 있을까, 하고.

정령이나 엘프, 성수라 불리는 몇몇 종류는 '신의'를 목숨보다 소중히 여기는 종족이다. 그들과의 약속이라면 믿고 따를 수 있겠지만, 한낱 인간의 약속을 얼마나 신용할 수 있겠는가? 그것도 일 대에 걸친 약속이 아닌, 전승 의식을 거쳐 몇 대에 걸친 약속이라면…….

그럼에도 내 마음 한구석에서 '믿을 수 있다'라는 의지가 숏구치고 있었다.

"아시다시피 레스터 일족은 이제 마스터의 가문으로 약속받았습니다. 에드워드의 아들도 마스터의 자질을 보이고 있습니다."

"하면 아들에게 맹약을 전승시키려는 것인가요?"

곱고 청아한 목소리가 어둠 속에서 흘러나왔다.

나 역시 궁금했던 것이기에 더욱 귀를 기울여 로이니스를 주시했다. 그러나 로이니스는 침통한 표정을 짓고는 곧바로 고개를 저었다.

"아들은 에드워드와 본질적으로 다릅니다. 여행을 좋아하고 모험을 찾아다니는 레스터 가문의 특성이 그에겐 없습니다. 그는 안주하는 삶을 살 것이라고 생각됩니다."

"그렇다면 맹약은?"

굵직한 목소리가 흘러나왔고, 나는 그것이 내 목소리임을 인식했다.

"인간은 훨씬 복잡하고 다양해서… 그는 참고 인내할 것입니다. 그와 그의 아들은 몸에 흐르는 피를, 욕구를 참고 인내하여 안주하는 삶을 살겠지요. 하지만 레스터의 피는 유랑과 호기심을 지니고 있습니다. 그는 가족을 내버려 둔 채 여행을 떠난 에드워드를 용서할 수 없어 그런 삶을 살지라도 그의 자손은 그렇게 살 수 없을 겁니다. 레스터의 피가 그들을 가만히 두지 않을 테니까요."

"그럼, 그들의 자손 중에 그런 자가 있을 때까지… 기다려야 하는 것입니까?"

로이니스는 살짝 미소를 지었다. 그리고 단언하듯 말했다.

"그렇게 오래 걸리지 않을 것입니다. 제가 보기에 후손들은 레스터의 피가 부르는 삶을 살아갈 것이기 때문입니다."

로이니스는 왼손을 펼쳐 침대 위에 누워 있는 에드워드를 가리켰다.

"에드워드 레스터 후작의 이름으로, 그리고 저 로이니스의 이름으로 약속드립니다. 에드워드의 증손자 중 막내에게 맹약을 계승할 것을. '카논의 세이버' 라는 이름으로."

카논의 세이버라는 이름이 나오는 것과 동시에 에드워드는 손을 머리맡으로 올렸다. 그의 손에 카논의 세이버가 검집에 담겨져 올려졌다. 검자루에 붙은 일곱 개의 홈과 여섯 개의 보석이 보이는 순간 어둠 속에서 새로운 긴장이 소용돌이쳤다.

나 자신도 두 번째 보석을 바라보며 침을 꿀꺽 삼켰다.

로이니스는 에드워드를 향해 몸을 돌렸다. 오른손을 들어 왼쪽 어깨 위로 올리며 그는 읊조리듯 말했다.

"카논의 세이버 앞에서 로이니스의 이름으로 나와 나의 후손들은 '우정의 맹약' 을 계승할 것을 약속합니다."

그와 함께 첫 번째 보석이 반짝하고 빛을 냈다. 그 빛은 연한 녹색을 띠고 있었다.

의식하지 않았는데 갑자기 나의 몸이 움직이는 것을 느꼈다. 나는 한 걸음 앞으로 나서며 로이니스와 똑같은 포즈를 취했다. 그리고 천천히 입을 열었다.

"카논의 세이버 앞에서 타바비아의 이름으로 나와 나의 일족 '용감한 드워프 족' 은 '땅의 맹약' 을 계승할 것을 약속합니다."

두 번째 보석이 검은 빛에서 투명한 갈색으로 바뀌었다. 뒤이어 어둠 속에서 맑은 목소리가 흘러나왔다.

"카논의 세이버 앞에서 애르피자의 이름으로 나와 나의 일족 '위대한 엘프 족' 은 '물의 맹약' 을 계승할 것을 약속합니다."

세 번째 보석이 검은 빛에서 투명한 물색으로 바뀌었다.

그리고 잠시 동안 침묵이 흘렀다.

그 침묵을 깨고 누군가 말했다. 아니, 그의 의지가 나의 머리 속으로 흘러 들어왔다.

[맹약의 전승 의식은 순서대로 진행되어야 하지 않습니까? 네 번째 맹약이 전승되지 않는다면 다섯 번째 맹약은 계승할 수 없을 텐데요.]

[쓸데없는 소리! 그년은 어디에 있지? 당장이라도 내가 잡아오겠다!]

또 하나의 의지가 외쳤다. 그 순간 방 안 가득 날카로운 바람이 휘몰아쳤다. 휘날리는 로브를 손으로 잡아 진정시키며 로이니스는 두 의지를 향해 말했다.

"네 번째 맹약은 이미 체결되어 있습니다."

[뭐라고? 어떻게 말인가?]

"그녀와는 이미 얘기가 끝났습니다."

[믿을 수 없군. 그 흡혈귀 계집이 맹약을 전승하겠다고 했는가?]

"조건부에 따라서."

[조건부?]

"그녀는 맹약의 전승을 지키는 대신 다른 조건을 걸었습니다."

"그들은 믿을 수 없는 종족이에요. 차라리 맹약을 파기하는 것이……."

애르피자의 음성이 끝남과 동시에 로이니스의 눈빛이 기이하게 빛났다.

"그들 역시 우리와 함께 싸워온 자들이다. 그대 역시 그녀의 도움을 받았던 적이 있지 않는가?"

어둠 속에서 애르피자의 다음 말은 들리지 않았다. 하지만 나는 어렴풋이 보이는 것 같았다. 애르피자의 이맛살이 살짝 찌푸려지며 인상을 구기는 모습이.

로이니스는 다시 모두를 향해 입을 열었다.

"네 번째 맹약은 조건부로 전승될 것입니다. 조건에 맞지 않으면 그녀와 그녀의 종족은 우리 앞에 다신 나타나지 않을 것입니다. 또한 우리의 맹약을 방해하지도, 카논의 세이버를 가로막지도 않을 것입니다."

네 번째 보석의 가운데에 붉은 점이 희미하게 빛을 뿜었다.

원래의 색깔이 진홍빛이었다는 것을 떠올리며 나는 고개를 끄덕였다. 이것으로 네 번째 맹약도 성립되었다. 아마도 조건부 전승이라는 것은 맹약에 따르지 않는 대신 다음 맹약을 방해하지 않겠다는 뜻이라 짐작됐다. 나의 의식은 또 다른 생각을 하고 있다.

'네 번째 맹약이 이루어지지 않아도 다섯 번째로 넘어갈 수 있다는 것인가? 그 고집스런 흡혈족의 마녀를 잘도 속였군. 게다가 두 번 다시 우리 앞에 나타나지 않을 것이라니…….'

[어떤 조건을 걸었습니까?]

"그건… 말씀드릴 수 없습니다."

정중한 질문에 정중한 질문으로 답하는 로이니스였다.

[그렇습니까……?]

푸르릉 하는 콧김이 잠시 흐른 후 의지는 다시 머리 속을 타고 흘렀다.

[카논의 세이버 앞에서…….]

[카논의…….]

침대에서 뿜어지는 빛이 흐릿해지며 나의 의식도 점차 흐릿하게 사라졌다.

어둠.

"…유희는 여기까지다……."

누군가 말했다.

그 말이 끝남과 동시에 나는 공포로 물들어 온몸이 굳어지는 것을 느꼈다. 전율스런 감각이 흐르는 동안 어둠 한쪽이 뿌옇게 밝아지며 그 앞에 붉은 안개가 솟구치고 있었다.

그 안개가 걷히며 거대한 드래곤 한 마리가 모습을 드러냈다.

[날 화나게 하지 않았어야 했다, 인간들아!]

드래곤의 전음이 머리 속을 타고 흐르는 동안 어둠은 조금 더 사라지며 주변의 풍경이 희미하게 드러났다.

나 자신은 꼼짝도 하지 못한 채 고개를 들어 드래곤을 올려다보고 있었지만, 의식은 천천히 주변을 훑어볼 수 있었다. 나의 옆으로 위대한 엘프 족인 애르피자의 당황한 모습이 보였다. 그리고 내 앞에 두 사람, 젊은 날의 에드워드와 로이니스의 모습도 보였다. 모르긴 해도 이때 나의 표정도 이들과 크게 다르진 않았을 것이다.

'그래, 이때부터였어.'

의식을 하자 곧 나는 꿈을 꾸고 있다는 것을 깨달았다. 꿈속에서도 그때의 공포가 느껴졌지만 조금은 안도를 하며 나는 기억을 떠올렸다. 아니, 눈앞에 보이는 드래곤을 살폈다.

붉은 안개가 사라진 후 나타난 드래곤은 붉은 비늘로 온몸을 감쌌고 대략 30여 미터에 육박하는 웜 급의 레드 드래곤이었다. 레드 드래곤은 가소롭다는 눈빛으로 아래를 굽어보며, 정확하게 에드워드를 쏘아보며 콧김을 뿜어내고 있었다.

[자, 네가 말한 대로 드래곤이 눈앞에 있다! 어쩔 테냐?]

'어쩌긴. 무조건 잘못했다고 빌었어야 했어.'

쿵쾅대듯 가슴이 두 방망이질 치는 것을 느끼며 나는 속으로 중얼거렸다.

발단이 어떻게 시작된 것이었더라? 이 다음에 네 사람 몽땅 드래곤에게 곤죽이 되도록 맞았다는 것과 에드워드의 '이건 불공평해!' 라는 외침이 있은 직후에 드래곤이 코웃음과 함께 놔주었다는 것은 기억하고 있었다. 하지만 갑자기 드래곤이 모습을 드러내며 시비를 걸었던 발단은…….

'아, 그렇지. 나와 애르피자가 드래곤의 포악성에 대해 떠벌리다가… 같은 파티에 있던 녀석이 갑자기 정체를 드러냈었던 거지.'

꿈이라는 것을 알면서도 순간 나는 당황하여 땀방울을 주르륵 흘렸다. 생각해 보니 레드 드래곤 '리엑시아' 와의 내기가 시작되었던 발단은 모두 자신과 애르피자 탓이었던 것이다. 물론 제일 먼저 검을 뽑아 리엑시아에게 달려든 에드워드에게도 약간의 책임은 있었지만.

"이건 불공평해!!"

'맞아. 이때 에드워드님은 그렇게 외쳤었어.'

나의 의식은 몸에서 살짝 벗어나 멀찌감치 떨어졌다. 꿈속에서도 드래곤에 대한 공포는 나를 압도하고 있었다. 그리고 내가 지켜보는 그 광경은 그때의 생생함을 여실히 보여주고 있었다.

그 앞에 리엑시아는 장난치듯 네 명을 괴롭히고 있었다. 몸에 비해 터무니없이 작은 손으로는—그래도 손가락 하나가 1미터는 된다—어여쁜 애르피자를 쥐고 흔들고 있었고 엄지발가락 밑에는 내가 실신한 채 짓뭉개지고 있었다. 하늘을 날며 마법을 쏘아대던 로이니스는 리엑시아의 브레스 한 방에 새까맣게 불타 추락한 지 오래였다.

제일 먼저 검을 뽑아 모두의 사기를 용솟음치게 했던 에드워드는 리엑시아의 발길질 한 방에 제일 먼저 나가떨어져 사기를 저하시켰다. 그리고 이때쯤 정신을 차린 후 부러진 검을 들고 외쳤다.

"이건 불공평해!!"

그리고 뜻밖에도 이 외침을 리엑시아는 받아들였다.

[뭐가 말이냐?]

"내가 말했던 것은 '마스터가 된다면!' 이었단 말야. 우리들 모두가 한계를 뛰어넘어 진정한 실력자가 되었을 때 '건방진' 드래곤들을 혼내주겠다는 거였어!"

[호오! 네 녀석이 마스터가 된다면 날 이길 수 있을 거란 얘기냐?]

'불가능하다고 생각하느냐?'

[크크크크큭, 정말 어리석은 녀석이군.]

그리고 리엑시아는 손을 펼쳐 애르피자를 떨구었다. 서둘러 에드워드가 그를 받는 동안 발을 치워 나를 살핀 리엑시아는 고개를 끄덕였다.

[과연… 모두 죽지 않았군. 좋다, 너와 너의 동료들에게 다시 한 번 기회를 주겠다.]

리엑시아는 전음을 끝냄과 동시에 회복 주문을 걸었다. 잠에서 깨어나듯 로이니스와 애르피자, 그리고 내가 일어서자 리엑시아는 미소를 지었다.

[5년 후에 다시 찾아오겠다. 그때까지 한계를 뛰어넘어 봐라.]

그리고 리엑시아는 모습을 감췄다. …가 아니고 우리들을 어딘가 다른 대륙으로 날려 버렸다. 모습을 감춘 것은 그가 아니라 우리였다.

그리고 주변의 풍경이 다시 어둠 속에 잦아들고 있었다.

어둠.

그리고 비명.

다시 어둠이 밝아지기 시작했을 때 나의 의식은 절로 인상을 구기고 있었다.

'버, 벌써 5년이 지난 거야? 그렇다 해도 더러운 꿈이로군. 계속 얻어터지는 꿈만 꾸다니 말이야.'

어둠이 밝아지면서 제일 먼저 눈에 띄는 것은 아까의 꿈과 그다지 달라지지 않은 광경이었다. 바뀐 것이라면 리엑시아의 손에 쥐어져 있는 것이 애르피자에 더해 에드워드도 있었다는 것뿐.

여전히 나는 엄지발가락 밑에서 신음을 토하고 있었고 로이니스는 브레스를 방어하다가 실드째 어딘가 날려가고 없었다.

'그래도 우린 죽기살기로 실력을 키웠어. 리엑시아에 의해 날려간 대륙에서 검과 마법을 한계까지 끌어올렸지.'

그 대륙은 검법이 특이한 곳이었다.

육체 수련을 통해 마나를 쌓아 마스터에 이르는 페나인의 검법과 달리, 그들은 정신 수련을 통해 마나를 느낀 후에 마스터에 이르렀다. 그리고 에드워드와 애르피자는 그 수련 법을 터득해 빠른 시일에 마스터가 되었다. 로이니스 역시 8써클의 마나를 모을 수 있게 됐다. 나 또한 검기를 방어할 정도의 검투사가 되었다.

하지만 그뿐이었다.

리엑시아 앞에서는, 그동안의 노력도 부질없이 깨어지고 말았다. 조금 더 오랫동안 싸울 수 있었다는 것뿐. 에드워드의 검과 애르피자의 정령과 로이니스의 마법과 나의 도끼가 전보다 조금 더 통용되기는 했지만 여전히 계란으로 바위를 치는 격이었다.

그리고 그 순간에 에드워드는 또 소리치고 말았다.

"이건 불공평해! 끼약!"

[뭐라고?]

리엑시아는 하던 행동을 멈추고 자신의 손을 내려다봤다. 에드워드는 축 처진 몸으로 힘겹게 소리쳤다.

"이건 불공평하단 말이야!"

[이번엔 뭐가 불공평하단 말이냐? 난 네가 말한 조건을 충족시켜 줬는데?]

"하여간 이건 불공평해!"

[억지 쓰지 말아라!]

"억지가 아니야!"

라고 외친 에드워드는 열심히 머리를 굴렸다.

'5년 전에 파티를 이루었던 다섯 사람이 했던 대화를, 에드워드님은 열심히 떠올렸겠지. 그리고 그 대화 속의 맹점을 그는 기억해 냈던 거야.'

"우린… 우린 실력을 키워 드래곤을 혼내주러 '다니자' 라고 했단 말야."

[그게 무슨 차이냐? 결국 너희는 나 하나도 당해내지 못하지 않느냐?]

"달라! 다르단 말야!"

에드워드는 약간의 억지를 가미하여 몸부림을 쳤다. 사실은 고통을 참지 못한 몸부림이었겠지만.

"우린 드래곤을 찾으러 다니기로 했지, 드래곤이 찾아온다는 얘기는 없었잖아!"

리엑시아는 약간 당혹스런 표정을 지었었다. 아무래도 그 말의 차이가 무엇인지 쉽게 떠올릴 수 없었던 것 같았다. 잠시 후 리엑시아는 자신의 궁금증을 물었다.

[그래서? 그 차이가 대체 뭐냐?]

"우리가 찾아갈 수 있다면… 좀 더 많은 동료들을 모아서 갈 수도 있잖아?!"

[동료를… 모아?]

"물론이야! 그리고 만반의 준비를 갖출 수 있지. 하지만 네 녀석은 지금 우리의 준비가 채 갖춰지지 않았을 때에 기습 전법을 펼친 거야. 불공평하다고 생각하지 않아?"

[흐음…….]

'뭘 생각하는 거지? 기습 공격이 비겁한 것도 아닌데… 하여간 멍청한 드래곤이라니까. 덕분에 목숨을 구할 수 있었지만.'

나의 의식이 중얼거리는 동안 리엑시아는 다시 우리를 놓아주었다. 친절하게 회복 주문을 걸어주며—그새 날아온 로이니스에게까지—우리들을 원래의 대륙으로 옮겨주었다. 그리고 리엑시아는 우리에게 다시 한 번의 기회를 주었다.

[준비가 되거든 내가 살고 있는 드라콘 산맥으로 찾아오너라. 언제 든지 너희를 환영하지.]

'환영하지 않아도 좋아, 드래곤 녀석아!'

나의 의식은 그렇게 중얼거렸다.

'그리고 그런 엉터리 약속 따위에 일일이 반응하지도 마!'

엄숙한 표정으로 리엑시아를 노려보는 에드워드에게도 일침을 가했다.

내 기억에 의하면, 원래 살던 곳으로 돌아온 직후에 우리는 곧 헤어 졌었다. 각자 동료들을 모아오기로 한 것이다. 나는 그 즉시 나의 종 족, '용감한 드워프 족'을 찾아 나섰고 애르피자는 '위대한 엘프 족' 의 도움을 구하러 갔었다. 그리고 에드워드와 로이니스는 소문에 의지 한 채 대륙 어딘가 있다는 뱀파이어 로드를 찾으러 갔었다.

어둠.

군대가 행진하는 듯한 발걸음 소리.

나의 의식은, 아니, 나의 꿈은 깊은 어둠에서 다시 밝은 세계로 접어 들고 있었다.

길고 긴 여행 끝에 수많은 동료를 구한 에드워드는 드디어 드라콘 산맥을 뒤져 리엑시아의 레어를 공격했다. 이제 중년을 훌쩍 넘긴 에 드워드와 로이니스의 모습을 선두로 수백 명의 동료들이 리엑시아를 향해 내달렸다.

한 명의 기사와 한 명의 마법사와

백 명의 드워프와 백 명의 엘프와

백 명의 흡혈귀와 백 마리의 페가수스와
하나의 실프가 온 힘을 다했다.

하지만!
드래곤은 확실히 강했다.

한 개의 검과 한 개의 지팡이와
백 개의 도끼와 백 개의 장궁과
백 개의 망토와 백 개의 날개와
한 올의 바람이 으스러졌다.

하지만!
드래곤도 성한 몸은 아니었다.

축 늘어진 실프를 손에 쥐고 리엑시아는 포효했다.
[패배를 인정하는가?]
그렇지만 우리의 고집쟁이 에드워드는 여전히 투덜거렸다.
"너 역시 완전한 승리는 아니었어!"
리엑시아는 침묵했다.
"우리의 수가 좀 더 많았다면 이길 수도 있었다!"
리엑시아는 코웃음 쳤다.
"우리가 조금 더 수련을 했다면 충분히 이기고도 남았어!"
[웃기는 소리. 그동안 난 가만히 있겠냐?]
"어엇, 자존심도 없군! 고귀하신 드래곤께서 수련을 하시겠다는 뜻?"

그 말에 리엑시아는 분개했다. 하늘을 향해 마지막 브레스를 뿜어내며 그는 붉게 타오르는 눈빛으로 모두를 훑어봤다. 우리 모두를 기억하겠다는 듯! 어쩌면 이때 정말로 우리 모두를 기억했는지도 모르지만.

그 눈빛에 모두가 공포에 떠는 동안에도 우리의 친애하는 에드워드께서는 어처구니없는 배포를 보였지.

"사천 년을 살아왔다는 웜 급 레드 드래곤 리엑시아여! 만약 내가 그 정도의 삶을 살았다면 결코 우리가 지진 않았을 것이다."

[…그 말은 패배를 인정하는 것인가?]

에드워드의 얼굴이 흙빛으로 바뀌었다. 그러나 여전히 고집스런 표정으로 그는 '결국' 인정했다.

"나는 인간이라 '사천 년을 살지 못하니까' 질 수밖에 없어! 우리들의 패배다!"

죽을 때 죽더라도 곱게 죽지 않겠다는, 에드워드의 발악에 가까운 의지였다. 특히 '사천 년을 살지 못하니까' 라는 부분을 의도적으로 강조하기까지 했다. 그리고 의도했던 것보다 훨씬 더 많이, 자존심에 상처받은 리엑시아는 두 발을 동동 구르며 발광을 했다. 드래곤 피어를 섞은 포효와 함께.

긴 포효를 남긴 후 리엑시아는 빛나는 무엇인가를 소환했다. 그리고 여섯 개의 빛나는 그 무엇을 에드워드의 앞에 내던졌다.

광물을 채굴하는 것이 주된 일인 나와 드워프들은 곧 그 빛나는 물체의 정체를 알아봤다.

다섯 개의 다이아몬드와 한 개의 미스릴.

그리고 그 정체를 확인하는 순간 나는 울컥 분노의 감정이 치솟았다. 아이 하나 정도의 크기를 지닌 다이아몬드를 얻어내기 위해서 리엑시아는 얼마나 많은 수의 드워프들을 닦달했을까, 하고 생각했다. 그것도 다섯 개씩이나!

또한 다이아몬드의 1/10 크기만한 미스릴을 구하기 위해서 시달렸을 동포들을 떠올리며 나는 또 한 번 분개했다.

그러나 나의 분노는 리엑시아의 전음과 함께 수그러들었다.

[마침 드워프도 있으니 잘됐군! 그대, 에드워드라는 인간이여! 돌아가는 즉시 그대의 성을 다시 짓도록 하라. 그대의 성 주위에 이 다이아몬드로 펜타곤(오망성)을 이루어 땅에 묻도록 하라. 그리고 미스릴로는 그대의 검을 만들도록 하라. 그 모든 것이 완성되었을 때 그대를 찾아가겠다.]

"…무슨 뜻인가?"

의아한 에드워드의 질문에 리엑시아는 답했다. 하나의 석판을 소환해 우리들, 드워프에게 던지며.

[이 석판에 새겨져 있는 방식대로 에드워드의 성을 지어줘라. 그 성 주위에 묻힌 다이아몬드엔 마법진이 새겨져 있다. 그 성이 완성되는 순간부터 그곳에서 태어나는 모든 생명체들은 보통 사람보다 다섯 배의 마나를 몸에 지니고 태어날 것이다. 그 성에 존재한다는 이유만으로 남들보다 몇 배의 마나를 몸에 축적할 수 있을 것이다. 그머너나? 자, 잠깐!]

리엑시아는 뭔가 잘못되었다는 걸 깨달았는지 고개를 들어 허공을 응시했다.

뭐, 바보가 아니라면 그 말이 무슨 뜻인지 누구나 알아챌 것이다. 한마디로 성에서 태어난 모든 아이들은 엄청난 마나를 소유하고, 성에서 지내는 것만으로도 그 엄청난 마나를 유지하게 된다는……!! 보통 인간보다 다섯 배나 더 빠른 성취를 보이며 마스터 검사가 되던가, 마스터 마법사가 되던가!!

[그렇게 하면 내가 너무 손해인걸.]

혼자 중얼거릴 때조차 '나는 마나가 남아돌아요' 라는 것을 강조하려는 것인지, 사방에 전음을 흩뿌리는 리엑시아였다.

[으음, 저 녀석에게도 주문을 걸어둬야겠어. 수천 명의 마스터를 상대하고 싶지는 않으니까.]

자신의 중얼거림을 모두 듣고 있다는 것을 여전히 눈치 채지 못한 멍청한 리엑시아였다.

[너의 피를 잇는 모든 후손은 성에서 태어나는 순간 보통 사람보다 다섯 배의 마나를 지닐 것이다. 너의 피를 잇는 후손들은 모두 마스터의 자질을 갖고 태어나는 것이지. 자, 이 정도면 인간의 수명을 다섯 배 늘인 것과 같은 효과를 볼 수 있겠지?]

잠시 멍청한 표정을 짓고 있던 에드워드는 곧 정신을 수습하며 소리쳤다.

"다섯 배의 마나를 지니고 있다고 해서 마스터가 되란 법이 어디 있는가?"

[그대의 첫 번째 조건을 충족시켜 주기 위해서 내가 무엇을 해줬지?]

"이상한 대륙에 우릴 보냈었지."

대답과 함께 에드워드는 대답을 찾아냈다. 에드워드는 리엑시아만큼 어리석지 않았기 때문이었다.

다섯 배의 마나를 갖고 태어난 이들은 그 대륙에서 배운 검법을 응용해 충분히 마스터가 될 수 있을 것이다. 평범한 사람들보다 훨씬 더 빠른 시일 안에!

조소를 담은 미소와 함께 리엑시아는 짧은 손가락으로 미스릴을 가리컸다.

　[저 정도의 미스릴은 드워프들도 구할 수 없는 물량이다. 그것으로 검을 만든다면 아마 천하에 다시없는 명검이 되겠지. 드래곤 비늘일지라도 쉽게 뚫을 수 있을 것이다. 검신은 어떻게 만들든 상관하지 않겠지만 자루만은 내가 지시하는 대로 만들어라, 드워프!]

　'거짓말! 드래곤이 광산을 캘 리가 없잖아? 드워프를 닦달해서 얻어 낸 것이면서!'

　어차피 꿈이니까 그때 할 수 없었던 말을 거침없이 해줘야지.

　리엑시아는 모두를 둘러보며 순서대로 숫자를 세었다.

　[검사 하나, 마법사 하나, 드워프 일족, 엘프 일족, 흡혈귀 일족, 페가수스 일족, 실프 하나. 음, 총 일곱 개로군.]

　듣고 있던 우리는 리엑시아가 이번에도 혼잣말에 쓸데없이 마나를 소비하고 있음을 알아챘지만 누구 하나 내색하지 않았다.

　[자루에서 검신으로 연결되는 부분에 일곱 개의 홈을 내거라. 그 홈을 통해 마법 주문을 걸 수 있도록! 또한 검을 만들더라도 마법 주문을 넣지는 마. 검이 완성되는 날 내가 직접 주문을 넣어주겠다.]

　"무슨 주문을 걸겠다는 거지? 무슨 속셈인 거냐?"

　대답 대신 리엑시아는 마지막 포효와 함께 모두를 둘러봤다.

　[검이 완성되는 날 각 일족의 족장들은 모두 한자리에 모이도록 하라. 그때 모든 이유를 가르쳐 주지. 자! 이제 꺼져라.]

　그리고 리엑시아는…….

　친절하게 사백의 숫자를 향해 회복 주문을 걸어주고 '몽땅' 공간 이동을 시켜줬다. 에드워드의 영지가 가까운 카네비스 산 어딘가로.

또 어둠.

불안한 고요함.

그리고 또 한 번의 어둠이 걷히며 새로운 꿈으로 접어들자 카논의 세이버가 최초로 모습을 드러냈다.

검 주위로 몇 사람이 모여 있었다. 에드워드와 로이니스를 위시하여 나와 애르피자, 뱀파이어 로드와 실버 페가수스도 있었다. 그리고 그들 주위로 실프가 일으키는 바람이 소용돌이치고 있었다.

모든 준비가 끝났을 때 리엑시아가 나타났다.

처음 일행들과 파티를 이룰 당시의 모습 그대로 나타난 리엑시아는 모두를 향해 화사한 미소를 지었다. 그는 검을 받아 쥔 후에 품에서 손톱만한 일곱 개의 보석과 주먹만한 일곱 개의 보석을 꺼냈다.

드디어 그는 자신의 속셈(?)을 말하기 시작했다.

"내가 이 검에 걸어주는 마법은 '소환' 주문이다."

"소환 주문?"

"그렇다. 이 일곱 개의 서로 다른 보석은 색깔별로 한 쌍을 이루고 있다. 작은 보석은 검의 홈에 넣을 것이고 커다란 보석은 마법진의 중앙에서 마나를 유지할 것이다. 검을 쥐고 있는 이는 한 쌍의 보석을 통해 의사 소통을 할 수 있다. 또한!"

자신이 만든 검에 대해 대단한 자부심을 느끼는지 리엑시아는 조금 큰 어조로 강조했다.

"주문을 발동하는 순간 마법진을 통해 상대를 소환할 수 있지! 이것으로 네가 말했던 모든 조건은 충족되었다."

에드워드가 내놓은 모든 조건이란 마스터로서의 능력, 동료를 한순간에 모을 수 있는 힘, 능력의 전승을 말하는 것이었다. 물론 리엑시아는 '모든 조건'이라고 잘라 말함으로써 더 이상 불평할 수 없도록 입막음하려는 계산도 깔았으리라. 뭐, 리엑시아치곤 꽤 머릴 굴린 대사였지만, 이미 충분히 멍청함을 드러냈다는 것을 전혀 모르고 있었다.

"흐흐흐! 이제 너희 일곱을 위해 이 검에 소환 주문을 걸겠다."

그렇게 말한 리엑시아는 로이니스에게 주먹만한 보석을 넘겼다. 그리고 주문을 외우는 것과 동시에 작은 보석을 첫 번째 홈에 박아 넣었다.

"너도 마법사라면 굳이 마법진은 필요하지 않겠지? 자체로 굉장한 마나를 품고 있으니 수정구 대신 사용하는 게 좋을 거야. 그 보석은 '우정의 맹약'이라고 한다. 어때, 이름 괜찮지?"

"아, 네."

눈빛을 반짝이며 자신의 작명 실력을 자랑하는 리엑시아에게 로이니스는 순순히 고개를 끄덕였다.

"이건 '땅의 맹약'으로 명명했지. 드워프 일족을 위해 준비했다. 나중에 너희가 살 곳 근처에 마법진을 만들어주마."

두 번째 보석을 검에 넣으며 리엑시아는 쾌활하게 말했다. 물론 '이름 괜찮지?'라는 눈빛을 쏘았고, 그 당시의 나는 얼른 '그렇군요' 하고 대답했다. 이때, 왜 로이니스가 순순히 대답했는지 눈치 챌 수 있었다. 그도, 그리고 나도 맞기 싫어서 순순히 대답한 것이다.

그렇게 여섯 개의 보석을 박아 넣으며 일일이 맹약의 이름과 주문을 가르쳐 준 리엑시아에게 에드워드는 언제나처럼 건방진 질문을 던졌다.

"근데 왜 일곱 개지?"

"그야 너희들을 모두 일곱 무리로 나눌 수 있으니까 그렇지. 네 녀석과는 크게 상관없지만 땅, 물, 바람이 있으니 불도 있어야 하지 않겠어? 그래서 너의 주문은 불 계열로 만들었다."

“검은 내게 주는 것 아니었나? 그 검으로 나를 소환하라는 거냐?”

“후끼약?!”

리엑시아는 자신의 멍청함을 또 한 번 드러내고 말았다. 그는 잠시 버벅대며 얼빵한 표정을 짓고는 곧 열심히 머리를 굴려 변명을 했다.

“으음, 이건 그러니까… 혹시 다른 동료들을 구할 경우에 그들도 소환할 수 있도록 선심 써준 거야.”

“그럼 예비로 서너 개 정도 더 만들지, 왜 하나뿐이야? 맘만 먹는다면 난 몇십 명의 동료를 만들 수 있어!”

“으으윽!!”

리엑시아의 머리에서 하얀 연기가 불끈 치솟았다. 그는 안 되는 머리를 열심히 굴리더니 고함과 함—거의 절규에 가까웠지—외쳤다.

“그건 너희들이 나와의 내기에서 이기지 못하면 내가 땅 끝까지라도 쫓아가서 몽땅 죽여 버릴 생각이기 때문이야!”

헉, 하고 숨을 멈추며 우리가 리엑시아를 쳐다보는 동안 그는 자신의 생각이 맘에 들었다는 표정을 짓고 있었다. 그리고 열심히 혼잣말을 중얼거렸다.

“아아, 그래. 그게 좋겠군. 소환 주문을 거는 순간 나의 타깃이 된다는 걸 알고도 동료를 하겠다는 멍청한 녀석들은 없겠지? 그럼 하나를 채우는 것도 힘들 거야. 그래, 그래. 이걸로 하자.”

미소를 지으며 리엑시아는 모두를 둘러봤다. 그리고 입을 열려는 찰나.

“정말 맹약에 관련된 모두를 죽일 생각이냐?”

“허억! 어떻게 알았지?”

깜짝 놀라 반문하는 리엑시아를 놔둔 채 모두의 시선이 교차했다.

‘우린 지금까지 엄청난 바보 드래곤과 싸웠던 게 아닐까?’ 하는 내용이었지만 리엑시아에겐 두려움에 떠는 사람들의 눈빛으로 느껴졌던 모양이다.

"뭐, 너무 걱정하지 마. 기간은 백 년으로 할 테니까. 천천히 힘을 키운 후에 찾아오라고. 언제든지 상대해 줄 테니!"

그리고 리엑시아는 차원을 열고 자신의 레어로 돌아갔다. 물론 떠나면서 드래곤 피어를 담아 모두의 공포심을 자극하는 것을 잊지 않았다.

"백년이 될 때까지 오지 않으면 너희들과 관련된 일족 몽땅 죽여 버리겠어."

우리는 동시에 소리쳤다.

"이봐요! 당신을 화나게 한 건 에드워드님이었잖아요! 당신과 에드워드님의 내기에 왜 우리가 덤으로 희생해야 하냐고요?! 게다가 백 년이라니? 그때까지 에드워드와 로이니스는 살아남지 못한단 말이에요! 그들은! 그들은 인간이란 말입니다!"

물론.

당연하게도 리엑시아는 우리들의 합창을 듣지 못했다.

아아, 이렇게 꿈을 통해 보니까 알 것 같아.

사실 리엑시아와 에드워드님의 내기는 순전히 나 때문이었다는 것을.

〈5권으로 이어집니다〉